Elle s'appelait Sarah

Du même auteur

Aux Éditions Plon

Moka, 2006.
Spirales, 2004.
La Mémoire des murs, 2003.
Le Voisin, 2000.
Le Cœur d'une autre, 1998.
Le Dîner des ex, 1996.
Mariés, pères de famille, 1995.

Aux Éditions Fayard

L'Appartement témoin, 1992.

tatianacom@hotmail.com

Tatiana de Rosnay

Elle s'appelait Sarah

Éditions Héloïse d'Ormesson

Roman *traduit de l'anglais
par Agnès Michaux*

Titre du manuscrit original :
Sarah's Key

© 2006, Éditions Héloïse d'Ormesson

Pour la traduction française :
© 2007, Éditions Héloïse d'Ormesson

www.editions-heloisedormesson.com

ISBN 978-2-35087-045-8

À Stella, ma mère
À ma Charlotte, belle et rebelle
À Natacha, ma grand-mère (1914-2005)

Mon Dieu ! Que me fait ce pays !
Puisqu'il me rejette, considérons-le froidement,
regardons-le perdre son honneur et sa vie.
Irène Némirovsky, *Suite française,* 1942.

Tigre ! Tigre ! Feu et flamme
Dans les forêts de la nuit,
Quelle main, quel œil immortel
Put façonner ta formidable symétrie ?
William Blake, *Les Chants de l'expérience.*

AVANT-PROPOS

Les personnages de ce roman sont entièrement fictifs. Mais certains des événements décrits ne le sont pas, notamment ceux survenus pendant l'été 1942, sous l'Occupation, et en particulier la rafle du Vél d'Hiv qui eut lieu le 16 juillet 1942 en plein cœur de Paris.

Ce livre n'est pas un travail d'historien et ne prétend pas l'être. C'est mon hommage aux enfants du Vél d'Hiv qu'on ne revit jamais.

Un hommage aussi à ceux qui survécurent et témoignèrent.

La fillette fut la première à entendre le coup puissant contre la porte. Sa chambre était la plus proche de l'entrée de l'appartement. Dans la confusion du sommeil, elle avait d'abord pensé que c'était son père qui remontait de la cave où il se cachait, qu'il avait dû oublier ses clefs et insistait parce que personne ne l'avait entendu quand il avait frappé discrètement. Mais bientôt des voix s'élevèrent dans le silence de la nuit, fortes et brutales. Ce n'était pas son père. « Police ! Ouvrez ! Tout de suite ! » Le martèlement reprit, plus fort encore. Vibrant jusque dans la moelle de ses os. Son jeune frère, qui dormait à côté d'elle, commença à s'agiter dans son lit. « Police ! Ouvrez ! Ouvrez ! » Quelle heure était-il ? Elle jeta un coup d'œil entre les rideaux. Il faisait encore sombre.

Elle avait peur. Elle pensait à ces conversations, ces murmures nocturnes, que ses parents avaient échangés croyant qu'elle dormait. Mais elle avait tout entendu. Elle s'était glissée jusqu'à la porte du salon et là, avait écouté et regardé ses parents à travers une petite fente dans le bois. Elle avait entendu la voix nerveuse de son père. Avait vu le visage angoissé de sa mère. Ils discutaient dans leur langue natale, que la fillette comprenait, même si elle ne la parlait pas très bien. Son père avait dit tout bas que les temps à venir seraient difficiles. Qu'il faudrait être courageux et très prudent. Il avait prononcé des mots étranges et inconnus : « camp »,

15

« rafle », « arrestation », et elle se demandait ce que tout cela pouvait bien signifier. Son père, toujours très bas, avait ajouté que seuls les hommes étaient en danger, que les femmes et les enfants n'avaient rien à craindre, et qu'il irait donc chaque soir se cacher.

Le lendemain matin, il avait expliqué à sa fille qu'il était plus sûr qu'il dorme à la cave pendant un moment. Jusqu'à ce que les choses « rentrent dans l'ordre ». Quelles choses ? pensa-t-elle. « Rentrer dans l'ordre », qu'est-ce que ça voulait dire au juste ? Et quand cela arriverait-il ? Elle brûlait de lui demander ce que signifiaient les mots étranges qu'elle avait entendus, « camp » et « rafle ». Mais il aurait alors fallu avouer qu'elle les avait espionnés, et plusieurs fois, derrière la porte. Elle n'avait pas osé.

« Ouvrez ! Police ! »

La police avait-elle trouvé Papa dans la cave ? Était-ce pour ça qu'ils étaient là, pour emmener Papa dans ces endroits dont il parlait quand il murmurait dans la nuit, ces « camps » qui se trouvaient quelque part en dehors de la ville ?

La petite se hâta à pas de loup vers la chambre de sa mère, à l'autre bout du couloir. Quand elle sentit la main de sa fille se poser sur son épaule, celle-ci se réveilla dans l'instant.

« C'est la police, Maman, murmura la fillette, ils donnent de grands coups contre la porte. »

La mère glissa ses jambes de sous les draps et dégagea les cheveux qui lui pendaient devant les yeux. La fillette trouva qu'elle avait l'air fatiguée et vieille, bien plus vieille que ses trente ans.

« Est-ce qu'ils sont venus pour prendre Papa ? implora-t-elle en s'agrippant au bras de sa mère, est-ce qu'ils sont là pour lui ? »

La mère ne répondit pas. À nouveau, les voix puissantes leur parvinrent depuis le palier. La mère enfila rapidement une robe de chambre, puis elle prit sa fille par la main et se dirigea vers la porte. Sa main était chaude et moite. Comme celle d'un enfant, pensa la fillette.

« Oui ? » dit timidement la mère derrière le loquet.

Une voix d'homme cria son nom.

« Oui, monsieur, c'est bien moi », répondit-elle. Son accent était soudain revenu, fort et presque dur.

« Ouvrez immédiatement. Police. »

La mère porta la main à sa gorge. La fillette remarqua combien elle était pâle. Elle semblait vidée, glacée, incapable de bouger. La fillette n'avait jamais lu autant de peur sur le visage de sa mère. Elle sentit alors l'angoisse lui assécher la bouche.

Les hommes frappèrent une dernière fois. La mère ouvrit la porte d'une main tremblante et maladroite. La fillette tressaillit, s'attendant à voir des uniformes vert-de-gris.

Deux hommes se tenaient sur le seuil. Un policier, avec sa cape bleu marine qui lui tombait sous le genou et son grand képi, et un homme vêtu d'un imperméable beige, qui tenait une liste à la main. Celui-ci répéta le nom de sa mère. Puis celui de son père. Il parlait un français parfait. C'est que nous n'avons rien à craindre, pensa la fillette. S'ils sont français et pas allemands, nous ne sommes pas en danger. Des Français ne nous feront pas de mal.

La mère attira sa fille contre elle. La petite sentait les battements de son cœur à travers la robe de chambre. Elle aurait voulu repousser sa mère, la voir se tenir bien droite, la voir fixer ces hommes avec assurance au lieu de se recroqueviller, au lieu d'avoir le cœur qui cogne dans la poitrine, comme un animal effrayé. Elle aurait voulu que sa mère soit courageuse.

« Mon mari n'est… pas là, balbutia la mère. Je ne sais pas où il est. Je ne sais pas. »

L'homme en imperméable beige la poussa pour pénétrer dans l'appartement.

« Dépêchez-vous, madame. Je vous laisse dix minutes. Prenez quelques affaires, assez pour deux ou trois jours. »

17

La mère ne bougeait pas. Elle regardait le policier, hébétée. Il était resté sur le palier, son dos barrant la sortie. Il paraissait indifférent, las. Elle posa la main sur sa manche bleu marine.

«Monsieur, je vous en prie…», commença-t-elle.

Le policier se retourna et écarta la main en lui jetant un regard dur et indifférent.

«Vous avez entendu? Vous nous suivez. Vous et votre fille. Contentez-vous d'obéir.»

PARIS, MAI 2002

Bertrand était en retard, comme à son habitude. J'essayai de ne pas m'en soucier, sans y parvenir. Zoë s'appuya contre le mur, visiblement lassée. Elle ressemblait tant à son père que cela me faisait souvent sourire. Mais pas aujourd'hui. Je levai les yeux sur le vieil immeuble. La maison de Mamé. L'ancien appartement de la grand-mère de Bertrand. C'était là que nous devions emménager. Nous allions quitter le boulevard Montparnasse, sa circulation bruyante, le va-et-vient continu des ambulances qui filaient vers les hôpitaux voisins, ses cafés, ses restaurants, pour cette rue étroite et tranquille sur la rive droite de la Seine.

Le Marais n'était pas un arrondissement qui m'était familier, mais j'admirais sa beauté délabrée d'autrefois. Ce déménagement me faisait-il plaisir? Je n'en étais pas sûre. Bertrand ne m'avait pas vraiment demandé mon avis. Nous n'en avions, à dire vrai, quasiment pas discuté. Dans son style habituel, il avait avancé tout seul. Sans moi.

«Le voilà, dit Zoë. Avec juste une demi-heure de retard!»

Nous le vîmes arriver vers nous de son pas nonchalant et sensuel. Mince, brun, un sex-appeal débordant. L'archétype même du Français. Il était au téléphone, comme toujours. Quelques pas en arrière, son associé le suivait. Antoine, un barbu rougeaud. Leur bureau était situé rue de l'Arcade, juste derrière la Madeleine.

Bertrand avait longtemps travaillé dans un cabinet d'architectes, bien avant notre mariage, mais depuis cinq ans, il avait monté le sien avec Antoine.

Bertrand nous fit signe de la main, puis montra du doigt le téléphone et fronça les sourcils d'un air contrarié.

«Comme s'il ne pouvait pas raccrocher! se moqua Zoë. Bien sûr!»

Zoë n'avait que onze ans, mais parfois on avait l'impression d'avoir déjà devant soi une adolescente. D'abord parce qu'elle dépassait d'une tête toutes ses copines – «avec des pieds en proportion», ajoutait-elle en râlant – et aussi parce qu'elle faisait preuve d'une lucidité qui me coupait le souffle. Il y avait quelque chose d'adulte dans la solennité de son regard noisette, dans la façon dont elle relevait le menton d'un air réfléchi. Elle avait toujours été comme ça, depuis toute petite. Calme, mûre, même un peu trop pour son âge.

Antoine vint nous saluer tandis que Bertrand continuait sa conversation téléphonique, assez fort pour que toute la rue en profite, remuant les mains, faisant de plus en plus de grimaces, se retournant vers nous régulièrement pour s'assurer que nous étions pendus à ses lèvres.

«Un problème avec un architecte, expliqua Antoine dans un demi-sourire.

– Un concurrent? dit Zoë.

– Oui, un concurrent», répondit Antoine.

Zoë soupira.

«Ce qui veut dire qu'on peut poireauter là toute la journée!»

J'eus une idée.

«Antoine, aurais-tu par hasard les clefs de l'appartement de Mme Tézac?

– Bien sûr, je les ai, Julia», dit-il avec un grand sourire. Antoine me répondait toujours en anglais quand je lui parlais français. Je suppose qu'il le faisait par gentillesse, mais cela m'irritait en vérité, me donnant la désagréable sensation que, malgré les années, mon français était toujours aussi mauvais.

Antoine brandit victorieusement les clefs. Nous décidâmes de monter tous les trois. Zoë tapa le code avec agilité. Nous traversâmes la cour, fraîche et envahie de verdure, jusqu'à l'ascenseur.

«Je déteste cet ascenseur, dit Zoë. Papa devrait arranger ça.

– Ma chérie, il refait l'appartement de ton arrière-grand-mère, pas l'immeuble, répliquai-je.

– Eh bien, il devrait», dit-elle.

Pendant que nous attendions l'ascenseur, la sonnerie *Guerre des étoiles* de mon portable retentit. Je regardai le numéro qui clignotait sur l'écran. C'était Joshua, mon patron.

Je décrochai. «Mmm?»

Joshua fut bref et précis. Comme d'habitude.

«J'ai besoin de toi à trois heures. Bouclage du numéro de juillet!

– *Gee whiz*!» dis-je un peu insolemment. J'entendis un petit gloussement à l'autre bout de la ligne avant qu'il ne raccroche. Joshua avait toujours adoré m'entendre dire *gee whiz*. Cela lui rappelait peut-être sa jeunesse. Antoine, lui, semblait amusé par mes américanismes à l'ancienne. Je l'imaginai essayant de les répéter avec son accent français.

C'était un ascenseur comme on n'en trouve qu'à Paris, avec une cabine minuscule, une grille en fer forgé et une porte en bois à deux battants qu'on prenait immanquablement dans la figure. Collée contre Zoë et Antoine – qui avait eu la main lourde avec son Vétiver –, je me regardai furtivement dans la glace tandis que nous montions. J'avais l'air aussi fourbu que ce vieil ascenseur grinçant. Qu'était-il arrivé à la jeune et fraîche beauté de Boston, Massachusetts? La femme qui me regardait avait atteint la zone rouge, celle qui se situe entre quarante-cinq et cinquante ans, ce *no man's land* du relâchement cutané, de la ride profonde et de l'approche inéluctable de la ménopause.

« Moi aussi, je déteste cet ascenseur », dis-je d'un air sombre.

Zoë sourit en me pinçant la joue.

« Maman, même Gwyneth Paltrow aurait l'air d'un zombie dans ce miroir. »

Je ne pus me retenir de sourire. C'était typiquement une remarque à la Zoë.

*L*a mère se mit à pleurer doucement, puis de plus en plus fort. La fillette la regardait, abasourdie. Du haut de ses dix ans, elle n'avait jamais vu sa mère pleurer. Elle observait avec consternation le trajet des larmes sur son visage pâle et décomposé. Elle aurait voulu lui dire d'arrêter de pleurer, elle ne supportait pas la honte de voir sa mère renifler devant ces hommes étranges. Mais les deux individus ne prêtaient pas la moindre attention à ses larmes. Ils lui disaient de se dépêcher. Il n'y avait pas de temps à perdre.

Dans la chambre, le petit frère dormait toujours.

«Mais où nous emmenez-vous? implora la mère. Ma fille est française, elle est née à Paris, pourquoi la voulez-vous elle aussi? Où nous emmenez-vous?»

Les deux hommes se taisaient. Ils la regardaient de haut, immenses et menaçants. Les yeux de la mère étaient révulsés de terreur. Elle alla dans sa chambre et s'écroula sur son lit. Quelques instants plus tard, elle se redressa et se tourna vers sa fille. Le visage aussi figé qu'un masque, elle lui dit dans un souffle : «Réveille ton frère. Habillez-vous. Prends quelques vêtements pour vous deux. Dépêche-toi, dépêche-toi, allez!»

Son frère devint muet de terreur quand il aperçut les hommes dans l'embrasure de la porte. Il regarda sa mère, débraillée, sanglotante, essayant tant bien que mal de préparer des affaires. Il rassembla toutes ses forces de petit garçon de quatre ans et refusa de bouger. Sa sœur tenta de le faire changer d'avis en le câlinant. En vain. Il resta planté là, immobile, les bras croisés sur la poitrine.

La petite fille retira sa chemise de nuit, attrapa un chemisier de coton, une jupe. Elle enfila des chaussures. Son frère l'observait sans bouger. De leur chambre, ils entendaient leur mère pleurer.

« Je vais aller dans notre cachette, murmura-t-il.

— Non ! lui ordonna sa sœur, tu viens avec nous, il le faut !»

Elle le saisit, mais il se libéra de son étreinte et se glissa dans le long et profond placard encastré dans le mur. Là où ils avaient l'habitude de jouer à cache-cache. Ils s'y dissimulaient tout le temps, s'y enfermaient. C'était leur petite maison à eux. Papa et Maman connaissaient la cachette, mais faisaient semblant de l'ignorer. Ils criaient leurs prénoms d'une belle voix claire. « Mais où sont passés ces enfants ? C'est étrange, ils étaient encore là il y a une minute !» Et son frère et elle gloussaient de contentement.

Dans ce placard, ils gardaient une lampe de poche, des coussins, des jouets, des livres et même une carafe d'eau que Maman remplissait tous les jours. Son frère ne sachant pas encore lire, la fillette lui faisait la lecture. Il aimait entendre Un bon petit diable. Il adorait l'histoire de Charles l'orphelin et de la terrifiante Mme Mac'Miche et comment Charles prenait sa revanche sur tant de cruauté. Elle la lui relisait sans cesse.

La fillette apercevait le visage de son frère qui la fixait dans le noir. Il était accroché à son ours en peluche préféré, il n'avait plus peur. Peut-être serait-il en sécurité, là, après tout. Il y avait de l'eau et la lampe de poche. Il pourrait regarder les images du livre de la comtesse de Ségur, celle qu'il aimait par-dessus tout, la magnifique revanche de Charles. Peut-être valait-il mieux qu'elle le laisse là pour le moment. Les hommes ne le trouveraient jamais. Elle reviendrait le chercher plus tard dans la journée, quand elles seraient autorisées à rentrer. Et Papa, dans sa cave, saurait que son garçon était caché, si jamais il remontait.

« *Tu as peur là-dedans ?* » dit-elle doucement, alors que les hommes l'appelaient.

« *Non, dit-il. Je n'ai pas peur. Enferme-moi. Ils ne m'attraperont pas.* »

Elle referma la porte sur le petit visage blanc, fit un tour de clef. Puis la glissa dans sa poche. La serrure était dissimulée derrière un faux interrupteur pivotant. Il était impossible de deviner les contours du placard dans le panneau mural. Oui, il serait à l'abri. Elle en était sûre.

La fillette murmura une dernière fois le prénom de son frère et pressa la paume de sa main contre le bois.

« *Je reviendrai plus tard. Je te le promets.* »

Nous sommes entrés en cherchant à tâtons les interrupteurs. Pas de lumière. Antoine ouvrit une paire de volets. Le soleil pénétra dans l'appartement. Les pièces étaient nues et poussiéreuses. Sans un meuble, le salon paraissait immense. Les rayons dorés obliquaient par les hautes fenêtres crasseuses, dessinant des figures de lumière sur les lattes brunes du plancher.

Je regardai la pièce, les étagères vides, les traces rectangulaires sur les murs où de beaux tableaux étaient autrefois accrochés, la cheminée de marbre où je me rappelais avoir vu brûler de bons feux, l'hiver, contre lesquels Mamé venait réchauffer ses mains blanches et délicates.

Je m'approchai d'une des fenêtres et regardai dans la cour verte et tranquille. J'étais heureuse de savoir que Mamé était partie sans voir son appartement vide. Cela l'aurait bouleversée. Cela me bouleversait.

«Ça sent encore comme Mamé, dit Zoë. *Shalimar.*

— Ça sent aussi l'horrible Minette», dis-je en me pinçant le nez. Minette avait été le dernier animal de compagnie de Mamé. Une chatte siamoise incontinente.

Antoine me regarda, surpris.

«Le chat», expliquai-je. Je le dis en anglais. Bien sûr je connaissais le féminin de chat, mais je connaissais aussi l'autre sens de chatte en français. Et entendre Antoine s'esclaffer à je ne sais quel double sens douteux était bien la dernière chose que je désirais à présent.

Antoine inspecta l'endroit d'un œil professionnel.

«L'électricité n'est plus aux normes, remarqua-t-il en pointant les vieux fusibles de porcelaine. Le chauffage aussi est une antiquité.»

Les énormes radiateurs étaient noirs de crasse et plus écaillés qu'une peau de serpent.

«Attends de voir la cuisine et les salles de bains, dis-je.

— La baignoire a des pattes en forme de griffes, dit Zoë. Elle va me manquer, si on l'enlève.»

Antoine inspecta les murs, en donnant de petits coups.

«Je suppose que Bertrand et toi voulez tout rénover?» dit-il en me regardant.

Je haussai les épaules.

«Je ne sais pas ce qu'il veut faire exactement. C'est son idée, de reprendre cet endroit. Je n'étais pas très chaude. Je voulais quelque chose de plus… pratique. Quelque chose de neuf.»

Antoine sourit.

«Mais ce sera tout neuf quand nous aurons fini.

— Peut-être. Mais pour moi, ce sera toujours l'appartement de Mamé.»

Ici, l'empreinte de Mamé était partout, même si elle était partie en maison de retraite depuis neuf mois déjà. La grand-mère de mon mari avait vécu là des années. Je me souvenais de notre première rencontre, seize ans auparavant. J'avais été impressionnée par les tableaux anciens, la cheminée de marbre où trônaient des photos de famille dans des cadres d'argent, les meubles à l'élégante et discrète simplicité, les nombreux livres sur les étagères de la bibliothèque, le piano à queue recouvert d'un riche velours rouge. Ce salon lumineux donnait sur une cour intérieure paisible dont le mur d'en face était recouvert d'un épais tapis de lierre. C'était dans cette pièce que je l'avais vue pour la première fois, que je lui avais tendu la main maladroitement, pas encore à mon aise avec ce que ma sœur appelait «la manie française de s'embrasser».

On ne serrait pas la main d'une Parisienne, même la première fois. On l'embrassait sur les deux joues.

Mais je ne le savais pas encore, à l'époque.

L'homme en imperméable beige regarda à nouveau sa liste. «*Attendez, dit-il à son collègue, il manque un enfant. Un garçon.*» Il prononça son prénom.

Le cœur de la fillette cessa de battre un instant. La mère regarda vers elle. La petite posa furtivement un doigt sur ses lèvres. Geste que les deux hommes ne virent pas.

«*Où est le garçon?*» demanda l'homme à l'imperméable.

La fillette s'avança en se tordant les mains.

«*Mon frère n'est pas là, monsieur, dit-elle, dans son français parfait, son français de souche. Il est parti au début du mois, avec des amis, à la campagne.*»

L'homme à l'imperméable la fixa attentivement. Puis il fit un signe du menton au policier.

«*Fouillez l'appartement. Vite. Le père se cache peut-être aussi.*»

Le policier inspecta les pièces les unes après les autres, ouvrant soigneusement chaque porte, regardant sous les lits, dans les placards.

Tandis que l'un retournait l'appartement, l'autre attendait en faisant les cent pas. Quand il fut de dos, la fillette montra rapidement la clef à sa mère. Papa viendra le chercher, Papa viendra plus tard, marmonna-t-elle. Sa mère acquiesça. D'accord, semblait-elle dire, j'ai compris où il était. Mais elle se mit à froncer les sourcils, à mimer la clef,

29

à demander avec des gestes où elle laisserait la clef pour le père et comment celui-ci ferait pour savoir où elle était. L'homme se retourna soudain et les observa. La mère se figea. La petite fille tremblait de peur.

Il resta à les observer un moment, puis il referma brutalement la fenêtre.

« Je vous en prie, il fait si chaud ici », dit la mère.

L'homme sourit. La fillette se dit qu'elle n'avait jamais vu d'aussi laid sourire.

« Nous préférons que les fenêtres soient fermées, madame, dit-il. Un peu plus tôt ce matin, une femme a jeté son enfant par la fenêtre avant de sauter elle-même. Nous ne voudrions pas que cela se reproduise. »

La mère ne dit rien, frappée d'horreur. La fillette fixa l'homme, avec de la haine dans le regard. Elle détestait chaque centimètre de sa personne. Elle maudissait son visage coloré, sa bouche humide, son œil morne et froid. Elle maudissait la façon dont il se tenait, les jambes écartées, son chapeau de feutre rejeté en arrière, ses mains grasses croisées dans le dos.

Elle le haïssait de toute la force de sa volonté, comme elle n'avait jamais haï dans sa vie, plus qu'elle n'avait haï cet affreux garçon de l'école, ce Daniel qui lui avait murmuré des choses horribles, dans un demi-souffle, des choses atroces au sujet de l'accent de son père et de sa mère.

Elle tendit l'oreille à la fouille minutieuse du policier. Il ne trouverait pas le petit frère. Le placard était trop savamment dissimulé. Le garçonnet était à l'abri. Ils ne le trouveraient jamais. Jamais.

Le policier revint. Il haussa les épaules en secouant la tête.

« Il n'y a personne », dit-il.

L'homme à l'imperméable poussa la mère vers la porte. Il demanda les clefs de l'appartement. Elle les lui tendit, en silence. Ils descendirent l'escalier, les uns derrière les autres, ralentis par le poids des sacs et des paquets que la mère portait. La fillette pensait à toute allure : comment donnerait-elle la clef à son père? Où pourrait-elle la laisser? À la concierge? Serait-elle réveillée à cette heure?

Bizarrement, celle-ci était déjà debout et attendait derrière la porte de sa loge. La fillette remarqua qu'elle avait une drôle d'expression sur le visage, une sorte de jubilation malveillante. Qu'est-ce que ça voulait dire? se demanda la petite. Pourquoi n'avait-elle regardé ni elle ni sa mère mais seulement les deux hommes, comme si elle ne voulait pas croiser leurs regards, comme si elle ne les avait jamais vues? Pourtant, la mère avait toujours été aimable avec cette femme, elle s'était occupée de son bébé de temps en temps, la petite Suzanne, qui pleurait souvent parce qu'elle avait mal au ventre. Oui, sa mère avait été tellement patiente, avait chanté des chansons à Suzanne dans sa langue natale, sans se lasser, et le nourrisson avait aimé cela et s'était endormi paisiblement.

«Savez-vous où sont le père et le fils?» demanda le policier en lui remettant les clefs de l'appartement.

La concierge haussa les épaules. Elle ne regardait toujours pas la fillette et sa mère. Elle mit rapidement les clefs dans sa poche, avec une avidité que la petite détesta.

«Non, dit-elle au policier. Le mari, je ne l'ai pas beaucoup vu ces derniers temps. Peut-être qu'il se cache. Avec le garçon. Vous devriez regarder dans les caves ou les chambres de service du dernier étage. Je peux vous y conduire.»

Dans la loge, le bébé se mit à geindre. La concierge regarda par-dessus son épaule.

«Nous n'avons pas le temps, dit l'homme à l'imperméable. Nous devons y aller. Nous reviendrons plus tard s'il le faut.»

La concierge alla chercher son bébé et revint en le portant contre sa poitrine. Elle dit qu'elle savait qu'il y avait d'autres familles dans l'immeuble d'à côté. Elle prononça leurs noms avec un air de dégoût – comme si elle disait un mot ordurier, pensa la fillette, un de ces gros mots qu'on n'était jamais censé prononcer.

Bertrand glissa enfin son téléphone dans sa poche et me prêta attention. Il me concéda l'un de ses irrésistibles sourires. Pourquoi ai-je un époux si désespérément attirant? me demandai-je pour la énième fois. Lors de notre première rencontre, il y avait des années, à Courchevel, il était du genre jeune homme fluet. Désormais, à quarante-sept ans, plus imposant, plus fort, il transpirait la virilité à la française, une virilité mâtinée de classe. Il était comme du bon vin, vieillissant avec grâce et puissance, tandis que moi, j'étais convaincue d'avoir perdu ma jeunesse quelque part entre la Charles River et la Seine. La quarantaine ne m'avait rien apporté. Si les cheveux grisonnants et les rides semblaient exalter un peu plus la beauté de Bertrand, ces mêmes choses diminuaient la mienne, je n'avais aucun doute à ce sujet.

«Alors?» dit-il en me gratifiant d'une main aux fesses insouciante et possessive, sans se préoccuper du regard de son associé ou de sa fille. «N'est-ce pas superbe?

– Superbe, répéta Zoë. Antoine vient juste de nous dire qu'il fallait tout refaire. Ce qui veut dire qu'en toute probabilité, on ne pourra pas déménager avant un an.»

Bertrand éclata de rire. Un rire incroyablement communicatif, quelque part entre la hyène et le saxophone. C'était tout le problème avec mon mari. Ce charme enivrant dont il adorait abuser. Je me demandais de qui il l'avait hérité. De ses parents, Colette et Édouard? Follement intelligents, raffinés, cultivés, mais pas charmants. De ses sœurs, Cécile et Laure? Bien élevées, brillantes, des manières parfaites, mais du genre à rire seulement par obligation. Ce ne pouvait donc lui venir que de Mamé. Mamé, la rebelle, la guerrière.

«Antoine est un indécrottable pessimiste, dit Bertrand en riant. Nous serons très vite dans les murs. Il y a certes beaucoup de travail, mais nous prendrons les meilleurs ouvriers.»

Nous le suivîmes dans le long couloir au parquet grinçant jusqu'aux chambres qui donnaient sur la rue.

«Il faut abattre ce mur, déclara Bertrand. Antoine acquiesça. Il faut rapprocher la cuisine sinon Miss Jarmond ne trouvera pas ça *practical*.»

Il avait dit *pratique* en anglais, en me jetant un coup d'œil racaille et en dessinant des guillemets dans l'air avec ses doigts.

«C'est un grand appartement, remarqua Antoine. Vraiment magnifique!

– Aujourd'hui, oui. Mais autrefois, c'était plus petit et bien plus humble, dit Bertrand. C'était une époque difficile pour mes grands-parents. Mon grand-père n'a bien gagné sa vie que dans les années soixante, c'est là qu'il a racheté l'appartement attenant et qu'il les a réunis.

– Alors, quand grand-père était enfant, il vivait dans cette petite partie? dit Zoë.

– C'est cela, dit Bertrand. De là à là. C'était la chambre de ses parents, et lui dormait à cet endroit. C'était beaucoup plus petit.»

Antoine cogna en expert sur les murs.

«Oui, je sais à quoi tu penses, sourit Bertrand. Tu veux rassembler les deux chambres, c'est ça?

– Exactement! admit Antoine.

– C'est une bonne idée. Il faut y réfléchir un peu plus. Ce ne sera pas simple avec ce mur, je te montrerai plus tard. Mur porteur avec des tuyaux et tout un tas de machins à l'intérieur. Pas si facile qu'il n'y paraît. »

Je regardai ma montre. Deux heures et demie.

« Je dois y aller, dis-je. J'ai rendez-vous avec Joshua.

– Qu'est-ce qu'on fait de Zoë ? » demanda Bertrand.

Zoë leva les yeux au ciel.

« Ben, je peux rentrer en bus à Montparnasse.

– Et l'école ? » dit Bertrand.

Elle leva les yeux au ciel une nouvelle fois.

« Papa ! On est mercredi et je te rappelle qu'il n'y a pas d'école le mercredi après-midi, tu te souviens ? »

Bertrand se gratta la tête.

« À mon époque…

– Il n'y avait pas école le jeudi », acheva Zoë comme un refrain mille fois entonné.

« Ce système d'éducation français ridicule, soupirai-je. Et école le samedi matin par-dessus le marché ! »

Antoine était d'accord avec moi. Ses fils allaient dans une école privée où il n'y avait pas cours le samedi matin. Mais Bertrand – comme ses parents – était un ardent défenseur de l'école publique. J'avais voulu inscrire Zoë dans une école bilingue, il y en avait plusieurs à Paris, mais la tribu Tézac ne voulait pas en entendre parler. Zoë était française, née en France. Elle irait dans une école française. Elle suivait donc les cours du lycée Montaigne, près des jardins du Luxembourg. Les Tézac paraissaient oublier que Zoë avait une mère américaine. Par chance, l'anglais de Zoë était parfait. Je n'avais toujours parlé que cette langue avec elle et elle allait souvent rendre visite à mes parents à Boston. Elle passait la plupart de ses vacances d'été à Long Island dans la famille de ma sœur Charla.

Bertrand se tourna vers moi. Il avait cette petite lueur dans le regard, une lueur dont je me méfiais, qui pouvait signifier quelque chose de drôle ou de cruel, ou les deux à la fois. Antoine savait aussi à quoi s'attendre, à en juger par la façon dont il plongea un regard concentré sur ses mocassins en cuir.

« Bien sûr, nous savons ce que Miss Jarmond pense de nos écoles, de nos hôpitaux, de nos grèves interminables, de nos longues vacances, de notre système de plomberie, de notre poste, de notre télévision, de notre politique, de nos merdes de chiens sur les trottoirs, dit Bertrand en me montrant sa dentition parfaite. Nous avons entendu son refrain des centaines de fois, vraiment des centaines, n'est-ce pas ? J'aime l'Amérique, tout est *clean* en Amérique, tout le monde ramasse ses crottes de chien en Amérique !

– Papa, arrête ! Tu es lourd ! » dit Zoë en me prenant la main.

*D*e la cour, la fillette vit un voisin en pyjama penché à sa fenêtre. C'était un gentil monsieur, un professeur de musique. Il jouait du violon et elle aimait l'écouter. Il jouait souvent pour elle et pour son frère de l'autre côté de la cour. De vieilles chansons françaises, Sur le pont d'Avignon, À la claire fontaine, *et aussi des airs du pays de ses parents, des airs qui donnaient toujours envie de danser joyeusement à ses parents, les pantoufles de sa mère glissant alors sur les lattes du parquet tandis que son père la faisait valser, encore et encore, jusqu'à lui donner le tournis.*

« Que faites-vous? Où les emmenez-vous?» s'écria-t-il.

Sa voix traversa la cour en couvrant les cris du bébé. L'homme à l'imperméable ne lui répondit pas.

« Mais vous ne pouvez pas faire ça, continua le voisin. Ce sont des honnêtes gens, des gens bien! Vous ne pouvez pas faire ça!»

Au son de sa voix, des volets commencèrent à s'ouvrir, des visages apparurent derrière les rideaux.

Mais la fillette remarqua que personne ne bougeait, personne ne disait rien. Ils se contentaient de regarder.

La mère s'arrêta, incapable de continuer à marcher, le dos secoué de sanglots. Ils la poussèrent brutalement pour la faire avancer.

Les voisins regardaient la scène en silence. Même le professeur de musique se taisait à présent.

Soudain la mère se retourna et hurla à perdre haleine. Elle hurla le nom de son époux. Trois fois.

Les hommes la saisirent par le bras et la secouèrent sans égard. Elle lâcha ses bagages et ses paquets. La fillette voulut les faire cesser, mais ils la repoussèrent.

Un homme apparut sous le porche, un homme mince portant des vêtements froissés, avec une barbe de trois jours et des yeux rougis et fatigués. Il traversa la cour en marchant bien droit.

Quand il passa au niveau des deux hommes, il leur dit qui il était. Son accent était aussi prononcé que celui de la femme.

« Emmenez-moi avec ma famille », dit-il.

La fillette glissa sa main dans celle de son père.

Elle se dit qu'elle était en sécurité. En sécurité avec son père et sa mère. Tout cela finirait vite. C'était la police française, pas les Allemands. Personne ne leur ferait de mal.

Ils reviendraient bientôt dans l'appartement et Maman préparerait un bon petit déjeuner. Et le petit frère sortirait de sa cachette. Et Papa retournerait à l'atelier dont il était contremaître, en bas de la rue, où on fabriquait des ceintures, des sacs et des portefeuilles. Tout serait comme avant. Très vite, la vie redeviendrait sûre.

Dehors, il faisait jour. L'étroite rue était vide. La fillette se retourna sur son immeuble, sur les visages silencieux aux fenêtres, sur la concierge qui berçait la petite Suzanne.

Le professeur de musique leva lentement la main en signe d'au revoir. Elle fit de même en lui souriant. Tout allait bien se passer. Elle reviendrait, ils reviendraient tous. Mais le visage du violoniste exprimait tant de détresse. Des larmes coulaient sur ses joues, des larmes muettes qui disaient l'impuissance et la honte, et que la fillette ne comprenait pas.

« Lourd, moi? Mais ta mère adore ça! gloussa Bertrand en jetant un coup d'œil complice à Antoine. N'est-ce pas, mon amour, que tu aimes ça? N'est-ce pas, *chérie*?»

Il tourna sur lui-même dans le salon, claquant des doigts sur l'air de *West Side Story*.

Je me sentais bête, ridicule, devant Antoine. Pourquoi Bertrand prenait-il tant de plaisir à me faire passer pour l'Américaine pleine de préjugés, toujours prompte à critiquer les Français? Et pourquoi restais-je plantée là à le laisser faire sans réagir? À une certaine époque, cela m'amusait. Au début de notre mariage, c'était même notre blague favorite, qui faisait hurler de rire nos amis français comme nos amis américains. Au début.

Je souris, comme d'habitude. Mais de façon un peu crispée.

«As-tu rendu visite à Mamé dernièrement?» demandai-je.

Bertrand était déjà passé à autre chose, occupé à prendre des mesures.

«Quoi?

— Mamé, répétai-je patiemment. Je crois qu'elle aimerait beaucoup te voir. Elle serait sûrement heureuse de parler un peu de l'appartement.»

Ses yeux se plantèrent dans les miens.

«Pas le temps, *amour*. Vas-y, toi!»

Il me fit son regard suppliant.

«Bertrand, je m'y rends chaque semaine, tu le sais bien.»

Il soupira.

«C'est ta grand-mère après tout, dis-je.

– Mais elle t'adore, *Miss America*, dit-il avec un sourire. Et moi aussi je t'adore, *baby*.»

Il s'avança pour m'embrasser sur les lèvres.

L'Américaine. «Alors, c'est vous l'Américaine?» avait dit Mamé en guise d'introduction, des années en arrière, dans cette même pièce, en me toisant de ses pupilles grises et songeuses. *L'Américaine*. Oh oui, à quel point je m'étais sentie américaine avec ma coupe dégradée, mes baskets et mon large sourire, devant cette quintessence de femme française de soixante-dix ans qui se tenait si droite, avec son profil aristocratique, son chignon impeccable et ses yeux malicieux. Pourtant, j'avais aimé Mamé au premier regard. Aimé son rire surprenant et guttural. Son humour à froid.

Encore aujourd'hui, je devais bien avouer que je l'aimais plus que les parents de Bertrand, qui me faisaient toujours sentir d'où je venais, même si j'avais déjà passé vingt-cinq ans à Paris, même si j'étais l'épouse de leur fils et la mère de leur petite-fille.

En quittant l'appartement, je me trouvai confrontée encore une fois à ce reflet gênant dans le miroir de l'ascenseur et pris soudain conscience que j'avais trop longtemps supporté les piques de Bertrand, en bonne pâte que j'étais.

Mais aujourd'hui, pour la première fois, et pour quelque obscure raison, je sentais que ce temps-là était révolu.

*L*a fillette se tenait collée à ses parents. Ils avaient atteint le bout de la rue à présent et l'homme à l'imperméable ne cessait de leur répéter de se dépêcher. Elle se demanda où ils allaient. Pourquoi devaient-ils marcher si vite? On les fit entrer dans un grand garage. Elle reconnut l'endroit, ce n'était pas loin de là où elle vivait ni de là où son père travaillait.

À l'intérieur, des hommes en salopettes bleues maculées de cambouis étaient plongés dans des moteurs. Les ouvriers levèrent les yeux vers eux en silence. Personne ne prononça le moindre mot. Puis la fillette aperçut tout un groupe de gens qui se tenaient là, avec des sacs et des paniers posés à leurs pieds. Elle remarqua qu'il y avait surtout des femmes et des enfants. Elle en connaissait quelques-uns. Mais aucun n'osa les saluer. Après un moment, deux policiers surgirent. Ils appelèrent des noms. Son père leva la main à l'appel du sien.

La fillette regarda autour d'elle. Elle aperçut un garçon de son école, Léon. Il avait l'air fatigué et effrayé. Elle lui sourit. Elle aurait voulu lui dire que tout irait bien, qu'ils rentreraient bientôt chez eux, que ça ne durerait pas, qu'on les renverrait. Mais Léon la fixait comme si elle était devenue folle. Elle se mit à regarder ses pieds en rougissant. Peut-être avait-elle tout faux. Son cœur battait à tout rompre. Peut-être les choses ne se passeraient-elles pas comme elle le pensait. Elle se sentit très naïve, très bête, très jeune.

Son père se pencha vers elle. Son menton mal rasé lui chatouilla l'oreille. Il prononça son prénom. Il lui demanda où était son frère. Elle lui montra la clef. Le petit garçon était à l'abri dans leur placard secret, murmura-t-elle, fière de ce qu'elle avait fait. Il était en sécurité.

Les yeux de son père s'écarquillèrent étrangement. Elle sentit ses mains lui serrer le bras.

« Mais ça va aller, dit-elle, tout ira bien pour lui. Le placard est grand, il y a assez d'air pour respirer. Et puis il a de l'eau et une lampe de poche. Tout ira bien pour lui, Papa.

— Tu ne comprends pas, lui dit son père, tu ne comprends pas. »

Et à son grand désarroi, elle vit des larmes monter dans ses yeux.

Elle le tira par la manche. Elle ne supportait pas de voir son père pleurer.

« Papa, dit-elle, nous allons rentrer à la maison, n'est-ce pas ? Nous irons après l'appel, hein Papa ? »

Le père essuya ses larmes. Il la regarda avec des yeux si affreusement tristes qu'elle ne supporta pas de soutenir son regard.

« Non, dit-il, nous ne rentrerons pas. Ils ne nous le permettront pas. »

Elle sentit un vent froid et sinistre la traverser. Lui revint encore une fois à l'esprit ce qu'elle avait entendu de la conversation de ses parents, cachée derrière la porte, la peur qu'ils avaient, leur angoisse qui planait dans la nuit.

« Que veux-tu dire, Papa ? Où allons-nous ? Pourquoi on ne rentre pas ? Tu dois me dire ! Je t'en prie ! »

Elle avait presque hurlé les derniers mots.

Son père la regarda à nouveau. Il prononça encore une fois son prénom, très tendrement. Ses yeux étaient humides, ses cils piqués de larmes. Il porta la main à sa nuque.

« Sois courageuse, ma jolie chérie. Sois courageuse, la plus courageuse que tu peux. »

Elle n'arrivait pas à pleurer. Sa peur était si grande qu'elle englou-
tissait tout le reste, elle aspirait la moindre de ses émotions comme un
trou noir avide et monstrueux.

« Mais je lui ai promis que je reviendrais, Papa. J'ai promis ! »

Il recommençait à pleurer et ne l'écoutait pas. Il était enfermé dans
sa propre peine, dans sa propre peur.

On les fit tous sortir. La rue était déserte, si ce n'était une longue
file de bus garés le long du trottoir. Des bus ordinaires, comme ceux que
prenaient la mère et ses enfants pour traverser la ville : des bus de tous
les jours, verts et blancs, avec des plates-formes à l'arrière.

On leur donna l'ordre de monter, on les tassa les uns contre les
autres. La fillette chercha encore une fois du regard les uniformes vert-
de-gris, tendit l'oreille pour entendre la langue rude et gutturale, tout ce
dont elle avait appris à avoir peur. Mais il n'y avait là que des policiers,
des policiers français.

À travers la vitre poussiéreuse du bus, elle reconnut l'un d'entre eux,
un jeune avec des cheveux roux qui l'avait souvent aidée à traverser la
rue en revenant de l'école. Elle cogna contre le carreau pour attirer son
attention. Quand il l'aperçut, il détourna immédiatement le regard. Il
semblait gêné, presque agacé. Elle se demanda pourquoi. Comme on les
entassait dans le bus, un homme se mit à protester. On le frappa. Puis
un policier hurla qu'il tirerait sur quiconque tenterait de s'échapper.

La fillette regardait vaguement défiler les immeubles et les arbres.
Elle ne pensait qu'à son frère enfermé dans le placard, dans l'apparte-
ment vide, et qui l'attendait. Elle était incapable de penser à autre chose.
Ils traversèrent un pont, elle vit la Seine qui scintillait. Où allaient-ils ?
Papa ne savait pas. Personne ne savait. Et tous avaient peur.

Un coup de tonnerre soudain les fit sursauter. La pluie s'abattit sur
Paris, si dense que le bus dut s'arrêter. La fillette écoutait les gouttes s'écraser
sur le toit du bus. La pause ne dura qu'un instant. Le bus reprit bientôt
sa route, dans un crissement de pneus sur le pavé. Le soleil réapparut.

Le bus stoppa et on les fit descendre, dans un désordre de paquets, de valises et d'enfants en pleurs. La fillette ne connaissait pas cette rue. Elle n'était jamais venue dans ce quartier. Elle vit la ligne du métro aérien à l'autre bout de la rue.

On les conduisit vers un grand immeuble clair. Quelque chose était inscrit sur la façade en immenses lettres noires, mais elle ne parvint pas à lire. Elle vit alors que la rue entière était pleine de familles comme la sienne, descendant des bus, sous les hurlements de la police. La police française, et elle seule.

Accrochée à la main de son père, elle fut bousculée et poussée jusque sous une gigantesque arène couverte. Une foule innombrable était déjà massée ici, au centre de l'arène, et sur les sièges durs et métalliques des gradins. Combien étaient-ils? Elle n'aurait su dire. Des centaines? Il en arrivait sans arrêt. La fillette leva les yeux vers l'immense verrière bleue en forme de dôme. Un soleil sans merci perçait à travers.

Son père trouva un endroit où s'asseoir. La fillette observait le flot ininterrompu qui venait grossir la foule. Le bruit se fit de plus en plus intense, c'était une rumeur qui enflait, celle de milliers de voix, de sanglots d'enfants, de gémissements de femmes. La chaleur devint insupportable, de plus en plus étouffante à mesure que le soleil montait dans le ciel. Il y avait de moins en moins d'espace et ils étaient collés les uns contre les autres. Elle observa les hommes, les femmes, les enfants, leurs visages crispés, leurs yeux pleins d'effroi.

« Papa, dit-elle, combien de temps allons-nous rester ici?

– Je ne sais pas, ma chérie.

– Pourquoi sommes-nous là? »

Elle posa sa main sur l'étoile jaune cousue sur sa poitrine.

« C'est à cause de ça, n'est-ce pas? dit-elle. Tout le monde ici en porte une. »

Son père sourit tristement.

« Oui, dit-il. C'est à cause de ça. »

La fillette fronça les sourcils.

« Ce n'est pas juste, Papa, dit-elle les dents serrées. Ce n'est pas juste ! »

Il la prit dans ses bras et murmura tendrement son prénom.

« Oui, mon amour, tu as raison, ce n'est pas juste. »

Elle s'assit contre lui, la joue appuyée contre l'étoile qu'il portait sur sa veste.

Il y avait un mois de cela, sa mère avait cousu les étoiles sur tous leurs vêtements. Sauf sur ceux de son petit frère. Quelque temps auparavant, leurs cartes d'identité avaient été tamponnées des mots « Juif » ou « Juive ». Puis il y eut tout un tas de choses qu'ils ne furent plus autorisés à faire. Jouer dans le square. Faire de la bicyclette. Aller au cinéma. Au théâtre. Au restaurant. À la piscine. Emprunter des livres à la bibliothèque.

Elle avait vu fleurir les panneaux un peu partout : « Interdit aux Juifs ». Et sur la porte de la fabrique où travaillait son père, un écriteau signalait « Entreprise juive ». Maman devait faire les courses après seize heures, quand il ne restait plus rien dans les magasins à cause du rationnement. Ils devaient voyager dans le dernier wagon de la rame de métro. Et être rentrés chez eux pour le couvre-feu, et ne pas quitter leur domicile avant le lever du soleil. Que leur était-il encore permis de faire ? Rien. Rien, pensa-t-elle.

Injuste. Tellement injuste. Pourquoi ? Pourquoi eux ? Pourquoi tout ça ? Personne ne semblait capable de lui fournir une explication.

Joshua attendait déjà dans la salle de réunion, en buvant le jus de chaussette qu'il adorait. Je me dépêchai d'entrer et m'assis entre Bamber, le directeur photo, et Alessandra, la responsable des sujets société.

La pièce donnait sur la rue Marbeuf et son animation permanente, à deux pas des Champs-Élysées. Ce n'était pas mon quartier préféré – trop de monde, trop tape-à-l'œil – mais j'y venais tous les jours, habituée à me frayer un chemin le long de l'avenue, sur les vastes trottoirs poussiéreux et encombrés de touristes à toute heure de la journée, quelle que soit la saison.

Cela faisait six ans que j'écrivais pour l'hebdomadaire américain *Seine Scenes*. Il y avait une édition papier ainsi qu'une version sur le net. J'écrivais une chronique sur les événements susceptibles d'intéresser les expatriés américains. Je faisais dans la «couleur locale», ce qui pouvait aller de la vie sociale à la vie culturelle – expos, films, restaurants, livres – mais aussi la prochaine élection présidentielle.

Ce n'était pas un travail si facile, en fait. Les délais étaient courts et Joshua despotique. Je l'aimais bien, mais il n'en restait pas moins un tyran. C'était le genre de patron qui refusait de prendre en compte la vie privée, le mariage, les enfants. Si une collaboratrice tombait enceinte, elle devenait invisible. Si une mère avait un enfant malade à la maison, il la foudroyait du regard. Cependant, il avait un œil perspicace, un vrai talent éditorial et un don troublant du timing parfait. Devant lui, nous nous inclinions et dès qu'il avait le dos tourné, nous nous plaignions, mais nous travaillions dur. La cinquantaine, né et élevé à New York, depuis dix ans à Paris, Joshua avait un air placide auquel il valait mieux ne pas se fier. Son visage était tout en longueur et son regard tombant. Mais dès qu'il ouvrait la bouche, il était le chef, indéniablement. On écoutait Joshua. Et personne n'aurait osé l'interrompre.

Bamber venait de Londres et n'avait pas tout à fait la trentaine. Il dominait à plus d'un mètre quatre-vingts, portait des lunettes aux verres mauves, des piercings divers et se teignait les cheveux en orange. Il avait un humour britannique exquis que je trouvais tout à fait irrésistible, mais que Joshua saisissait rarement. J'avais un faible pour Bamber. C'était un collègue discret et efficace. Il était également d'un grand soutien quand Joshua n'était pas dans un bon jour et passait sur nous sa mauvaise humeur. Bamber était un allié précieux.

Alessandra était à moitié italienne, avait une peau parfaite et une ambition dévorante. C'était une jolie fille aux brillants cheveux noirs bouclés, avec le genre de bouche pulpeuse qui rend les hommes stupides. Je n'arrivais pas à savoir si je l'aimais ou non. Elle avait la moitié de mon âge et gagnait déjà autant que moi, bien que mon nom apparaisse avant le sien dans l'ours du journal.

Joshua parcourut la liste des articles à venir. Il y en aurait un costaud à écrire à propos de l'élection présidentielle, gros sujet depuis la victoire controversée de Jean-Marie Le Pen au premier tour. Je ne tenais pas particulièrement à m'en charger, et me réjouis secrètement quand Alessandra fut désignée pour ce travail.

«Julia, dit Joshua, en me regardant par-dessus les verres de ses lunettes, le soixantième anniversaire du Vél d'Hiv. C'est dans tes cordes.»

Je me raclai la gorge. Qu'est-ce qu'il avait dit? J'avais entendu quelque chose comme «le véldive».

Ça ne m'évoquait rien.

Alessandra me regarda avec condescendance.

«16 juillet 1942? Ça ne te dit pas quelque chose?» dit-elle. Je détestais ce ton mielleux de madame-je-sais-tout qu'elle prenait parfois. Comme aujourd'hui.

Joshua poursuivit :

«La grande rafle du vélodrome d'Hiver. Vél d'Hiv en abrégé. Un célèbre stade couvert où se tenaient des courses de vélo. Des milliers de familles juives y ont été parquées et enfermées pendant des jours dans des conditions atroces. Puis on les envoya à Auschwitz où elles ont toutes été gazées.»

Ça commençait à me revenir. Mais ce n'était pas très précis dans mon esprit.

«Oui, dis-je avec l'air assuré et en fixant Joshua. OK, alors je fais quoi?»

Il enfonça la tête dans les épaules.

«Tu pourrais commencer par trouver des survivants ou des témoins. Puis tu vérifieras les détails de la commémoration, qui l'organise, où, quand. Puis je veux les faits. Ce qui s'est exactement passé. C'est un travail délicat, tu sais. Les Français sont toujours réticents quand il s'agit de parler de tout ça, de Vichy, de l'Occupation… Des choses dont ils ne sont pas très fiers.

– Je connais quelqu'un qui pourrait t'aider», dit Alessandra avec un peu moins de condescendance. «Franck Lévy. Il est le fondateur d'une des grandes organisations qui aide les Juifs à retrouver leurs familles depuis l'Holocauste.

– J'ai entendu parler de lui», dis-je en notant son nom.

Franck Lévy était effectivement un personnage connu. Il donnait des conférences et écrivait des articles sur les spoliations de biens juifs et la déportation.

Joshua avala une gorgée de café.

«Je ne veux pas un truc mollasson, dit-il. Pas de sentimentalisme. Des faits. Des témoignages. Et...» – il jeta un coup d'œil à Bamber – «... de bonnes photos chocs. Fouille dans les archives. Il n'y a pas grand-chose, comme tu t'en rendras compte toi-même, mais peut-être que ce Lévy pourra t'aider à trouver davantage.

– Je vais commencer par aller au Vél d'Hiv, dit Bamber. Pour me faire une idée.»

Joshua eut un sourire ironique.

«Le Vél d'Hiv n'existe plus. Il a été rasé en 1959.

– Où était-ce?» demandai-je, heureuse de constater que je n'étais pas la seule ignorante.

Alessandra avait encore une fois la réponse.

«Rue Nélaton. Dans le 15ᵉ arrondissement.

– On peut toujours y aller, dis-je en regardant Bamber. Peut-être y a-t-il encore des gens dans cette rue qui se souviennent de ce qui est arrivé.»

Joshua haussa les épaules.

«Tente le coup, si tu veux, dit-il. Mais je doute fort que tu trouves beaucoup de gens prêts à te parler. Comme je vous l'ai dit, les Français sont très susceptibles sur le sujet, c'est encore extrêmement sensible. N'oubliez pas que c'est la police française qui a arrêté toutes ces familles juives. Pas les nazis.»

En écoutant Joshua, je me rendis compte à quel point je savais peu de chose des événements survenus à Paris en juillet 1942. Ce n'était pas au programme scolaire dans mon école de Boston. Et depuis que j'étais à Paris, depuis vingt-cinq ans, je n'avais pas lu grand-chose à ce sujet. C'était comme un secret. Quelque chose d'enfoui dans le passé. Quelque chose dont personne ne parlait. J'avais hâte de me mettre devant mon ordinateur pour commencer des recherches sur Internet.

Dès que la réunion fut terminée, je fonçai dans le cube qui me servait de bureau, au-dessus de la bruyante rue Marbeuf. Nous étions logés à l'étroit. Mais je m'y étais faite et cela m'était égal. Je n'avais pas la place de travailler à la maison. Dans notre nouvel appartement, Bertrand avait promis que j'aurais un grand bureau pour moi toute seule. Mon bureau. Enfin! Cela semblait trop beau pour être vrai. Le genre de luxe auquel on s'habitue vite.

J'allumai l'ordinateur, allai sur Internet, interrogeai Google. Je tapai «vélodrome d'hiver vél d'hiv». Les sites étaient très nombreux. La plupart en français. Et sur des points très précis.

J'ai lu tout l'après-midi. Je n'ai rien fait d'autre que lire et enregistrer des informations, rechercher des livres sur l'Occupation et les rafles. Je remarquai que de nombreux ouvrages étaient épuisés. Je me demandai pourquoi. Parce que personne ne voulait lire sur le Vél d'Hiv? Parce que cela n'intéressait plus personne? J'appelai quelques librairies. On me répondit qu'il ne serait pas facile de me procurer ce que je cherchais. Faites tout ce que vous pouvez, dis-je.

Quand j'éteignis l'ordinateur, je me sentis lessivée. Mes yeux étaient douloureux. Ma tête et mon cœur me pesaient. Ce que j'avais appris me pesait.

Plus de quatre mille enfants juifs avaient été parqués dans le Vél d'Hiv, la plupart avaient entre deux et douze ans. Presque tous ces enfants étaient français, nés en France.

Aucun ne revint vivant d'Auschwitz.

Ce jour semblait ne pas vouloir finir. C'était insupportable. Blottie contre sa mère, la fillette observait les familles qui les entouraient perdre progressivement leur santé mentale. Il n'y avait rien à manger, rien à boire. La chaleur était étouffante. L'atmosphère était pleine d'une poussière sèche et irritante qui lui piquait les yeux et la gorge.

Les grandes portes du stade étaient closes. Tout le long des murs se tenaient des policiers aux visages fermés qui les menaçaient en silence de leurs fusils. Nulle part où aller. Rien à faire. Sinon rester assis là et attendre. Mais attendre quoi ? Qu'allait-il leur arriver, qu'allait-il arriver à sa famille et à tous ces gens ?

Avec son père, elle avait tenté d'atteindre les toilettes, à l'autre bout de l'arène. Une puanteur inimaginable les accueillit. Il y avait trop peu de sanitaires pour autant de gens et bientôt les toilettes furent inutilisables. La fillette dut s'accroupir le long du mur pour se soulager, en luttant contre une irrépressible envie de vomir, la main plaquée contre la bouche. Les gens pissaient et déféquaient où ils pouvaient sur le sol dégoûtant, honteux, brisés, recroquevillés comme des animaux. Elle vit une vieille femme qui tentait de garder un peu de dignité en se cachant derrière le manteau de son mari. Une autre suffoquait d'horreur et secouait la tête, les mains sur le nez et la bouche.

La fillette suivit son père à travers la foule pour rejoindre l'endroit où ils avaient laissé la mère. Ils se faufilaient difficilement à travers les tribunes encombrées de paquets, de sacs, de matelas, de berceaux. L'arène était noire de monde. Elle se demandait combien ces gens pouvaient bien être. Les enfants couraient dans les allées, débraillés, sales, criant qu'ils voulaient de l'eau. Une femme enceinte, presque évanouie à cause de la chaleur et de la soif, hurlait de toutes les forces qui lui restaient qu'elle allait mourir, qu'elle allait mourir dans l'instant. Un vieil homme s'écroula d'un coup, allongé de tout son long sur le sol poussiéreux. Son visage était tout bleu et il avait des convulsions. Personne ne réagit.

La fillette s'assit près de sa mère. Celle-ci était étrangement calme. Elle ne disait plus rien. La fillette lui prit la main et la pressa contre la sienne. Elle n'eut aucune réaction. Le père se dirigea vers un policier pour demander de l'eau, pour sa femme et son enfant. L'homme lui répondit sèchement qu'il n'y avait pas d'eau pour le moment. Le père dit que c'était abominable, qu'on n'avait pas le droit de les traiter comme des chiens. Le policier lui tourna le dos et s'éloigna.

La fillette aperçut de nouveau Léon, le garçon qu'elle avait vu dans le garage. Il errait parmi la foule, en ne quittant pas des yeux les grandes portes closes. Elle remarqua qu'il ne portait pas son étoile jaune, qui avait été arrachée. Elle se leva pour le rejoindre. Le visage du garçon était crasseux et il avait un bleu sur la joue gauche, un autre sur la clavicule. Elle se demanda si elle aussi ressemblait à ça, à une pauvre chose épuisée et battue.

« Je vais sortir d'ici, dit-il à voix basse. Mes parents m'ont dit de le faire. Maintenant.

— Mais comment vas-tu t'y prendre ? dit-elle. Les policiers t'en empêcheront. »

Le garçon la regarda. Il avait le même âge qu'elle, dix ans, mais il faisait beaucoup plus vieux. Toute trace d'enfance en lui avait disparu.

« *Je trouverai un moyen, dit-il. Mes parents m'ont dit de m'enfuir. Ils m'ont enlevé mon étoile. C'est la seule solution. Sinon c'est la fin. La fin pour chacun d'entre nous.* »

Le vent froid de la peur s'empara d'elle à nouveau. La fin ? Se pouvait-il que ce garçon ait raison ? Était-ce réellement la fin ?

Il la toisa avec un peu de mépris.

« *Tu ne me crois pas, n'est-ce pas ? Pourtant, tu devrais venir avec moi. Arrache ton étoile et suis-moi tout de suite. Nous nous cacherons. Je prendrai soin de toi. Je sais comment faire.* »

Elle pensa à son petit frère qui attendait dans le placard. Elle caressa du bout des doigts la clef qui se trouvait toujours dans sa poche. Pourquoi ne pas suivre ce petit garçon vif et intelligent ? Ainsi, elle pourrait sauver son frère, et se sauver par la même occasion.

Mais elle se sentait trop petite, trop vulnérable pour faire une chose pareille. Elle avait trop peur. Et puis il y avait ses parents… Sa mère… Son père… Que deviendraient-ils ? Léon disait-il la vérité ? Pouvait-elle lui faire confiance ?

Il posa une main sur son bras. Il avait senti qu'elle hésitait.

« *Viens avec moi, la pressa-t-il.*

— *Je ne suis pas sûre* », *marmonna-t-elle.*

Il recula.

« *Moi, j'ai pris ma décision. Je m'en vais. Au revoir.* »

Elle le vit se diriger vers la sortie. Les policiers faisaient entrer de plus en plus de monde, des vieillards sur des brancards ou en fauteuil roulant, des files infinies d'enfants sanglotants et de femmes en pleurs. Elle observa Léon se glisser dans la foule et attendre l'instant propice.

À un moment, un policier le saisit par le col et le jeta en arrière. Mais Léon était agile et rapide. Il se releva vite, reprit son lent chemin vers la porte, comme un nageur luttant patiemment contre le courant. La fillette le regardait, fascinée.

Un groupe de mères avait pris l'entrée d'assaut et folles de colère, réclamaient de l'eau pour leurs enfants. La police se laissa déborder un instant, ne sachant comment réagir. La fillette vit le petit garçon se glisser à travers le désordre avec agilité, rapide comme l'éclair. Puis il disparut.

Elle retourna près de ses parents. La nuit commençait à tomber et à mesure, son désespoir, et celui des milliers de gens enfermés avec elle, se mettait à grandir, comme une créature monstrueuse, hors de contrôle. Un désespoir total, absolu, qui la remplit de panique.

Elle essaya de fermer ses yeux, son nez, ses oreilles, de repousser les odeurs, la poussière, la chaleur, les cris d'angoisse, les images des adultes en pleurs, des enfants gémissants, mais elle n'y parvint pas.

La seule chose qu'elle pouvait faire, c'était regarder, impuissante et silencieuse. Au niveau des derniers gradins, tout près de la verrière, où des gens s'étaient regroupés, elle remarqua une soudaine agitation. Un hurlement à fendre le cœur, des vêtements tombant en tourbillonnant par-dessus la rambarde, et un bruit sourd contre le sol dur de l'arène. Puis le halètement d'horreur de la foule.

« Papa, qu'est-ce que c'était ? » demanda-t-elle.

Son père essaya de détourner le visage de sa fille.

« Rien, ma chérie, rien du tout. Juste quelques vêtements qui sont tombés. »

Mais elle avait bien vu. Elle savait ce qui venait de se passer. Une jeune femme de l'âge de sa mère et un petit enfant. Ils se tenaient serrés l'un contre l'autre. Ils avaient sauté. Du dernier gradin.

De là où elle était assise, elle avait vu le corps disloqué de la femme, le crâne ensanglanté de l'enfant, éclaté comme une tomate mûre.

La fillette baissa la tête et se mit à pleurer.

Quand je n'étais encore qu'une petite fille habitant au 49 Hyslop Road, à Brookline, Massachusetts, je n'imaginais pas qu'un jour, je m'installerais en France ni que j'épouserais un Français. Je pensais que je resterais aux États-Unis toute ma vie. À onze ans, je tombai amoureuse d'Evan Frost, le fils des voisins. Un môme tout droit sorti d'un dessin de Norman Rockwell, des taches de rousseur plein le visage et un appareil sur les dents, dont le chien, Inky, adorait faire du grabuge dans les jolies plates-bandes de mon père.

Mon père, Sean Jarmond, enseignait au Massachusetts Institute of Technology. Le genre «professeur Nimbus», avec une chevelure indomptable et des lunettes de hibou. C'était un prof populaire parmi les élèves. Ma mère, Heather Carter Jarmond, était une ancienne championne de tennis de Miami, le type de femme grande, athlétique et hâlée sur laquelle le temps semble ne pas avoir de prise. Elle pratiquait le yoga et mangeait bio.

Le dimanche, mon père et Mr Frost, le voisin, avaient d'interminables parties d'engueulade par-dessus la haie à cause d'Inky et des ravages qu'il faisait subir à nos tulipes. Pendant ce temps-là, dans la cuisine, ma mère préparait des petits gâteaux au miel et au blé complet en soupirant. Elle détestait par-dessus tout les conflits. Indifférente à l'agitation, ma petite sœur Charla continuait de regarder ses séries préférées en engloutissant des kilomètres de réglisse. À l'étage, ma meilleure amie Katy Lacy et moi espionnions derrière les rideaux le magnifique Evan Frost s'amuser avec l'objet de la fureur de mon père, un labrador au pelage noir.

C'était une enfance heureuse et protégée. Pas d'éclats, pas de disputes. L'école en bas de la rue. Des fêtes de Thanksgiving paisibles. Des Noël chaleureux. De longs étés paresseux à Nahant. Des mois sans histoire faits de semaines tout autant sans histoire. La seule chose qui gâchait mon bonheur parfait, c'était mon professeur de cinquième, la platine Miss Sebold, qui me terrifiait en nous faisant la lecture du *Cœur révélateur* d'Edgar Allan Poe. Grâce à elle, durant des années, j'ai fait des cauchemars.

C'est pendant mon adolescence que j'ai senti les premiers appels de la France, une fascination insidieuse qui grandissait à mesure que le temps passait. Pourquoi la France ? Pourquoi Paris ? La langue française m'avait toujours attirée. Je la trouvais plus douce, plus sensuelle que l'allemand, l'espagnol ou l'italien. J'excellais même dans l'imitation du putois français des Looney Tunes, Pépé Le Pew. Mais à l'intérieur de moi, je savais que mon désir croissant pour Paris n'avait rien à voir avec les clichés qu'en avaient les Américains – la ville romantique, chic et sexy. C'était pour moi bien autre chose.

Quand j'ai découvert Paris pour la première fois, ce sont ses contrastes qui m'ont ensorcelée. Les quartiers rudes et populaires me parlaient autant que les quartiers haussmanniens. Je voulais tout savoir de ses paradoxes, de ses secrets, de ses surprises. J'ai mis vingt-cinq ans à me fondre dans cet univers, mais j'y suis parvenue. J'ai appris à me faire à la mauvaise humeur des serveurs et à la grossièreté des taxis. Appris comment conduire place de l'Étoile, en restant imperméable aux insultes des conducteurs de bus énervés et à celles – plus surprenantes au début – d'élégantes blondes méchées en Mini noire. J'ai appris à répondre aux concierges arrogantes, aux vendeuses pimbêches, aux standardistes blasées et aux médecins pompeux. J'ai appris comment les Parisiens se considèrent supérieurs au reste du monde, et tout particulièrement à tout autre citoyen français, de Nice à Nancy, avec un dédain supplémentaire pour les habitants des banlieues de la Ville Lumière. J'ai appris que le reste de la France surnommait les Parisiens «Parigots têtes de veau» et ne les portait pas dans son cœur. Personne ne pouvait aimer Paris plus qu'un vrai Parisien. Personne n'était plus fier de sa ville qu'un vrai Parisien. Personne n'égalait cette arrogance presque méprisante, si puante et si irrésistible. Pourquoi aimais-je tant Paris, me demandais-je? Peut-être parce que je savais que je n'en ferais jamais vraiment partie. Cette ville me restait fermée, me renvoyant à ce que j'étais. *L'Américaine.* Ce que je resterais toujours.

Je voulais déjà être journaliste à l'âge de Zoë. J'avais commencé à écrire dans l'hebdo de mon lycée. Je n'ai plus arrêté depuis. Je suis venue vivre à Paris à vingt ans et des poussières, après avoir obtenu mon diplôme de l'université de Boston, en littérature anglaise. Mon premier boulot était une place d'assistante dans un magazine de mode américain, mais j'ai vite laissé tomber. Je voulais quelque chose de plus consistant que la longueur des jupes ou les nouvelles tendances de la mode printemps-été.

Après cet épisode, j'ai pris le premier emploi qui se présentait. Je réécrivais des dépêches pour une chaîne de télévision américaine. Le salaire n'était pas extraordinaire, mais il suffisait à payer mon loyer dans le 18e arrondissement, un appartement que je partageais avec deux Français homosexuels, Hervé et Christophe, qui devinrent pour moi de véritables amis.

Je devais dîner avec eux cette semaine, rue Berthe, là où je vivais avant de rencontrer Bertrand. Il m'accompagnait rarement chez mes anciens colocataires. Je me demandais parfois quelle était la raison de ce désintérêt pour Hervé et Christophe. «Parce que ton cher époux, comme la plupart des bourgeois si bien élevés de ce pays, préfère la compagnie des femmes à celle des gays, cocotte!» Mon amie Isabelle m'avait un jour dit cela de sa voix traînante où pointait toujours un rire léger et malicieux. Elle avait raison. Bertrand était définitivement un homme à femmes. «À fond», aurait dit Charla.

Hervé et Christophe vivaient toujours dans l'appartement que nous partagions à l'époque et avaient désormais transformé ma chambre en dressing. Christophe était une vraie fashion-victim, ce qu'il assumait complètement. Dîner avec eux était pour moi un plaisir. Il y avait toujours un mélange de gens intéressants – une mannequin célèbre, un chanteur, un écrivain polémique, un voisin gay plutôt mignon, un journaliste américain comme moi ou canadien, un jeune éditeur débutant... Hervé travaillait en tant qu'avocat pour une compagnie internationale. Christophe était musicien.

Ils étaient mes vrais amis, des amis très chers. J'avais d'autres amis à Paris – des expatriées américaines, Holly, Susannah et Jan, rencontrées par le magazine où je travaillais ou à l'école américaine où je mettais des petites annonces pour trouver une baby-sitter. Il y avait aussi quelques amies proches, comme Isabelle, rencontrée au cours de danse de Zoë, à la salle Pleyel. Mais Hervé et Christophe étaient les seuls que je pouvais appeler à une heure du matin quand je me sentais malheureuse à cause de Bertrand. C'étaient eux qui étaient venus à l'hôpital quand Zoë s'était brisé la cheville en tombant de sa trottinette. Eux qui n'oubliaient jamais mon anniversaire. Eux qui savaient quel film aller voir, quel disque acheter. Leurs dîners aux chandelles étaient toujours d'un raffinement exquis.

J'arrivai avec une bouteille de champagne glacée. Christophe était encore sous la douche, me dit Hervé en m'ouvrant. Hervé, moustachu, cheveux noirs, la quarantaine svelte, était l'amabilité même. Il fumait comme un pompier. Personne n'avait jamais réussi à le convaincre d'arrêter. Alors nous avions fini par abandonner.

«Jolie veste», commenta-t-il, en posant sa cigarette pour ouvrir le champagne.

Hervé et Christophe étaient toujours attentifs à ce que je portais, ne manquaient pas de remarquer si j'avais un nouveau parfum, un nouveau maquillage, une nouvelle coupe de cheveux. En leur compagnie, je ne me sentais jamais *l'Américaine* qui ferait des efforts surhumains pour atteindre les critères du chic parisien. Je me sentais moi-même. C'était ce que j'appréciais par-dessus tout avec eux.

«Ce bleu-vert va à ravir avec la couleur de tes yeux. Où l'as-tu acheté?

— Chez H & M, rue de Rennes.

— Tu es superbe. Alors, comment ça se passe avec le nouvel appartement?» demanda-t-il en me tendant un verre et un toast tiède au tarama.

«Avec tout ce qu'il y a à faire, il y en a pour des mois! soupirai-je.

— Et j'imagine que ton architecte de mari est tout excité par la tâche?»

J'acquiesçai du regard.

«Tu veux dire qu'il est infatigable.

— Ah, dit Hervé, et donc le parfait casse-couilles avec toi.

— Tu l'as dit», dis-je en avalant une gorgée de champagne.

Hervé me regarda avec attention à travers ses petites lunettes sans monture. Ses yeux étaient gris pâle et ses cils ridiculement longs.

«Allez, Juju, dis-moi, tu es sûre que ça va?»

Je lui fis un large sourire.

«Oui, Hervé, je vais très bien.»

Mais *bien* était l'adjectif le plus éloigné de mon état présent. Tout ce que je venais d'apprendre sur les événements de juillet 1942 m'avait rendue vulnérable en éveillant en moi quelque chose que j'avais toujours tu, et qui désormais me hantait et me pesait. J'avais porté ce poids constamment depuis le moment où j'avais commencé mes recherches sur le Vél d'Hiv.

«Tu n'as pas l'air dans ton assiette», dit Hervé, inquiet. Il vint s'asseoir à côté de moi et posa sa longue main blanche sur mon genou. «Je connais ce visage, Julia. C'est ta tête de fille triste. Maintenant dis-moi ce qui se passe.»

*L*a seule façon qu'elle avait trouvée d'échapper à l'enfer qui l'environnait, c'était de mettre sa tête entre ses genoux en appuyant bien les mains sur ses oreilles. Elle se balançait d'avant en arrière, en pressant son visage contre ses jambes. Il fallait penser à de jolies choses, à toutes les jolies choses qu'elle aimait, à toutes les choses qui la rendaient heureuse, se souvenir de tous les moments magiques qu'elle avait connus. Sa mère qui l'emmenait chez le coiffeur et tous les compliments qu'on lui faisait sur l'épaisseur de ses cheveux et leur couleur de miel en lui assurant qu'elle en serait fière quand elle serait grande.

Les mains de son père qui travaillaient le cuir à l'atelier, des mains fortes et agiles. Elle admirait son talent. Son dixième anniversaire et la montre neuve dans sa belle boîte bleue avec le bracelet de cuir confectionné par son père, l'odeur puissante, enivrante du cuir et le tic-tac discret de la montre. Elle était fascinée par son cadeau. Oh, elle en avait été si fière. Mais Maman avait dit de ne pas la porter à l'école. Elle aurait pu la casser ou la perdre. Elle ne l'avait montrée qu'à sa meilleure amie, Armelle, qui en avait crevé de jalousie!

Où était Armelle à cet instant? Elle vivait en bas de la rue, elles allaient à la même école. Mais Armelle avait quitté Paris au début des vacances scolaires. Elle était partie avec ses parents quelque part dans le Sud. Elle avait reçu une lettre et puis c'était tout. Armelle était une petite rousse très intelligente. Elle savait toutes ses tables de multiplication sur le bout des doigts et elle maîtrisait même les règles de grammaire les plus tordues.

Ce que la fillette admirait chez son amie, c'était qu'Armelle n'avait jamais peur. Même quand les sirènes d'alerte retentissaient pendant la classe, hurlant comme des loups déchaînés, Armelle gardait son calme alors que tout le monde sursautait. Elle prenait la main de son amie et l'emmenait dans la cave de l'école qui sentait le moisi, imperméable aux murmures effrayés des autres élèves et aux ordres que donnait Mlle Dixsaut d'une voix tremblante. Ensuite, elles se blottissaient l'une contre l'autre, épaule contre épaule, dans l'humidité et l'obscurité qu'éclairait à peine la lumière vacillante des bougies, pendant ce qui leur semblait des heures. Elles écoutaient le vrombissement des avions au-dessus de leurs têtes, tandis que Mlle Dixsaut leur lisait Jean de La Fontaine ou Molière en essayant de dissimuler le tremblement de ses mains. Regarde ses mains, gloussait Armelle, elle a peur, elle peut à peine lire, regarde. Et la fillette interrogeait son amie du regard et murmurait : tu n'as pas peur, toi ? Même pas un petit peu ? La réponse commençait par une ondulation de boucles rousses. Moi ? Non. Je n'ai pas peur. Parfois, quand le vrombissement des avions faisait vibrer le sol crasseux de la cave, et que la voix de Mlle Dixsaut chancelait puis se taisait, Armelle attrapait la main de son amie et la serrait très fort.

Armelle lui manquait, elle aurait tant aimé qu'elle soit là pour lui tenir la main et lui dire de ne pas avoir peur. Les taches de rousseur d'Armelle lui manquaient, et ses yeux malicieux et son sourire insolent. Pense aux choses que tu aimes, aux choses qui te rendent heureuse.

L'été dernier, ou était-ce l'été précédent, elle ne se souvenait plus, Papa l'avait emmenée passer quelques jours à la campagne, près d'une rivière. Elle ne se souvenait pas non plus du nom de la rivière, mais elle avait trouvé l'eau si douce contre sa peau, si merveilleuse. Son père avait essayé de lui apprendre à nager. Après quelques jours, elle n'était parvenue qu'à barboter comme un petit chien pataud, ce qui avait fait rire tout le monde. Près de la rivière, son petit frère avait été fou d'excitation et de bonheur. Il était tout petit à l'époque, nourrisson. Elle avait passé la journée à lui courir après pour le rattraper juste avant qu'il ne glisse en poussant de petits cris sur les rives boueuses du cours d'eau. Maman et Papa avaient l'air si tranquilles, si jeunes, si amoureux. Maman gardait sa tête contre l'épaule de Papa. Elle se souvenait du petit hôtel au bord de l'eau, où ils avaient mangé des plats simples et succulents, au frais, sous la tonnelle. La patronne lui avait demandé de l'aider à apporter les cafés et elle s'était sentie grande et fière, jusqu'à ce qu'elle renverse du café sur les chaussures d'un client. Mais la patronne ne s'était pas fâchée, elle avait été très gentille.

La fillette releva la tête et vit sa mère parler à Eva, une jeune femme qui vivait non loin de chez eux. Eva avait quatre jeunes enfants, des garçons plutôt exubérants qu'elle n'aimait pas beaucoup. Le visage d'Eva portait les mêmes stigmates que celui de sa mère, il semblait hagard et vieilli. Comment pouvaient-elles avoir autant vieilli en une nuit, ces femmes? se demanda la fillette. Eva aussi était polonaise. Et son français, comme celui de sa mère, n'était pas très bon. Comme son père et sa mère, Eva avait encore de la famille en Pologne. Ses parents, des tantes et des oncles. La fillette se souvint de ce jour affreux, quand était-ce? il n'y avait pas très longtemps, où Eva avait reçu une lettre de Pologne et s'était précipitée chez eux, le visage plein de larmes, pour s'effondrer dans les bras de sa mère. Celle-ci avait tenté de la réconforter, mais la fillette savait qu'elle aussi était choquée. Personne n'avait voulu lui dire de quoi il s'agissait exactement, mais la fillette avait compris, concentrée sur chaque mot de yiddish audible entre les sanglots. C'était une chose terrible qui se passait en Pologne, des familles entières avaient été tuées, des maisons brûlées. Ne restaient que des cendres et des ruines. Elle avait demandé à son père si ses grands-parents allaient bien, les parents de sa mère, ceux dont la photographie était posée sur le marbre de la cheminée *du salon. Son père avait répondu qu'il ne savait pas. Les nouvelles de Pologne étaient mauvaises, mais il refusait de lui dire quoi que ce soit.*

Tout en regardant Eva et sa mère, la fillette se demandait si ses parents avaient bien fait de la préserver de tout, de la tenir à l'écart des nouvelles difficiles et dérangeantes. S'ils avaient bien fait de ne pas lui expliquer pourquoi tant de choses avaient changé pour eux, depuis le début de la guerre. Comme ce jour de l'année dernière où le mari d'Eva n'était pas rentré. Il avait disparu. Où était-il? Personne n'avait voulu lui dire. Personne n'avait voulu lui expliquer. Elle détestait qu'on la traite comme un bébé. Elle détestait qu'on baisse le ton quand elle entrait dans la pièce.

S'ils lui avaient dit, s'ils lui avaient dit tout ce qu'ils savaient, cela aurait-il rendu les choses plus faciles aujourd'hui?

« J e vais bien, juste un peu fatiguée, c'est tout. Alors, qui vient ce soir ? »

Avant qu'Hervé pût répondre, Christophe entra dans la pièce, image parfaite du chic parisien, en kaki et blanc cassé, embaumant le parfum de luxe. Christophe était un peu plus jeune qu'Hervé, bronzé toute l'année, et portait ses longs cheveux poivre et sel en catogan, « à la Lagerfeld ».

Au même moment, on sonna à la porte.

« Ah, dit Christophe, en m'envoyant un baiser, ce doit être Guillaume. »

Il courut ouvrir.

« Guillaume ? murmurai-je à Hervé.

– Un nouvel ami. Il bosse dans la pub. Divorcé. Un garçon intelligent. Tu vas beaucoup l'aimer. Nous ne serons que tous les quatre. Tout le monde est parti à la campagne, week-end de trois jours oblige. »

Guillaume était grand, brun et devait approcher la quarantaine. Il avait apporté une bougie parfumée et un bouquet de roses.

« Je te présente Julia Jarmond, dit Christophe. Notre très chère amie journaliste que nous connaissions déjà quand tu étais encore tout jeune.

– C'est-à-dire hier… » murmura Guillaume, avec une galanterie toute française.

Je faisais attention à rester souriante, sachant qu'Hervé m'avait à l'œil. C'était étrange, car habituellement je me serais confiée à lui. Je lui aurais dit combien je me sentais bizarre depuis une semaine. J'aurais parlé de mes problèmes avec Bertrand. J'avais toujours tenu bon devant les provocations de mon mari, devant son humour parfois foncièrement désagréable. Cela ne m'avait jamais blessée, jamais dérangée. Mais à présent, les choses étaient différentes. Avant, j'admirais son esprit, son côté sarcastique. Cela me rendait encore plus amoureuse de lui.

Les gens riaient de ses bons mots. Ils avaient même un peu peur de lui. Derrière le rire irrésistible, les yeux bleus pétillants, le sourire ravageur, il y avait un homme dur et exigeant qui avait l'habitude d'obtenir ce qu'il voulait. Je supportais cela parce qu'à chaque fois qu'il se rendait compte qu'il m'avait blessée, il s'excusait en me couvrant de fleurs, de cadeaux. Et d'amour passionné. C'était au lit que Bertrand et moi communiquions vraiment, le seul endroit où personne ne dominait personne. Je me souvins de ce que Charla m'avait dit un jour, après une tirade particulièrement salée de mon époux : « Est-ce qu'il arrive à ce monstre de se montrer aimable avec toi ? » Puis en me voyant rougir légèrement, elle avait ajouté : « Mon Dieu ! Je vois le tableau. Réconciliations sur l'oreiller. L'action plus forte que les mots ! » Et elle avait soupiré en me tapotant ma main. Pourquoi n'avais-je pas ouvert mon cœur à Hervé ce soir ? Quelque chose me retenait. Mes lèvres restaient closes.

Lorsque nous fûmes installés autour de la grande table octogonale, Guillaume me demanda pour quel journal je travaillais. Quand je lui répondis, son visage resta impassible. Cela ne me surprenait pas. Les Français ne connaissaient pas *Seine Scenes*. Il n'y avait que les Américains de Paris qui le lisaient. Ça m'était égal. Je n'avais jamais couru après la gloire. J'avais un boulot bien payé qui me laissait du temps libre, malgré les crises de despotisme de Joshua, et cela me satisfaisait pleinement.

« Et vous travaillez sur quoi en ce moment ? » demanda poliment Guillaume en enroulant des tagliatelles vertes autour de sa fourchette.

« Sur le Vél d'Hiv, dis-je. C'est bientôt le soixantième anniversaire.

– Tu veux parler de cette rafle pendant la guerre ? » demanda Christophe, la bouche pleine.

J'allais lui répondre quand je remarquai que la fourchette de Guillaume s'était stoppée net entre son assiette et sa bouche.

« Oui, la grande rafle du vélodrome d'Hiver, dis-je.

– N'est-ce pas ce truc qui s'est passé en dehors de Paris ? » continua Christophe en mâchonnant.

Guillaume avait doucement reposé sa fourchette. Ses yeux s'étaient fixés sur les miens. Des yeux sombres au-dessus d'une bouche fine et délicate.

« Un coup des nazis, je suppose », dit Hervé, en resservant du chardonnay. Aucun des deux ne semblait avoir remarqué la crispation sur le visage de Guillaume. « Les nazis qui arrêtaient les juifs pendant l'Occupation.

– En fait, ce n'était pas les Allemands… commençai-je.

– C'était la police française, m'interrompit Guillaume. Et cela s'est passé en plein Paris. Dans un stade où se déroulaient de célèbres courses cyclistes.

– Ah oui ? Vraiment ? demanda Hervé. Je croyais que c'était les nazis et que ça s'était passé en banlieue.

– Je fais des recherches sur le sujet depuis une semaine, dis-je. Sur ordre des Allemands, oui, mais exécuté par la police française. On ne t'a pas appris ça à l'école ?

— Je ne m'en souviens pas. Je ne crois pas», admit Christophe.

Les yeux de Guillaume me regardèrent à nouveau, comme pour m'extirper quelque chose, me tester. Cela me perturbait.

«C'est inouï, dit Guillaume avec un sourire ironique, le nombre de Français qui ne savent toujours pas ce qui s'est passé. Et les Américains? Vous étiez au courant avant d'avoir à travailler sur le sujet, Julia?»

Je ne détournai pas le regard.

«Non, je ne savais pas et on ne m'en avait pas parlé quand j'étais à l'école à Boston, dans les années soixante-dix. Mais à présent, j'en sais davantage. Et ce que j'ai lu m'a bouleversée.»

Hervé et Christophe se taisaient. Ils semblaient perdus, ne sachant que dire. Guillaume prit finalement la parole.

«En juillet 1995, Jacques Chirac fut le premier président de la République française à attirer l'attention sur le rôle joué par le gouvernement français pendant l'Occupation. Et plus particulièrement à propos de cette rafle. Son discours a fait la une de tous les journaux. Vous vous souvenez?»

J'étais tombée sur le discours de Chirac au cours de mes recherches. Il avait été très explicite. Mais cela m'avait échappé quand j'avais entendu la nouvelle six ans auparavant. Et les garçons – je les appelais toujours comme ça, c'était plus fort que moi – n'avaient à l'évidence aucun souvenir de ce discours. Ils regardaient Guillaume avec de grands yeux pleins d'embarras. Hervé fumait cigarette sur cigarette et Christophe se rongeait les ongles, ce qu'il faisait chaque fois qu'il se sentait nerveux ou mal à l'aise.

Un grand silence s'abattit sur le dîner. C'était étrange que cette pièce soit silencieuse. Il y avait eu tant de fêtes bruyantes et joyeuses ici, des gens qui éclataient de rire, des blagues sans fin, de la musique assourdissante. Tant de jeux, de discours d'anniversaire, de danse jusqu'à l'aube, malgré les voisins grincheux qui tapaient au plafond avec un balai.

Le silence était pesant et douloureux. Quand Guillaume se remit à parler, sa voix avait changé. Son visage aussi. Il avait pâli et ne pouvait plus nous regarder dans les yeux. Il gardait la tête baissée dans son assiette, qu'il n'avait pas touchée.

«Ma grand-mère avait quinze ans le jour de la rafle. On lui a dit qu'elle était libre parce qu'on ne prenait que les enfants les plus jeunes, entre deux et douze ans, avec leurs parents. Elle resta seule. Ils emmenèrent tous les autres. Ses petits frères, sa petite sœur, sa mère, son père, son oncle. C'était la dernière fois qu'elle les voyait. Personne ne revint. Personne.»

*L*es yeux de la fillette ne se remettaient pas des horreurs de la nuit. Ils en avaient trop vu. Peu avant l'aube, la femme enceinte avait donné prématurément naissance à un enfant mort-né. La fillette avait été témoin des hurlements et des larmes. Elle avait vu apparaître la tête du bébé, maculée de sang, entre les jambes de sa mère. Elle savait qu'il aurait mieux valu détourner le regard, mais cela avait été plus fort qu'elle, elle n'avait pu s'empêcher de fixer la scène, avec une fascination mêlée d'horreur. Elle avait vu le bébé mort, sa peau grise et cireuse, qui semblait une poupée racornie et qu'on s'était empressé de dissimuler sous un drap sale. La femme poussait d'insupportables gémissements que personne ne pouvait arrêter.

À l'aube, son père avait glissé sa main dans la poche de la fillette pour prendre la clef du placard. Puis il était allé parler à un policier. Il avait montré la clef. Expliqué la situation. Il avait tenté de garder son calme, cela n'avait pas échappé à sa fille, mais à présent il avait atteint ses limites. Il expliqua qu'il devait absolument aller chercher son fils, qui n'avait que quatre ans. Il fallait qu'il retourne à l'appartement. Il prendrait son fils et reviendrait immédiatement, promis. Le policier lui rit au nez en lui disant : « Et tu crois que je vais te faire confiance, mon pauvre gars ? » Le père insista, proposa au policier que celui-ci l'accompagne, répéta qu'il allait juste récupérer son enfant, qu'il reviendrait tout de suite *après. Le policier lui demanda de dégager. Le père retourna s'asseoir à sa place, les épaules rentrées. En pleurant.*

La fillette lui prit la clef et la remit dans sa poche. Elle se demanda combien de temps son petit frère tiendrait le coup. Il devait l'attendre. Il lui faisait confiance. Une confiance totale, absolue.

Elle ne supportait pas l'idée de savoir qu'il attendait, seul et dans l'obscurité. Il devait avoir faim, soif. Il n'avait probablement plus d'eau depuis longtemps. Plus de piles pour la lampe de poche. Mais tout valait mieux que d'être coincé ici, c'était ce qu'elle pensait. Rien ne pouvait être pire que cet enfer de puanteur, de chaleur suffocante, de poussière, de gens qui hurlaient ou mouraient.

Elle regarda sa mère qui, recroquevillée sur elle-même, n'avait pas ouvert la bouche depuis deux heures. Puis elle regarda son père, son visage hagard, ses yeux creusés. Puis autour d'elle. Elle vit Eva et ses pauvres enfants épuisés, pitoyables. Elle vit des familles, tous ces gens qu'elle ne connaissait pas, mais qui, comme elle, portaient une étoile jaune sur la poitrine. Elle vit ces milliers d'enfants, agités, surexcités, affamés, assoiffés, les plus petits qui ne comprenaient rien, qui trouvaient que ce jeu étrange avait trop duré et qui réclamaient de rentrer à la maison, pour retrouver leur lit et leur nounours.

Elle essaya de se reposer, en posant son menton sur ses genoux. La chaleur, qui s'était un peu atténuée, revint avec les premiers rayons du soleil. Elle ne voyait pas comment elle pourrait supporter une journée de plus dans cet endroit. Elle se sentait très affaiblie, très fatiguée. Sa gorge était sèche comme du parchemin. Son estomac était douloureux à force d'être vide.

Au bout d'un moment, elle piqua du nez. Elle rêva qu'elle retournait chez elle, qu'elle retrouvait sa petite chambre qui donnait sur la rue, qu'elle traversait le salon où le soleil entrait par les fenêtres et dessinait de jolis motifs lumineux sur le marbre de la cheminée et la photographie de sa grand-mère. Dans son rêve, elle entendait le professeur de violon qui jouait de l'autre côté de la cour verdoyante. « Sur le pont d'Avignon, on y danse, on y danse, sur le pont d'Avignon, on y danse tous en rond. » Sa mère préparait le dîner en chantonnant, « les beaux messieurs font comme ça, et puis encore comme ça ». Son petit frère jouait avec son train rouge dans le couloir, le faisant rouler le long des lattes du parquet, avec des bing et des bang. « Les belles dames font comme ça, et puis encore comme ça. » Elle pouvait sentir le parfum de sa maison, cette odeur réconfortante de cire et d'épices à laquelle se mêlaient les bons effluves des plats que cuisinait sa mère. Il y avait aussi la voix de son père, qui faisait la lecture à sa femme. Ils étaient en sécurité. Ils étaient heureux.

Elle sentit une main fraîche se poser sur son front. Elle leva les yeux et vit une jeune femme coiffée d'un voile bleu marqué d'une croix.

La jeune femme lui sourit en lui tendant un verre d'eau froide qu'elle but avidement. Puis l'infirmière lui donna un biscuit sec et des sardines en boîte.

« Il faut être courageuse », murmura la jeune femme.

Mais la fillette vit qu'elle aussi, comme son père, disait cela avec des larmes dans les yeux.

« Je veux partir d'ici », murmura la fillette. Elle voulait retourner dans son rêve, dans ce havre de paix et de sécurité.

L'infirmière hocha la tête. Elle tenta un autre sourire, mais c'était un petit sourire triste.

« Je comprends. Je ne peux rien faire. Je suis désolée. »

Elle se releva et se dirigea vers une autre famille. La fillette la retint par la manche.

« S'il vous plaît, dites-moi quand nous allons partir d'ici. »

L'infirmière secoua la tête et caressa doucement la joue de la fillette. Puis elle s'éloigna.

La fillette crut devenir folle. Elle avait envie de hurler, de donner des coups de pied, elle voulait quitter cet endroit hideux et terrible. Elle voulait rentrer chez elle, retourner à sa vie d'avant, à sa vie d'avant l'étoile jaune, d'avant les coups de poing des policiers contre la porte.

Pourquoi cela lui arrivait-il, à elle? Qu'avait-elle fait, qu'avaient fait ses parents, pour mériter ça? Pourquoi était-il si grave d'être juif? Pourquoi traitait-on les Juifs de cette façon?

Elle se rappelait le premier jour où elle avait dû porter l'étoile à l'école. Le moment où elle était entrée en classe et où tous les yeux s'étaient braqués sur elle. Une grande étoile jaune, large comme la paume de la main de son père, sur sa poitrine menue. Puis elle avait vu qu'elle n'était pas la seule, que d'autres filles de sa classe en portaient une aussi. C'était le cas d'Armelle. Elle en avait éprouvé du soulagement.

Pendant la récré, toutes les filles à étoile jaune s'étaient regroupées. Les autres élèves, celles qui auparavant étaient leurs amies, les montraient du doigt. Mlle Dixsaut avait pourtant bien insisté sur le fait que cette histoire d'étoile ne devait rien changer. Toutes les élèves continueraient d'être traitées à égalité, comme avant, avec ou sans étoile.

Mais le beau discours de Mlle Dixsaut n'avait rien arrangé. À partir de ce jour, la plupart des filles n'adressèrent plus la parole à celles qui portaient une étoile jaune ou, pis, les fixaient avec dédain. Cela, elle ne pouvait le supporter. Puis il y avait eu ce garçon, Daniel, qui leur avait murmuré, à Armelle et à elle, dans la rue, devant l'école, d'une bouche déformée par la cruauté : «Vos parents sont de sales Juifs, vous êtes de sales Juives!» Comment ça, sales? Pourquoi être juif serait-il être sale? Cela la rendait triste, honteuse, lui donnait envie de pleurer. Armelle n'avait pas répondu au garçon, elle s'était juste mordu les lèvres jusqu'au sang. C'était la première fois qu'elle avait vu son amie avoir peur.

La fillette avait voulu arracher son étoile. Elle avait dit à ses parents qu'elle refusait de retourner à l'école comme ça. Mais sa mère avait dit non, qu'elle devait au contraire en être fière, fière de son étoile. Et son frère avait fait un caprice parce que lui aussi en voulait une. Mais il avait moins de six ans, avait expliqué la mère doucement. Il fallait qu'il attende encore deux ans. Alors il avait boudé tout l'après-midi.

Elle pensait encore et encore à son petit frère, seul dans son placard noir et profond. Elle aurait voulu prendre son petit corps chaud entre ses bras, embrasser ses boucles blondes, son petit cou dodu. Elle glissa la main dans sa poche et serra la clef de toutes ses forces.

« Je me moque de ce qu'on me dit, se murmura-t-elle à elle-même. Je vais trouver un moyen de sortir d'ici pour aller le sauver. Je suis sûre que je vais trouver un moyen. »

Après le dîner, Hervé nous offrit du *limoncello*, une liqueur de citron du sud de l'Italie que l'on servait glacée et qui avait une couleur jaune magnifique. Guillaume sirotait son verre doucement. Il n'avait pas dit grand-chose pendant le repas. Il avait l'air abattu. Je n'osai pas ramener le sujet du Vél d'Hiv sur le tapis. Ce fut lui qui se pencha vers moi.

« Ma grand-mère est vieille maintenant, dit-il. Elle ne veut plus en parler. Mais elle m'a raconté tout ce que je devais savoir, elle m'a tout raconté à propos de cette journée. Je crois que le pire pour elle fut d'avoir survécu alors que tous les autres étaient morts. De devoir continuer à vivre sans eux. Sans sa famille. »

Je ne savais pas quoi dire. Les garçons aussi restaient silencieux.

« Après la guerre, ma grand-mère est allée à l'hôtel Lutetia sur le boulevard Raspail, tous les jours, poursuivit Guillaume. C'était là que l'on pouvait obtenir des renseignements sur ceux qui avaient pu rentrer des camps. Il y avait des listes et des organisations qui s'occupaient des survivants. Elle s'y rendait chaque jour et attendait. Et puis elle a cessé d'y aller. Elle avait entendu parler de ce qui s'était passé dans les camps. Elle avait compris qu'ils étaient tous morts. Qu'aucun ne reviendrait. Personne n'avait réellement su ce qui s'y passait auparavant. Mais à présent, les survivants racontaient leur histoire et tout le monde découvrait l'horreur. »

Nous gardions le silence.

« Vous savez ce que je trouve le plus choquant à propos du Vél d'Hiv ? dit Guillaume. Son nom de code. »

Je le connaissais, grâce à mes longues recherches.

« Opération *Vent printanier*, murmurai-je.

— Un nom charmant, n'est-ce pas, pour une chose aussi horrible, dit-il. La Gestapo avait demandé à la police française de "livrer" un certain nombre de Juifs entre seize et cinquante ans. La police française s'était montrée zélée, bien décidée à déporter un maximum de Juifs et pour cela avait aussi arrêté les petits enfants, ceux nés en France. Des enfants français.

— La Gestapo n'avait pas exigé ces enfants ? demandai-je.

— Non, répondit-il. Pas à ce moment-là. La déportation des enfants aurait révélé la vérité : il aurait alors été évident que tous les Juifs n'étaient pas envoyés en camps de travail, mais à la mort.

— Alors pourquoi avait-on arrêté les enfants ? » demandai-je.

Guillaume prit une petite gorgée de *limoncello*.

« La police française pensait probablement que les enfants des Juifs, même s'ils étaient nés en France, n'en restaient pas moins des Juifs. Pour finir, la France envoya environ quatre-vingt mille Juifs dans les camps de la mort. Seuls deux mille d'entre eux survécurent. Mais quasiment aucun enfant. »

En rentrant chez moi, je ne pouvais me sortir de la tête le regard sombre et triste de Guillaume. Il m'avait proposé de me montrer des photos de sa grand-mère et de sa famille. Je lui avais laissé mon numéro de téléphone. Il avait promis de m'appeler bientôt.

En arrivant, je trouvai Bertrand en train de regarder la télévision. Il était affalé sur le canapé, un bras calé derrière la tête.

«Alors? dit-il sans quitter l'écran des yeux, comment vont les garçons? Toujours à la hauteur de leur standing habituel?»

Je quittai mes chaussures pour m'asseoir près de lui. Je regardai son profil fin et élégant.

«C'était un dîner parfait. Il y avait un invité très intéressant. Guillaume.

— Ah oui? dit Bertrand, en me regardant d'un air amusé. Homo?

— Non, je ne pense pas. Mais ce n'est jamais quelque chose que je remarque, de toute façon.

— Et qu'est-ce qu'il avait de si intéressant, ce Guillaume?

— Il nous a raconté l'histoire de sa grand-mère qui a échappé à la rafle du Vél d'Hiv en 1942.

— Hmm, fit-il en changeant de chaîne.

— Bertrand, dis-je, quand tu étais à l'école, est-ce qu'on t'a parlé du Vél d'Hiv?

— Je n'en ai pas la moindre idée, ma chérie.

— Je travaille sur ce sujet pour mon journal en ce moment. On célébrera bientôt le soixantième anniversaire.»

Bertrand prit un de mes pieds nus et commença à le masser d'une main sûre et chaude.

«Tu crois que le Vél d'Hiv va intéresser tes lecteurs? demanda-t-il. C'est du passé maintenant. Ce n'est pas le genre de choses que les gens ont envie de lire.

— Parce que les Français en ont honte, c'est cela? dis-je. Alors il faudrait enterrer tout cela et continuer comme si de rien n'était, comme font si bien les Français?»

Il retira mon pied de son genou et je vis la petite étincelle bien connue briller dans ses yeux. Je me préparai au pire.

«Comme tu y vas, dit-il avec un sourire diabolique, tu ne voudrais pas rater une occasion de montrer à tes compatriotes à quel point les *froggies* sont déviants, d'horribles collabos qui envoient de pauvres familles innocentes à la mort pour faire plaisir aux nazis… La petite Miss Nahant dévoile toute la vérité! Et que vas-tu faire, amour, te fourrer le nez dedans jusqu'au cou? Tout le monde s'en fout à présent. Personne ne s'en souvient. Travaille sur autre chose. Quelque chose de drôle, de mignon. Ça, tu sais très bien le faire. Dis à Joshua que ce papier sur le Vél d'Hiv est une erreur. Personne n'aura envie de lire ça. Les lecteurs en bâilleront d'ennui et passeront directement à la colonne suivante.»

Je me levai, exaspérée.

«Je pense que tu te trompes, bouillonnai-je. Je pense que les gens n'en savent pas suffisamment sur le sujet. Même Christophe ignorait à peu près tout et il est français.»

Bertrand explosa.

«Évidemment, Christophe sait à peine lire. Les seuls mots qu'il arrive à déchiffrer sont Gucci et Prada.»

Je quittai la pièce en silence et me rendis dans la salle de bains. Pourquoi ne lui avais-je pas dit d'aller se faire voir? Pourquoi est-ce que je m'étais écrasée comme à chaque fois? Parce que j'étais folle de lui? Folle de lui depuis le premier jour, bien qu'il soit grossier, égoïste et tyrannique? Mais aussi intelligent, beau, drôle et un amant merveilleux, alors quoi? Tant de nuits qui paraissaient éternelles, des nuits sensuelles, des nuits de baisers et de caresses, de draps froissés, et son corps, son corps si beau, sa bouche chaude, son sourire coquin. Bertrand. Tellement irrésistible. Si ardent. C'est pour ça, n'est-ce pas, que tu t'écrases toujours devant lui? Mais pour combien de temps encore? Une récente conversation avec Isabelle me revint à la mémoire. «Julia, est-ce que tu supportes Bertrand uniquement parce que tu as peur de le perdre?» Nous étions assises dans un petit café près de la salle Pleyel, attendant que le cours de danse de nos filles s'achève. Isabelle venait d'allumer sa centième cigarette et me regardait droit dans les yeux. «Non, lui répondis-je. Je l'aime. Je l'aime vraiment. Je l'aime comme il est.» Elle en avait sifflé d'admiration, mais c'était ironique. «Le veinard! Mais pour l'amour de Dieu, quand il dépasse les bornes, dis-le-lui. Dis-lui, je t'en prie.»

Allongée dans mon bain, je me souvenais de notre première rencontre. Dans une discothèque à la mode de Courchevel. Il était avec une bande d'amis bruyants et quelque peu éméchés. Moi, j'étais venue avec mon petit ami d'alors, Henry, que j'avais connu deux mois plus tôt à la chaîne de télé où je travaillais. Nous avions une relation simple et tranquille. Ni l'un ni l'autre n'étions profondément amoureux. Nous étions juste deux concitoyens américains menant la belle vie en France.

Bertrand m'avait invitée à danser. Il n'avait pas eu l'air dérangé de savoir que j'étais accompagnée. Irritée par son impudence, j'avais refusé l'invitation. Il s'était alors montré très insistant. «Juste une danse, mademoiselle. Juste une! Mais je vous promets que ce sera inoubliable!» J'avais jeté un œil vers Henry qui s'était contenté de hausser les épaules. Puis il m'avait dit : «Vas-y» en clignant de l'œil. Alors je m'étais levée et j'avais dansé avec l'audacieux Français.

J'étais plutôt pas mal à vingt-sept ans. J'avais même été élue «Miss Nahant» à dix-sept. J'avais encore mon diadème de strass rangé quelque part. Zoë aimait jouer avec quand elle était petite. Je n'avais jamais accordé tant d'importance que ça à mon apparence. Mais j'avais cependant constaté que, depuis que je vivais à Paris, on me remarquait plus que de l'autre côté de l'océan. Je découvrais aussi que les Français étaient plus culottés, plus entreprenants quand il s'agissait de draguer. Je comprenais également que, bien que je n'aie rien de la sophistication d'une Parisienne – trop grande, trop blonde, trop de dents –, mon allure Nouvelle-Angleterre semblait être au goût du jour. Pendant les premiers mois que je passai à Paris, j'étais stupéfaite de la façon dont les Français – et les Françaises – se dévisageaient ouvertement les uns les autres. Se jaugeant de la tête aux pieds, constamment. Étudiant le visage, les vêtements, les accessoires. Je me souvenais de mon premier printemps parisien, je marchais sur le boulevard Saint-Michel avec Susannah, qui venait de l'Oregon, et Jan qui était de Virginie. Nous n'étions pas spécialement sur notre trente et un, nous portions des jeans, des T-shirts et des tongs. Mais nous étions, toutes les trois, athlétiques, blondes, et si évidemment américaines. Les hommes nous draguaient sans arrêt. Bonjour, mes-demoiselles, vous êtes américaines, mesdemoiselles? Des hommes jeunes, âgés, des étudiants, des hommes d'affaires, des hommes de toutes sortes, qui réclamaient nos numéros de téléphone, nous invi-taient à dîner, à boire un verre, suppliant, tentant l'humour, certains charmants, d'autres beaucoup moins. Cela n'arrivait jamais chez nous. Les Américains n'abordaient pas les filles dans la rue pour leur déclarer leur flamme. Jan, Susannah et moi en gloussions bêtement d'impuissance, nous sentant à la fois flattées et consternées.

Bertrand raconte toujours qu'il est tombé amoureux de moi pendant cette première danse, dans la boîte de Courchevel. Immé-diatement. Je ne le crois pas. Je crois que, pour lui, c'est arrivé un peu plus tard. Peut-être le lendemain matin, quand il m'a emmenée skier. Merde alors, les Françaises ne savent pas skier comme ça, avait-il dit, tout essoufflé, en me fixant avec une admiration évidente. Et elles skient comment? avais-je demandé. Elles vont deux fois moins vite, avait-il répondu en riant, puis il m'avait donné un baiser pas-sionné. Quoi qu'il en soit, moi j'étais tombée amoureuse de lui sur la piste de danse. À tel point que j'avais à peine gratifié Henry d'un regard en quittant la boîte au bras de Bertrand.

Bertrand a très vite parlé mariage. Cela ne me serait jamais venu si vite à l'esprit, être sa petite amie me suffisait pour le moment. Mais il avait insisté, et il s'était montré si séduisant et si amoureux que j'acceptai finalement de l'épouser. Je crois qu'il pensait que je serais une femme et une mère parfaites. J'étais intelligente, cultivée, joliment diplômée (avec les félicitations de l'université de Boston) et bien élevée – «pour une Américaine», pouvais-je presque l'entendre penser. J'étais pleine de santé, robuste et bien dans ma peau. Je ne fumais pas, ne me droguais pas, buvais à peine et croyais en Dieu. Alors, de retour à Paris, je fis la connaissance de la famille Tézac. J'avais été si nerveuse la première fois. Leur bel appartement, si impeccablement classique, rue de l'Université. Le regard froid et bleu d'Édouard, son sourire sec. Colette et son maquillage discret, la perfection de sa tenue, essayant de se montrer amicale, me tendant le café et le sucre d'une main élégante et parfaitement manucurée. Et les deux sœurs. L'une osseuse, blonde et pâle, Laure. L'autre, boulotte, les joues rouges et les cheveux auburn, Cécile. Le fiancé de Laure, Thierry, était là aussi. Ce jour-là, il m'adressa à peine la parole. Les sœurs m'avaient regardée avec un désintérêt sensible, assez perplexes quant au choix de leur Casanova de frère, une Américaine aussi quelconque, alors qu'il avait le Tout-Paris à ses pieds.

Je savais que Bertrand et sa famille attendaient de moi que j'aie trois ou quatre enfants d'affilée. Mais les complications ont commencé tout de suite après notre mariage. Des complications sans fin que nous ne soupçonnions évidemment pas. Une série de fausses couches qui me laissèrent désespérée.

Je parvins à accoucher de Zoë après six longues années. Bertrand continua longtemps d'espérer que nous aurions un second enfant. C'était également mon cas. Mais nous n'en parlâmes plus jamais.

Et puis il y eut Amélie.

Mais c'était bien la dernière chose à laquelle je voulais penser ce soir. Je l'avais fait suffisamment dans le passé.

Le bain était tiède à présent et j'en sortis en frissonnant. Bertrand regardait toujours la télévision. D'habitude, je serais retournée près de lui et il m'aurait prise dans ses bras, et bercée, il m'aurait embrassée et je lui aurais dit qu'il avait un peu dépassé les bornes, mais je l'aurais dit avec une voix et une moue de petite fille. Et nous nous serions embrassés, encore et encore, et il m'aurait portée jusqu'à notre chambre pour me faire l'amour.

Mais ce soir, je ne revins pas vers lui. Je me glissai dans le lit pour lire encore sur les enfants du Vél d'Hiv.

Et la dernière image que je vis en éteignant la lumière, ce fut le visage de Guillaume qui racontait l'histoire de sa grand-mère.

*D*epuis combien de temps étaient-ils ici? La fillette ne pouvait se le figurer. Elle se sentait moribonde, engourdie. Les jours et les nuits se confondaient. À un moment, elle avait été malade, crachant de la bile, gémissant de douleur. Elle avait senti la main de son père sur elle qui tentait de l'apaiser. Mais ce qui occupait encore toutes ses pensées, c'était son petit frère. Elle ne pouvait le chasser de son esprit. Elle sortait la clef de sa poche et l'embrassait fiévreusement, comme si elle embrassait ses petites joues rebondies, ses boucles blondes.

Des gens étaient morts pendant ces derniers jours, et la fillette avait tout vu. Elle avait vu les gens devenir fous dans la chaleur suffocante et poisseuse puis succomber à la fournaise et finir attachés à des brancards. Elle avait assisté à des crises cardiaques, des suicides, de fortes fièvres. Elle avait suivi du regard les cadavres qu'on emmenait au-dehors. Elle n'avait jamais été témoin d'une telle horreur. Sa mère n'était plus qu'un petit animal soumis. Elle ne parlait plus. Elle pleurait en silence. Elle priait.

Un matin, les haut-parleurs crachèrent des ordres brutaux. Ils devaient prendre ce qui leur appartenait et se regrouper près de l'entrée. En silence. La fillette se leva, étourdie et chancelante. Ses jambes se dérobaient sous elle et pouvaient à peine la porter. Elle aida son père à mettre sa mère debout. Ils ramassèrent leurs sacs. La foule se dirigea vers les portes en traînant des pieds. La fillette remarqua à quel point tout le monde était au ralenti et semblait souffrir. Même les enfants étaient courbés comme des vieillards. La fillette se demanda où on les emmenait. Elle voulut poser la question à son père, mais quand elle vit son visage émacié et fermé, elle comprit qu'elle n'obtiendrait pas de réponse. Rentraient-ils chez eux ? Était-ce fini ? Vraiment fini ? Pourrait-elle enfin aller à la maison et délivrer son frère ?

Ils descendirent la rue étroite. La police les encadrait. La fillette regarda les visages qui les observaient depuis les fenêtres, les balcons, les portes, le trottoir. La plupart n'avaient aucune expression. C'était des visages sans compassion. Ils suivaient le cortège du regard sans dire un mot. Ils s'en moquent, pensa la fillette. Ils se moquent de ce qu'on peut bien nous faire, où l'on peut bien nous emmener. Un homme se mit à rire en les montrant du doigt. Il tenait un enfant par la main. L'enfant aussi riait. Pourquoi, pensa la fillette, pourquoi ? Avait-on l'air si drôle avec nos vêtements puants et lamentables ? Était-ce pour ça qu'ils riaient ? C'était donc vraiment si amusant ? Comment pouvaient-ils rire, comment pouvaient-ils se montrer aussi cruels ? Elle aurait voulu leur cracher dessus, leur hurler après.

Une femme d'une cinquantaine d'années traversa la rue et lui plaça subrepticement quelque chose dans la main. C'était un petit pain rond. La femme fut brutalement écartée par un policier. La fillette eut juste le temps de l'apercevoir de l'autre côté de la rue. La femme lui avait dit : « Oh, pauvre petite fille. Que Dieu ait pitié de toi. » La fillette se demandait maussadement ce que Dieu fichait. Les avait-il abandonnés ? Les punissait-il pour une faute qu'elle ignorait ? Ses parents n'étaient pas religieux, mais elle savait qu'ils croyaient en Dieu. Ils ne l'avaient pas élevée d'une façon traditionnelle, comme Armelle l'avait été chez elle où l'on respectait tous les rituels. La fillette se demanda si ce n'était pas la cause de leur châtiment. Leur châtiment parce qu'ils n'avaient pas pratiqué leur religion comme il fallait.

Elle passa le pain à son père. Il lui dit que c'était pour elle, qu'elle devait le manger. Elle l'avala tout rond et faillit s'étouffer.

On les amena en bus jusqu'à une gare qui surplombait le fleuve. Elle ne savait pas de quelle gare il s'agissait. Elle n'était jamais venue à cet endroit. Elle n'avait que très rarement quitté Paris. Quand elle vit le train, la panique s'empara d'elle. Non, c'était impossible, elle ne pouvait pas partir, elle devait rester, il fallait qu'elle reste à cause de son petit frère, elle lui avait promis qu'elle reviendrait pour le sauver. Elle tira sur la manche de son père en murmurant le prénom de son frère. Son père la regarda.

« On ne peut rien faire, dit-il avec une impuissance définitive. Rien. »

Elle repensa au garçon astucieux qui s'était échappé. La colère la traversa. Pourquoi son père se montrait-il si faible, si peureux ? N'avait-il rien à faire de son fils ? Le sort de son petit garçon lui était-il égal ? Pourquoi n'avait-il pas le courage de s'enfuir en courant ? Comment pouvait-il rester planté là, se laisser mettre dans un train, comme un mouton ? Comment pouvait-il se soumettre sans tenter quoi que ce soit pour se précipiter dans l'appartement, vers son enfant et la liberté ? Pourquoi ne lui prenait-il pas la clef et ne partait-il pas en courant ?

Son père la regardait toujours et elle savait qu'il lisait toutes ses pensées. Il lui dit très calmement qu'ils étaient en grand danger. Il ne savait pas où on les emmenait. Il ne savait pas non plus ce qui allait leur arriver. Mais ce qu'il savait, c'était que s'il essayait de s'échapper maintenant, il serait tué. Abattu, immédiatement, devant elle, devant sa mère. Et si cela arrivait, ce serait vraiment la fin. Sa mère et elle seraient toutes seules. Il devait rester près d'elles, pour les protéger.

La fillette l'écoutait. Elle ne lui avait jamais entendu cette voix auparavant. C'était la même voix que pendant les conversations secrètes et nocturnes, ces conversations si pleines d'inquiétude. Elle essayait de comprendre. Elle faisait des efforts pour que l'angoisse ne se lise pas sur son visage. Mais son frère… C'était sa faute! C'était elle qui lui avait dit d'attendre dans le placard. Tout était sa faute. Il aurait pu être ici avec eux. Être ici et lui tenir la main, si elle ne s'en était pas mêlée.

Elle se mit à pleurer et ses larmes lui brûlaient les yeux et les joues.

«Je ne savais pas! sanglota-t-elle. Papa, je ne savais pas, je croyais qu'on reviendrait vite, je croyais qu'il était en sécurité.» Puis elle leva les yeux vers lui. Sa voix était pleine de fureur et de souffrance et elle frappa de ses petits poings contre la poitrine de son père. «Tu ne m'as jamais rien dit, Papa, tu ne m'as jamais expliqué, tu ne m'as jamais dit pour le danger, jamais! Pourquoi? Tu croyais que j'étais trop petite pour comprendre, c'est ça? Tu voulais me protéger? C'est cela que tu essayais de faire?»

Elle ne pouvait pas regarder le visage de son père un instant de plus. Il était si pétri de tristesse, de désespoir. Ses larmes finirent d'effacer l'image de ce visage de douleur. Elle pleura, la tête entre ses mains, toute seule. Son père n'essaya pas de s'approcher. Pendant ces minutes affreuses et solitaires, la fillette comprit. Elle n'était plus une petite fille de dix ans. Elle était bien plus grande. Plus rien ne serait comme avant. Pour elle. Pour sa famille. Pour son frère.

Elle explosa une dernière fois, tirant son père par le bras avec une violence qu'elle ne se connaissait pas.

«Il va mourir! Il mourra, c'est sûr!

— Nous sommes tous en danger, répliqua-t-il enfin. Toi et moi, ta mère, ton frère, Eva et ses fils, et tous ces gens qui sont là avec nous. Tout le monde. Je suis avec toi. Et nous sommes avec ton frère. Il est dans nos prières et dans nos cœurs.»

Avant qu'elle puisse répondre, on les poussa dans le train, un train sans sièges, un wagon tout nu. Un train pour le transport des bestiaux. Qui sentait fort et qui était dégoûtant. Debout près de la porte, la fillette jeta un dernier coup d'œil à la gare grisâtre et poussiéreuse.

Sur le quai d'en face, une famille attendait son train. Le père, la mère et leurs deux enfants. La mère était jolie et portait un petit chignon fantaisie. Ils partaient probablement en vacances. Il y avait une fille qui devait avoir son âge. Elle portait une jolie robe lilas. Ses cheveux étaient propres et ses chaussures cirées.

Les deux fillettes croisèrent leurs regards de chaque côté du quai. La jolie maman bien coiffée regardait aussi. La fillette du train savait que son visage plein de larmes était noir de crasse, que ses cheveux étaient sales. Mais elle ne baissa pas la tête de honte. Elle se tint droite, le menton relevé. Et essuya ses larmes.

Quand les portes furent refermées, quand le train se secoua et que les roues commencèrent à crisser sur les rails, elle regarda par une fente dans le métal. Elle n'avait pas quitté l'autre fillette des yeux. Elle la fixa jusqu'à ce que la petite silhouette dans la robe lilas ait totalement disparu.

J e n'avais jamais aimé le 15ᵉ arrondissement. Probablement à cause du monstrueux jaillissement d'immeubles modernes qui défiguraient les quais de la Seine, juste après la tour Eiffel, et auquel je n'avais jamais pu me faire, bien que tout cela ait été construit dans les années soixante-dix, avant que je n'arrive à Paris. Mais quand je m'engageai dans la rue Nélaton avec Bamber, là où se trouvait autre-fois le vélodrome d'Hiver, je me dis que j'aimais encore moins ce quartier.

«Quelle rue sinistre!» dit Bamber à voix basse. Puis il prit quelques photos.

La rue Nélaton était sombre et silencieuse. Le soleil y pénétrait à peine. D'un côté de la rue, se trouvaient des immeubles bourgeois de la fin du XIXᵉ siècle. De l'autre, à l'emplacement du vélodrome d'Hiver, une construction marronnasse dans le style typique du début des années soixante s'élevait dans toute la laideur de sa couleur et de ses proportions. «Ministère de l'Intérieur», disait le panneau surplombant les portes vitrées automatiques.

«Étrange endroit pour construire un bâtiment officiel, tu ne trouves pas?» remarqua Bamber.

Bamber n'avait réussi à trouver que deux photographies d'époque montrant l'ancien Vél d'Hiv. Je tenais l'une d'elles à la main. On y

voyait une façade claire barrée de grosses lettres noires : « Vél d'Hiv »
et une gigantesque porte, le long du trottoir une enfilade de bus et
des gens vus de dessus. Le cliché avait probablement été pris depuis
une fenêtre d'en face, le matin de la grande rafle.

Nous cherchâmes une plaque commémorative, quelque chose
qui aurait indiqué ce qui avait eu lieu à cet endroit, mais en vain.

« Je ne peux pas croire qu'il n'y ait rien », dis-je.

Ce fut boulevard de Grenelle, juste au coin de la rue, que nous
tombâmes sur ce que nous cherchions. Un petit panneau, plutôt
simple. Je me demandai si quelqu'un y avait déjà jeté un œil.

*Les 16 et 17 juillet 1942, 13 152 Juifs furent arrêtés dans Paris et sa
banlieue, déportés et assassinés à Auschwitz. Dans le Vélodrome d'Hiver
qui s'élevait ici, 4 115 enfants, 2 916 femmes, 1 129 hommes furent parqués dans des conditions inhumaines par la police du gouvernement de
Vichy par ordre des occupants Nazis. Que ceux qui ont tenté de leur venir
en aide soient remerciés. Passant, souviens-toi !*

« Intéressant, pensa tout haut Bamber. Pourquoi autant de
femmes et d'enfants et si peu d'hommes ?

— Des rumeurs sur le fait qu'une grande rafle se préparait circulaient, expliquai-je. Il y en avait déjà eu quelques-unes auparavant,
notamment en août 1941. Mais jusque-là, on n'arrêtait que les
hommes. Ces rafles n'avaient été ni aussi vastes ni aussi minutieusement
préparées que celle-ci. C'est pourquoi elle est si tristement célèbre. La
nuit du 16 juillet, la plupart des hommes se sont cachés, ils pensaient
qu'on laisserait les femmes et les enfants tranquilles. Ils avaient tort.

— Depuis combien de temps les autorités avaient-elles planifié
cette rafle ?

— Depuis des mois, répondis-je. Le gouvernement français travaillait de lui-même sur le projet depuis avril 1942, établissant la liste

de tous les Juifs à arrêter. Plus de six mille policiers parisiens furent affectés à cette tâche. Au début, on avait choisi la date du 14 juillet. Mais c'est le jour où la France célèbre sa fête nationale. C'est pourquoi la date a été repoussée. »

Nous nous dirigeâmes vers la station de métro. C'était une rue lugubre. Lugubre et triste.

« Et que se passa-t-il ensuite ? demanda Bamber. Où emmenat-on toutes ces familles ?

– On les enferma dans le Vél d'Hiv pendant quelques jours. On accepta finalement de laisser rentrer un groupe de médecins et d'infirmières. Tous ont décrit à quel point le chaos et le désespoir régnaient dans ce lieu. Puis on emmena les familles à la gare d'Austerlitz, et de là, dans des camps autour de Paris. Enfin, tout droit en Pologne. »

Bamber haussa un sourcil.

« Des camps ? Tu veux dire qu'il y avait des camps de concentration en France ?

– Ces camps sont considérés comme les antichambres françaises d'Auschwitz. Le plus proche de Paris était Drancy. Il y avait aussi Pithiviers et Beaune-la-Rolande.

– Je me demande à quoi ressemblent ces endroits aujourd'hui, dit Bamber. On devrait aller voir.

– Nous irons », dis-je.

Nous fîmes une halte à l'angle de la rue Nélaton pour prendre un café. Je jetai un coup d'œil à ma montre. J'avais promis de rendre visite à Mamé aujourd'hui. Je savais que ce n'était plus possible. Trop tard. Je décidai de repousser à demain. Ce n'était jamais une corvée pour moi. Mamé était la grand-mère que je n'avais jamais eue. Les miennes étaient mortes quand je n'étais encore qu'une enfant. J'espérais juste que Bertrand daigne faire un effort, tant elle l'adorait.

Bamber ramena mes pensées vers le Vél d'Hiv.

«Avec tout ça, je me sens plutôt heureux de ne pas être français», dit-il.

Puis il se souvint.

«Oh, je suis désolé! Tu es française, n'est-ce pas?

— Oui, dis-je. Par alliance. J'ai la double nationalité.

— Je ne pensais pas ce que j'ai dit.» Il toussota. Il avait l'air embarrassé.

«C'est bon, ne t'en fais pas, dis-je en souriant. Tu sais, même après toutes ces années, ma belle-famille m'appelle toujours l'Américaine.»

Bamber sourit jusqu'aux oreilles.

«Et ça ne t'ennuie pas?»

Je haussai les épaules.

«Parfois. J'ai passé plus de la moitié de ma vie en France. Je me sens vraiment d'ici à présent.

— Depuis combien de temps es-tu mariée?

— Bientôt seize ans. Mais cela fait vingt-cinq ans que je suis ici.

— Tu as eu droit à un de ces mariages chics à la française?»

J'éclatai de rire.

«Non, la cérémonie a été très simple. C'était en Bourgogne, dans la propriété de ma belle-famille, près de Sens.»

Ce jour me revint un court instant. Les parents des mariés – Sean et Heather Jarmond, Édouard et Colette Tézac – ne se dirent pas grand-chose. Comme si la branche française de la famille avait totalement oublié son anglais. Mais cela m'était égal. J'étais si heureuse. Le soleil brillait sur la petite église de campagne. Je portais une robe ivoire, toute simple, approuvée par ma belle-mère. Bertrand était éblouissant dans son habit gris. Magnifique aussi, le dîner dans la maison des Tézac. Du champagne, des bougies et des pétales de roses. Charla fit un discours très drôle dans son français catastrophique, auquel je fus la seule à rire, tandis que Laure et Cécile prenaient un air affecté. Ma mère portait un tailleur rose pâle et me glissa à l'oreille : «J'espère que tu seras heureuse, mon ange.» Mon père valsait avec Colette, toujours raide comme un *i*. Il me semblait que ce souvenir avait des siècles.

«Est-ce que les États-Unis te manquent? demanda Bamber.

– Non. Ce qui me manque, c'est ma sœur. Pas l'Amérique.»

Un jeune serveur nous apporta des cafés. Il jeta un coup d'œil aux cheveux couleur de feu de Bamber et eut un sourire niais. Puis il aperçut le nombre impressionnant d'appareils photo et d'objectifs.

«Touristes? demanda-t-il. Vous prenez de jolies photos de Paris?

– Non, pas touristes. Nous prenons juste de jolies photos de ce qui reste du Vél d'Hiv», dit Bamber dans son français où traînait un relent d'accent britannique.

Le serveur semblait surpris.

«Personne ne nous demande jamais pour le Vél d'Hiv, dit-il. Par contre, la tour Eiffel… Mais le Vél d'Hiv, ça…

– Nous sommes journalistes, dis-je. Nous travaillons pour un magazine américain.

– De temps en temps, je vois des familles juives, réfléchit le jeune homme. Surtout aux dates anniversaires, après le discours au Mémorial des bords de Seine.»

J'eus une idée.

«Vous ne connaîtriez pas quelqu'un, un voisin, qui pourrait nous parler de la rafle?» demandai-je. Nous avions déjà interviewé plusieurs survivants. La plupart avaient écrit des livres pour raconter leur expérience, mais nous manquions de témoins. Nous voulions des Parisiens qui avaient assisté à la scène.

Je me sentis bête soudain. Ce jeune homme avait à peine vingt ans. Son propre père n'était probablement même pas encore né en 1942.

«Oui, j'en connais, répondit-il, à ma grande surprise. Si vous remontez la rue, vous allez croiser un marchand de journaux sur votre gauche. Demandez à l'homme qui le tient, il vous dira. Sa mère a vécu ici toute sa vie, elle doit savoir des choses.»

Il eut droit à un gros pourboire.

Ils avaient marché un temps infini dans la poussière, de la gare à un petit village, où, encore une fois les gens les avaient montrés du doigt en les regardant comme des bêtes curieuses. Ses pieds lui faisaient mal. Où se dirigeaient-ils à présent ? Qu'allait-il leur arriver ? Étaient-ils loin de Paris ? Le voyage en train n'avait pas duré plus de deux heures. Elle ne cessait de penser à son frère. À chaque kilomètre parcouru, son cœur se faisait un peu plus lourd. Comment pourrait-elle rentrer à la maison désormais ? Comment faire ? Penser qu'il était sans doute persuadé qu'elle l'avait oublié la rendait malade. Oui, c'était sûrement ce qu'il croyait dans l'obscurité de son placard. Il pensait qu'elle l'avait abandonné, qu'elle s'en fichait, qu'elle ne l'aimait pas. Il n'avait plus d'eau, plus de lumière et il avait peur. Elle l'avait laissé tomber.

Où étaient-ils ? Elle n'avait pas eu le temps de regarder le nom de la gare quand ils étaient arrivés. Mais elle avait remarqué ce qui attirait immanquablement l'attention d'un enfant des villes : la campagne bucolique, les grandes prairies vertes, les champs dorés. Le parfum enivrant de l'air frais et de l'été. Le vrombissement d'un bourdon. Les oiseaux dans le ciel. Les nuages blancs et cotonneux. Après la puanteur et la chaleur suffocante de ces derniers jours, elle prenait cela comme une bénédiction. Peut-être les choses ne se passeraient-elles pas si mal, après tout.

Elle suivit ses parents au-delà de portes de fil de fer barbelé, enca-drés par des gardes sévères portant des fusils. Puis elle aperçut les rangées de baraquements sombres. L'endroit était lugubre et tous ses espoirs dis-parurent. Elle se blottit contre sa mère. Les policiers commencèrent à donner des ordres en hurlant. Les femmes et les enfants devaient se diriger vers les baraquements situés à droite, les hommes vers ceux de gauche. Impuissante, agrippée à sa mère, elle regarda son père poussé vers un groupe d'hommes. Elle sentait la peur revenir parce qu'il n'était plus à ses côtés. Mais elle ne pouvait rien faire. Les fusils la terrifiaient. Sa mère ne bougeait pas. Ses yeux étaient vides. Morts. Son visage très pâle et maladif.

La fillette prit la main de sa mère tandis qu'on les poussait vers les baraquements. À l'intérieur, l'espace était nu et sinistre. Des planches et de la paille. Puanteur et saleté. Les latrines étaient à l'extérieur, de sim-ples lattes de bois posées sur des trous. On leur intima l'ordre de s'asseoir là, en groupe et de pisser et déféquer devant tout le monde, comme des animaux. Cela la révoltait. Elle sentait qu'elle ne pourrait pas le faire. Non, elle ne pouvait pas. Elle vit alors sa mère mettre ses jambes de chaque côté d'un trou. De honte, elle garda la tête baissée. Mais elle aussi finit par faire ce qu'on lui avait ordonné, accroupie, espérant que per-sonne ne la regardait.

Juste au-dessus des barbelés, la fillette pouvait apercevoir le village. Le clocher sombre d'une église. Un château d'eau. Des toits et des che-minées. Des arbres. Elle pensa que là-bas, dans ces maisons si proches, les gens se couchaient dans leurs lits, qu'ils avaient des draps, des couver-tures, de la nourriture et de l'eau. Qu'ils étaient propres, avec des vête-ments qui sentaient bon. Personne ne leur criait dessus. Personne ne les traitait comme du bétail. Là, juste là, de l'autre côté de la barrière. Dans ce petit village coquet où sonnait le clocher de l'église. Où des enfants devaient être en vacances. Des enfants qui jouaient, qui partaient en pique-nique, qui s'amusaient à des parties de cache-cache. Des enfants heureux malgré la guerre et les restrictions alimentaires, malgré, peut-être, le départ des pères à la guerre. Heureux enfants, adorés et chéris. Elle ne comprenait pas comment il pouvait y avoir tant de différence entre ces enfants et elle. Elle ne comprenait pas pourquoi elle et ces gens devaient être traités de la sorte. Qui avait décidé cela, et dans quel but?

On leur donna une pauvre soupe aux choux. Elle était claire et pleine de sable. Ils n'eurent droit à rien d'autre. Puis elle vit des femmes dénudées, forcées de laver leur corps crasseux sous un filet d'eau qui tombait dans des bassines de fer rouillées. Elle les trouva laides et grotesques. Elle détesta les molles, les maigres, les vieilles, les jeunes. Elle détesta être obligée de les voir nues. Elle ne voulait pas les voir. Mais il ne pouvait en être autrement.

Elle se blottit contre le corps chaud de sa mère et essaya de ne plus penser à son petit frère. Son corps la grattait, son crâne aussi. Elle voulait se laver, se jeter dans un bon bain, dans son lit, dans les bras de son frère. Et dîner. Elle se demanda s'il existait quelque chose de pire que ce qui lui était arrivé ces derniers jours. Elle pensa à ses amies, aux autres petites filles de l'école qui portaient aussi l'étoile jaune. Dominique, Sophie, Agnès. Que leur était-il arrivé? Certaines avaient-elles pu s'échapper? Y en avait-il qui étaient à l'abri, cachées quelque part? Armelle était-elle à l'abri avec sa famille? La reverrait-elle jamais, elle et toutes les autres? Pourrait-elle retourner à l'école en septembre?

Cette nuit-là, elle ne dormit pas. Elle avait besoin de la présence réconfortante de son père. Son ventre lui faisait mal, elle le sentait se contracter. Elle savait qu'elles n'étaient pas autorisées à quitter les baraquements pendant la nuit. Elle serra les dents en se tenant le ventre. Mais la douleur s'intensifia. Elle se leva doucement, avança sur la pointe des pieds entre les rangées de femmes et d'enfants assoupis, jusqu'aux latrines qui se trouvaient à l'extérieur.

Des lampes à la lumière aveuglante balayaient le camp. Elle s'accroupit sur les planches. Elle regarda entre ses jambes et vit de gros vers blancs qui grouillaient dans l'épaisse masse de merde. Elle avait peur qu'un policier ne voie ses fesses du haut de son mirador, alors elle tira sa jupe sous ses hanches. Elle revint vite au baraquement.

À l'intérieur, l'air était lourd et chargé. Des enfants geignaient faiblement dans leur sommeil. Elle entendit une femme sangloter. Elle se tourna vers sa mère, observant son visage pâle et ravagé.

La femme heureuse et aimante n'était plus. La mère qui la berçait entre ses bras en lui murmurant des mots d'amour, de doux surnoms yiddish, avait disparu. Cette femme aux cheveux brillants couleur de miel et au visage voluptueux, que tous les voisins, tous les commerçants saluaient par son prénom. Celle qui avait ce parfum chaud et réconfortant de maman, qui sentait la bonne cuisine, le savon et les draps propres. Elle dont le rire était irrésistible et qui disait que malgré la guerre, ils s'en sortiraient parce qu'ils étaient une famille forte et bonne, une famille pleine d'amour.

Petit à petit, cette femme avait cédé la place à une chose désolée, pâle et maigre, qui ne riait ni ne souriait jamais, sentait le rance et l'aigre, dont les cheveux étaient devenus secs et cassants, leur miel ayant cédé la place au gris.

La fillette fut parcourue d'une horrible sensation. Sa mère était comme déjà morte.

La vieille femme nous regarda, Bamber et moi, avec des yeux humides et vitreux. Elle ne devait plus être loin des cent ans, pensai-je. Elle avait le sourire édenté d'un bébé. Mamé avait l'air d'une adolescente comparée à elle. Elle vivait juste au-dessus du magasin de son fils, le vendeur de journaux de la rue Nélaton. C'était un appartement exigu, encombré de meubles poussiéreux, de tapis mités et de plantes à moitié mortes. La vieille dame était assise dans un fauteuil fatigué, près de la fenêtre. Elle nous observa tandis que nous entrions et nous présentions. Elle avait l'air heureuse de divertir des visiteurs impromptus.

« Des journalistes américains, alors… dit-elle en nous appréciant, d'une voix chevrotante.

– Américains et britanniques, corrigea Bamber.

– Des journalistes intéressés par le Vél d'Hiv? » demanda-t-elle.

Je sortis mon carnet et mon crayon et les posai en équilibre sur mes genoux.

« Vous souvenez-vous de quoi que ce soit à propos de la rafle, madame? lui demandai-je. Pouvez-vous nous dire quelque chose, même un détail infime? »

Elle laissa échapper une sorte de caquètement.

«Vous pensez que je ne me souviens pas, jeune femme? Vous pensez que j'ai oublié, peut-être?

– Eh bien, dis-je, c'était il y a un bout de temps, après tout.

– Quel âge avez-vous?» demanda-t-elle sans ménagement.

Je sentis que je rougissais. Bamber dissimula un sourire derrière son appareil.

«Quarante-cinq, dis-je.

– Je vais avoir quatre-vingt-quinze ans», dit-elle, en découvrant largement ses gencives abîmées. «Le 16 juillet 1942, j'avais trente-cinq ans. Dix ans de moins que vous aujourd'hui. Et je me souviens de tout.»

Elle fit une pause. Ses faibles yeux regardèrent dans la rue.

«Je me souviens avoir été réveillée très tôt par le ronflement des bus. Juste sous mes fenêtres. J'ai regardé dehors et j'ai vu d'autres bus qui arrivaient. Et puis d'autres encore, et encore. Des bus des transports en commun, les bus que je prenais moi-même chaque jour. Blancs et verts. Il y en avait tant. Je me demandais ce qu'ils pouvaient bien faire ici. Puis j'ai vu des gens en sortir. Et tous ces enfants. Tellement d'enfants. Vous savez, c'est impossible d'oublier les enfants.»

Je notai tout tandis que Bamber la photographiait.

«Après un moment, je me suis habillée et je suis descendue avec mes garçons, qui étaient petits, à l'époque. Nous voulions savoir ce qui se passait, nous étions curieux. Nos voisins aussi sont descendus, et le concierge. C'est une fois dans la rue que nous avons vu les étoiles jaunes. Et là, nous avons compris. Ils regroupaient les Juifs.

– Aviez-vous la moindre idée de ce qui allait arriver à ces gens?» demandai-je.

Elle haussa ses vieilles épaules.

«Non, dit-elle. Nous n'en avions pas la moindre idée. Comment aurions-nous su? C'est seulement après la guerre que nous avons tout découvert. Nous pensions qu'on les envoyait travailler je ne sais où.

Nous ne pensions pas que quelque chose de grave se tramait. Je me souviens que quelqu'un a dit : "C'est la police française, personne ne leur fera de mal." Alors, nous ne nous sommes pas inquiétés. Le lendemain, bien que tout cela ait eu lieu en plein Paris, il n'y avait rien ni dans les journaux ni à la radio. Personne ne semblait s'en préoccuper. Alors nous non plus. Jusqu'à ce que je voie les enfants.»

Elle s'arrêta.

«Les enfants? répétai-je.

– Quelques jours plus tard, les Juifs furent de nouveau déplacés en bus, poursuivit-elle. Je me tenais sur le trottoir et j'ai vu les familles sortir du vélodrome, et tous ces enfants sales qui pleuraient. Ils étaient crasseux et avaient l'air terrorisés. Je n'en revenais pas. J'ai compris que dans le vélodrome, on ne leur avait pas donné beaucoup à manger et à boire. Je me sentais impuissante et en colère. J'ai essayé de leur jeter du pain et des fruits, mais la police m'en a empêchée.»

Elle s'arrêta encore une fois, pendant un long moment. Elle semblait fatiguée tout à coup, lasse. Bamber posa doucement son appareil. Nous attendîmes sans bouger. Je n'étais pas sûre qu'elle reprenne le cours de son histoire.

«Après toutes ces années…, dit-elle finalement, d'une voix qui n'était plus qu'un murmure,… après toutes ces années, je vois encore les enfants, vous savez. Je les vois grimper dans les bus qui allaient les emporter. Je ne savais pas où ils allaient, mais j'avais un drôle de pressentiment. Un horrible pressentiment. La plupart des gens qui m'entouraient restaient indifférents. Ils se disaient que c'était normal. C'était normal pour eux qu'on embarque les Juifs.

– Pourquoi croyez-vous qu'ils pensaient ça?» demandai-je.

Elle eut encore son étrange caquètement.

«On nous avait répété pendant des années, à nous les Français, que les Juifs étaient les ennemis de notre pays, voilà pourquoi! En

41 et 42, il y a eu une exposition au palais Berlitz, si je me souviens bien, sur le boulevard des Italiens, intitulée "Les Juifs et la France". Les Allemands avaient fait en sorte que ça dure des mois. L'expo a eu un grand succès auprès du public parisien. Mais qu'est-ce que c'était finalement ? Un grand déballage d'antisémitisme. »

Ses doigts déformés par l'âge lissèrent sa jupe.

« Je me souviens des policiers, vous savez. Nos bons vieux policiers parisiens. Nos bons vieux et honnêtes gendarmes. Qui poussaient les enfants dans les bus. Qui hurlaient. Qui donnaient de la matraque. »

Elle posa son menton sur sa poitrine. Puis marmonna quelque chose que je ne saisis pas. Ça donnait à peu près : « Honte à nous tous d'avoir laissé faire. »

« Vous ne saviez pas », dis-je doucement, touchée de voir ses yeux soudain embués. « Et puis, qu'auriez-vous pu faire ?

— Personne ne se souvient des enfants du Vél d'Hiv, vous savez. Ça n'intéresse plus personne.

— Ce sera peut-être différent cette année, dis-je. Cette année, les choses seront peut-être différentes. »

Elle se pinça le peu de lèvre qui lui restait.

« Non. Vous verrez. Rien n'a changé. Personne ne se souvient. Et pourquoi serait-ce le cas ? Ce sont les jours les plus sombres de notre histoire. »

Elle se demandait où était son père. Quelque part dans le camp, dans un des baraquements sans doute, pourtant elle ne l'avait vu qu'une fois ou deux. Elle n'avait plus la notion du temps. La seule chose qui la hantait, c'était son petit frère. Elle se réveillait la nuit en tremblant, elle le voyait dans son placard. Elle sortait la clef et la fixait douloureusement, avec un frisson d'horreur. Peut-être était-il mort à cette heure-ci. Peut-être était-il mort de soif ou de faim. Elle essayait de se figurer combien de jours avaient passé depuis ce jeudi noir où des hommes étaient venus les chercher. Une semaine? Dix jours? Elle n'en avait pas la moindre idée. Elle se sentait perdue, troublée. Ce n'avait été qu'un tourbillon de terreur, de faim et de mort. Beaucoup d'enfants n'avaient pas survécu au camp. Leurs petits corps avaient été emportés au milieu des larmes et des cris.

Un matin, elle assista à une conversation animée entre femmes. Elles avaient l'air inquiètes, tourmentées. Elle demanda à sa mère ce qui se passait, mais celle-ci lui répondit qu'elle n'en savait rien. Pour ne pas avoir de mauvaise surprise, la fillette demanda à une femme qui avait un petit garçon de l'âge de son frère et qui dormait à côté d'elles depuis quelques jours. Son visage était empourpré, comme si elle avait de la fièvre. Elle raconta que des rumeurs circulaient dans le camp. Les parents allaient être envoyés au travail forcé à l'Est. Ils devaient préparer l'arrivée des enfants qui les rejoindraient quelques jours plus tard. La fillette l'écoutait, en état de choc. Elle répéta ce qu'elle venait d'apprendre à sa mère dont les yeux s'écarquillèrent dans l'instant. Puis sa mère secoua violemment la tête. Non, ce n'était pas possible, pas comme ça. Ils ne pouvaient pas faire ça. Ils ne pouvaient pas séparer les enfants des parents.

Dans la vie douce et protégée d'avant, qui semblait à présent si lointaine, la fillette aurait cru sa mère. Elle croyait tout ce que disait sa mère. Mais dans ce monde nouveau et cruel, la fillette se sentait plus grande, plus mûre. Elle avait la sensation d'être plus âgée que sa mère. Elle était sûre que les autres femmes disaient la vérité. Elle savait que les rumeurs étaient fondées. Elle ignorait, en revanche, comment expliquer cela à sa mère. Sa mère, qui était devenue une enfant.

Quand des hommes pénétrèrent dans les baraquements, elle ne fut pas effrayée. Elle s'était endurcie. Elle avait élevé un grand mur autour d'elle. Elle prit la main de sa mère et la tint bien serrée. Elle voulait que sa mère se montre courageuse et forte. On leur donna l'ordre de sortir, puis de se diriger vers d'autres baraquements, en petits groupes. Elle attendait bien en rang, patiemment, avec sa mère. Elle ne cessait de jeter des coups d'œil alentour dans l'espoir d'apercevoir son père. En vain.

Quand ce fut leur tour d'entrer dans le baraquement, elle vit deux policiers assis derrière une table. Deux femmes se tenaient à côté des hommes, en civil. Des femmes du village, qui regardaient la file avec des visages durs et froids. Elle les entendit ordonner à la vieille femme qui était devant elle de donner son argent et ses bijoux. Elle observa la grand-mère retirer maladroitement son alliance et sa montre. Une petite fille de six ou sept ans se tenait contre elle et tremblait de frayeur. Un des policiers pointa du doigt les petits anneaux dorés que l'enfant portait aux oreilles. Celle-ci avait trop peur pour pouvoir les enlever elle-même. La grand-mère se pencha pour les détacher. Le policier laissa échapper un soupir d'exaspération. Ça n'allait pas assez vite. On y passerait la nuit, à ce rythme-là.

Une des femmes du village s'approcha de la petite fille et d'un geste sec, arracha les anneaux en déchirant les petits lobes. L'enfant hurla en portant les mains à son cou plein de sang. La vieille femme cria à son tour. Un des policiers la frappa au visage. Puis on les poussa dehors. Un murmure effrayé parcourut toute la file. Les policiers brandirent leur arme. Le silence revint immédiatement.

La fillette et sa mère n'avaient rien à donner. À part une alliance. Une femme du village au teint rougeaud déchira la robe de la mère des épaules au nombril, laissant apparaître sa peau pâle et ses dessous défraîchis. Ses mains tripotèrent les plis de la robe, fouillèrent dans ses sous-vêtements et jusqu'à son intimité. Celle-ci tressaillit, mais ne dit rien. La fillette assistait à la scène, impuissante. La peur montait en elle. Elle détestait la façon dont les hommes mataient le corps de sa mère, et la façon dont les femmes la touchaient, comme si elle était un morceau de viande. Elle se demandait si le même sort lui serait réservé. Lui arracheraient-ils aussi ses vêtements? Et s'ils prenaient la clef? Elle la serra dans sa poche de toutes ses forces. Non, ils ne pouvaient pas lui prendre ça. Elle ne les laisserait pas faire. Elle ne leur permettrait pas de s'emparer de la clef du placard secret. Jamais.

Mais les policiers ne s'intéressaient pas à ce qu'elle avait dans ses poches. Avant qu'elles ne ressortent toutes les deux, elle jeta un dernier coup d'œil à la pile qui grandissait sur le bureau : des colliers, des bracelets, des broches, des bagues, des montres, de l'argent. Qu'allaient-ils faire de tout ça, se demanda-t-elle. Le vendre? Le garder pour eux? Pourquoi avaient-ils besoin de les dépouiller?

Une fois dehors, il fallut se remettre en rang. C'était un jour chaud et sec. La fillette avait soif, sa gorge était rêche comme du papier. Elles restèrent en ligne, sans bouger, un long moment, sous le regard insupportable et silencieux des policiers. Que se passait-il? Où était son père? Pourquoi les faisait-on attendre ici? La fillette entendait des murmures incessants dans son dos. Personne ne savait, personne n'avait la réponse.

Mais elle, elle savait. Elle le sentait venir. Et quand cela se produirait, elle ne serait pas prise au dépourvu.

Les policiers leur tombèrent dessus comme un vol de corbeaux. Ils entraînèrent les femmes d'un côté, les enfants de l'autre. Même les plus jeunes étaient séparés de leurs mères. La fillette assistait à tout cela comme si elle était perdue dans un autre monde. Elle entendit les cris, les hurlements. Elle vit les femmes se jeter à terre en s'accrochant aux vêtements de leur enfant ou à leurs cheveux. Elle vit les policiers brandir leurs matraques et les abattre sur les crânes et les visages de ces pauvres femmes. Elle en vit une s'évanouir, le nez en sang.

Sa mère se tenait près d'elle, immobile. Elle entendait sa respiration courte et précipitée. Elle s'accrocha à sa main froide. Elle sentit le policier les séparer violemment, elle entendit sa mère hurler de désespoir, puis elle la vit se jeter vers elle, la robe ouverte, les cheveux fous, la bouche tordue, en criant le prénom de sa fille. Elle essaya d'attraper sa main, mais les hommes la repoussèrent si fort qu'elle tomba à genoux. Sa mère se débattit comme une bête sauvage, l'emportant sur les policiers un court instant, pendant lequel la fillette vit renaître sa vraie mère, la femme forte et passionnée qu'elle admirait et qui lui manquait tant. Elle sentit les bras de sa mère une dernière fois, les cheveux épais lui caresser le visage. Soudain, des torrents d'eau froide l'aveuglèrent. Crachant, cherchant de l'air, elle ouvrit les yeux et vit des hommes emporter sa mère par le col de sa robe ruisselante.

Il lui sembla que tout cela prenait des heures. Des enfants en larmes, des enfants perdus. Les seaux d'eau qu'on leur jetait au visage. Des femmes qui tentaient le tout pour le tout, des femmes brisées. Le son mat des coups. Mais elle savait qu'en réalité, tout était allé très vite.

Le silence revint. C'était fait. Enfin, la foule des enfants se tenait d'un côté, les mères de l'autre. Et entre les deux, une solide haie de policiers. Policiers qui répétaient sans cesse que les mères et les enfants de plus de douze ans partiraient en premier, que les plus jeunes resteraient une *semaine supplémentaire avant de les rejoindre. Les pères étaient déjà partis, leur dit-on. Tout le monde devait coopérer et obéir.*

Elle vit sa mère au milieu des autres femmes. Celle-ci la regardait avec un petit sourire courageux qui avait l'air de dire : « Tu verras, ma chérie, tout va bien se passer pour nous, c'est la police qui l'a dit. Vous viendrez nous rejoindre dans quelques jours. Ne t'inquiète pas, mon cœur. »

La fillette promena son regard sur le groupe des enfants. Il y en avait tant. Elle regarda les tout-petits et leurs visages chiffonnés de peur et de tristesse. Elle vit la petite fille aux lobes déchirés qui tendait les bras vers sa mère. Qu'allait-il se passer pour tous ces enfants, pour elle ? Où emmenait-on les parents ?

Les portes du camp s'ouvrirent et les femmes sortirent. La longue file se dirigeait à droite sur le chemin qui traversait le village et conduisait à la gare. Le visage de sa mère se tourna vers elle une dernière fois.

Puis il disparut.

«Nous sommes dans un de nos "bons" jours aujourd'hui, madame Tézac», me dit Véronique, avec un large sourire tandis que je pénétrais dans la chambre blanche et ensoleillée. Elle faisait partie du personnel qui prenait soin de Mamé dans la maison de retraite propre et joyeuse où celle-ci résidait, dans le 17e arrondissement, à deux pas du parc Monceau.

«Ne l'appelez pas Mme Tézac, aboya la grand-mère de Bertrand. Elle déteste ça. Appelez-la Miss Jarmond.»

Je souris malgré moi. Véronique était toute penaude.

«Et de toute façon, Mme Tézac, c'est moi», dit la vieille dame avec un soupçon d'arrogance et de dédain pour l'autre Mme Tézac, sa belle-fille Colette, la mère de Bertrand. Cela ressemblait tellement à Mamé, pensai-je. Toujours fougueuse, même à son âge. Elle se prénommait Micheline et détestait cela. Personne ne l'appelait donc jamais par son prénom.

«Je suis désolée», dit Véronique humblement.

Je posai la main sur son bras.

«Ne vous en faites pas, dis-je. Je n'utilise pas mon nom d'épouse.

– C'est un truc d'Américains, dit Mamé. Miss Jarmond est américaine.

– Oui, je l'avais remarqué», dit Véronique, de nouveau souriante.

Remarqué quoi, faillis-je lui demander. Mon accent, mes vête-ments, mes chaussures?

« Alors, comme ça, vous avez passé une bonne journée, Mamé? »
Je m'assis à ses côtés et pris sa main dans la mienne.

Comparée à la vieille dame de la rue Nélaton, Mamé faisait encore fraîche. Sa peau était à peine ridée et ses yeux gris avaient encore de l'éclat. Cependant, la vieille dame de la rue Nélaton, malgré sa décrépitude, avait les idées en place, alors que Mamé, qui avait quatre-vingt-cinq ans, souffrait d'Alzheimer. Certains jours, elle ne se souvenait même plus de qui elle était.

Les parents de Bertrand avaient pris la décision de la placer en maison de retraite quand ils s'étaient rendu compte qu'elle était devenue incapable de vivre seule. Elle allumait le gaz et le laissait brûler toute la journée, faisait déborder son bain, refermait sa porte avec la clef à l'intérieur et on la retrouvait en train d'errer rue de Saintonge en robe de chambre. Elle avait résisté à cette décision. Elle ne tenait en aucune façon à déménager dans une maison pour vieux. Mais elle avait fini par s'y faire, à deux ou trois coups de sang près.

« Je passe une "bonne" journée », sourit-elle, tandis que Véro-nique s'éclipsait.

« Oh, je vois, dis-je. Vous avez joué les terreurs, comme d'habitude?
– Comme d'habitude », dit-elle. Elle se tourna vers moi et posa ses yeux gris pleins d'affection dans les miens. « Où est ton bon à rien de mari? Il ne vient jamais, tu sais. Et ne rétorque pas qu'il est trop occupé par ses affaires. »

Je soupirai.

« Enfin, toi tu es venue, dit-elle d'un ton renfrogné. Tu as l'air fatigué. Tout va bien?
– Ça va. »

Elle avait raison, j'avais vraiment l'air fatigué. Mais je ne pouvais rien y faire, à part prendre des vacances, je supposai. Pour ça, il faudrait attendre l'été.

« Et l'appartement ? »

J'étais justement passée voir où en étaient les travaux avant de venir. Une vraie ruche. Bertrand jouant les contremaîtres avec son énergie habituelle devant un Antoine visiblement essoré.

« Ça va être magnifique, dis-je. Quand ce sera terminé.

— Ma maison me manque, dit Mamé. J'aimerais tellement vivre encore là-bas.

— Je comprends. »

Elle haussa les épaules.

« On s'attache aux endroits, tu sais. Comme aux gens, je suppose. Je me demande si l'appartement manque autant à André. »

André était son mari. Je ne l'avais pas connu. Il était mort quand Bertrand était adolescent. J'avais l'habitude d'entendre Mamé parler de lui au présent. Je la laissais faire sans lui rappeler qu'il était décédé d'un cancer du poumon des années auparavant. Elle aimait tant parler de lui. Au début, bien avant qu'elle ne commence à perdre la mémoire, elle me montrait ses albums de photos chaque fois que je lui rendais visite rue de Saintonge. C'était comme si je connaissais le visage d'André Tézac par cœur. Comme Édouard, il avait les yeux bleu-gris, mais un nez plus rond et un sourire plus chaleureux, me semblait-il.

Mamé m'avait raconté en détail comment ils s'étaient rencontrés, comment ils étaient tombés amoureux et comment tout était devenu compliqué pendant la guerre. Les Tézac étaient bourguignons d'origine, mais quand André avait hérité de son père un domaine viticole, il n'avait jamais su comment joindre les deux bouts. Alors, il était monté à Paris et avait ouvert un petit magasin d'antiquités rue de Turenne, près de la place des Vosges. Il avait mis du temps à se faire une réputation et à bien établir son affaire. Édouard avait pris la suite après la mort de son père, déménageant rue du Bac, dans le 7ᵉ arrondissement, où se trouvaient les plus prestigieux antiquaires de Paris. C'était désormais Cécile, la plus jeune sœur de Bertrand, qui tenait la boutique, et l'affaire marchait bien.

Le médecin de Mamé, le mélancolique mais compétent Dr Roche, m'avait dit un jour que c'était une excellente thérapie pour Mamé que de parler du passé. Selon lui, elle avait une meilleure mémoire de ce qui avait eu lieu trente ans auparavant que le matin même.

C'était devenu un petit jeu. À chacune de mes visites, je lui posais des questions. Je le faisais naturellement, sans en rajouter. Elle savait très bien ce que je manigançais et pourquoi, mais feignait de l'ignorer.

Je m'étais beaucoup amusée à entendre parler de Bertrand enfant. Mamé avait le sens des détails passionnants. Elle m'avait brossé le portrait d'un adolescent plutôt empoté, pas ce dur à cuire qu'il prétendait avoir été. Il se révélait avoir été un élève médiocre, très loin de l'étudiant brillant qui n'existait que dans le délire de ses parents. À quatorze ans, il s'était disputé avec son père à cause de la fille du voisin, une blonde décolorée et délurée qui fumait de la marijuana.

Cependant, il ne faisait pas toujours bon s'immiscer dans la mémoire défaillante de Mamé. Souvent, j'étais face à des blancs interminables. Elle ne se souvenait plus de rien. Les «mauvais» jours, elle se refermait comme une huître. Elle restait hébétée devant la télévision, les lèvres tellement rentrées que son menton pointait vers l'avant.

Un jour, elle oublia jusqu'à Zoë et demandait sans cesse : «Mais qui est cette enfant? Que fait-elle ici?» Zoë, comme toujours, avait réagi en adulte. Mais le soir, je l'avais entendue pleurer dans son lit.

Quand je lui avais demandé ce qui la faisait pleurer, elle m'avoua qu'elle n'admettait pas de voir vieillir son arrière-grand-mère, que cela lui était insupportable.

« Mamé, dis-je. Quand avez-vous emménagé rue de Saintonge avec André ? »

Je m'attendais à l'horrible grimace, qui lui faisait immanquablement une tête de vieux singe plein de sagesse, puis à l'inévitable : « Oh, je ne m'en souviens plus… »

Mais la réponse tomba nette.

« Juillet 1942. »

Je me redressai et la dévisageai.

« Juillet 1942 ?, ne pus-je m'empêcher de répéter.

– C'est cela.

– Et comment avez-vous trouvé l'appartement ? C'était la guerre, cela devait être difficile, non ?

– Pas du tout, dit-elle gaiement. Il s'est trouvé libre soudainement. C'est la concierge qui nous en a parlé, Mme Royer, qui connaissait la nôtre. Nous habitions alors rue de Turenne, juste au-dessus du magasin, un appartement d'une pièce, exigu et sombre. Alors, c'était une aubaine et nous avons déménagé, Édouard devait avoir dix ou douze ans à l'époque. Nous étions tout excités à l'idée d'habiter un endroit plus grand. Et je me souviens que le loyer était bon marché. À l'époque, ce quartier n'était pas à la mode, comme il l'est aujourd'hui. »

Je ne la quittai pas des yeux et enchaînai en me raclant la gorge :

« Mamé, vous souvenez-vous si c'était début ou fin juillet ? »

Elle sourit, heureuse de constater que sa mémoire marchait si bien.

« Je m'en souviens très bien. C'était à la fin du mois.

– Et vous souvenez-vous pourquoi cet endroit s'était soudain libéré ? »

Elle sourit encore plus largement.

«Bien sûr. Il y avait eu une rafle. On avait arrêté des gens et beaucoup d'appartements s'étaient trouvés vides.»

Je la regardai, interloquée. Ses yeux s'arrêtèrent dans les miens et s'assombrirent en voyant l'expression de mon visage.

«Mais comment cela s'est-il passé? Comment avez-vous emménagé?»

Elle tripota ses manches en se tordant la bouche.

«Mme Royer a dit à notre concierge qu'un trois-pièces était libre rue de Saintonge. Voilà comment ça s'est passé. C'est tout.»

Elle se tut, cessa d'agiter ses mains et les croisa sur ses genoux.

«Mais Mamé, murmurai-je, vous ne pensiez pas que ces gens reviendraient?»

Son visage devint grave, et ses lèvres se crispèrent en un rictus douloureux.

«Nous ne savions pas, finit-elle par me dire. Nous ne savions rien, rien du tout.»

Puis elle baissa la tête et regarda ses mains. Elle ne parlerait plus.

Cette nuit-là fut la pire de toutes. La pire nuit pour tous ces enfants et pour elle, pensait-elle. Les baraquements avaient été entièrement vidés. Il ne restait rien, pas un vêtement, pas une couverture, rien. Les édredons avaient été éventrés et le duvet blanc recouvrait le sol comme une neige.

Des enfants pleuraient, des enfants hurlaient, des enfants hoquetaient de terreur. Les plus petits ne comprenaient plus et appelaient leurs mères en gémissant. Ils mouillaient leurs vêtements, se roulaient par terre de désespoir, en poussant de petits cris perçants. Les plus âgés, comme elle, restaient assis sur le sol crasseux, la tête dans les mains.

Personne ne posait un regard sur eux. Personne ne s'en préoccupait. On oubliait de les nourrir. Ils étaient si affamés qu'ils mâchonnaient des brins d'herbe sèche, de paille. Personne ne venait les réconforter. La fillette se demanda : ces policiers… N'avaient-ils pas de famille ? Pas d'enfants ? Des enfants qu'ils retrouvaient le soir à la maison ? Comment pouvaient-ils les traiter de la sorte ? Agissaient-ils sur ordre ou était-ce chez eux quelque chose de naturel ? Étaient-ils des machines ou des êtres humains ? Elle les scruta attentivement. Ils étaient faits de chair et de sang. Pas de doute, c'était bien des hommes. Elle ne comprenait pas.

Le lendemain, la fillette remarqua qu'on les observait à travers les barbelés. Des femmes portant des paquets et de la nourriture qu'elles essayaient de faire passer par les clôtures. Mais les policiers leur donnèrent l'ordre de partir. Personne ne vint plus les voir.

La fillette avait l'impression d'être devenue quelqu'un d'autre. Une personne dure, grossière, sauvage. Parfois, elle se battait avec les autres enfants, ceux qui voulaient lui prendre le vieux morceau de pain rassis qu'elle avait trouvé. Elle les injuriait. Elle les frappait. Elle était dangereuse et féroce.

Au début, elle évitait les enfants les plus jeunes. Ils lui rappelaient trop son petit frère. Mais à présent, elle se sentait le devoir de les aider. Ils étaient si vulnérables, si petits. Si pathétiques. Tellement sales. La plupart d'entre eux avaient la diarrhée. Leurs vêtements étaient raidis par les selles. Personne ne les lavait. Personne ne leur donnait à manger.

Peu à peu, elle découvrit leurs prénoms, leur âge, mais certains étaient si petits qu'ils étaient incapables de répondre à ses questions. Ils étaient heureux d'entendre une voix chaleureuse, de recevoir un sourire, alors ils la suivaient partout où elle allait, par dizaines, collés à ses talons comme une portée de canetons mal en point.

Elle leur racontait les histoires qu'elle chuchotait à son petit frère avant d'aller au lit. La nuit, étendue sur la paille infestée de vermine et qui frémissait de rats, elle murmurait les mots d'une voix lente, étirant le plus qu'elle le pouvait ce doux moment. Les plus grands s'approchaient aussi. Certains faisaient semblant de ne pas écouter, mais elle n'était pas dupe.

Une fille de onze ans, créature grande et brune dont le prénom était Rachel, la considérait souvent avec un brin de mépris. Mais au fil des nuits, elle se montra de plus en plus attentive aux histoires, se rapprochant le plus près possible de la fillette pour ne pas en rater une miette. Puis, un soir, alors que tous les petits s'étaient endormis, elle lui adressa finalement la parole, de sa voix profonde et éraillée.

« Il faut partir d'ici. Il faut s'échapper.

— C'est impossible. Les policiers sont armés. Nous ne pourrons jamais nous échapper. »

Rachel haussa ses maigres épaules.

« Moi, je vais le faire. Je vais m'enfuir.

— Et ta mère ? Tu y penses ? Elle va t'attendre dans cet autre camp, comme la mienne. »

Rachel sourit.

« Tu as cru ce qu'ils ont dit ? Tu as cru à ce baratin ? »

La fillette détestait le sourire condescendant de Rachel.

« Non, dit-elle fermement. Bien sûr que je n'y ai pas cru. Je ne crois plus à rien.

— Moi non plus, dit Rachel. J'ai vu ce qu'ils ont fait. Ils n'ont même pas inscrit les noms des petits correctement sur les étiquettes qu'ils leur ont attachées et qui se sont toutes mélangées quand les petits les ont enlevées. Mais ça leur est égal au fond. Ils nous ont menti, à tous. À nous et à nos mères. »

Au grand étonnement de la fillette, Rachel lui prit la main et la serra fort, comme Armelle le faisait autrefois. Puis elle se leva et disparut.

Le lendemain matin, on les réveilla très tôt. Les policiers pénétrèrent dans les baraquements et les asticotèrent avec leurs matraques. Les plus jeunes enfants, encore profondément endormis, se mirent à hurler. La fillette essaya de calmer les plus proches d'elle, mais il n'y avait rien à faire. Leur terreur était trop grande. On les emmena dans une autre baraque. La fillette avait pris deux petits par la main. Elle vit qu'un des policiers tenait un étrange objet. Elle ne savait pas ce que c'était. Les petits glapirent d'effroi et reculèrent. Les policiers les giflèrent et, à coups de pied, les poussèrent jusqu'à celui qui tenait l'instrument. La fillette assistait à la scène, horrifiée. Puis elle comprit. On allait leur raser les cheveux. Oui, c'était cela, tous les enfants seraient rasés.

Elle regardait, comme hypnotisée, tomber les épais cheveux bruns de Rachel. Son crâne nu était livide et lui faisait penser à un œuf. Rachel toisait les policiers d'un regard plein de haine et de mépris. Elle cracha sur leurs chaussures. L'un des gendarmes la fit dégager d'un coup brutal.

Les petits étaient fous de peur. Il fallait deux ou trois hommes pour les tenir en place. Quand vint son tour, la fillette ne se débattit pas. Elle courba la tête. Puis elle sentit le poids de la tondeuse et ferma les yeux. Elle ne pouvait supporter la vision de ses longues mèches blondes lui tombant sur les pieds. Ses cheveux, ses beaux cheveux que tout le monde admirait. Elle sentit des sanglots se coincer dans sa gorge, mais elle se retint de pleurer. Ne jamais pleurer devant ces hommes. Jamais. Jamais! Ce ne sont que des cheveux. Ça repousse, les cheveux. Penser à cela et rien qu'à cela. Et ne pas pleurer.

C'était presque fini. Elle rouvrit les yeux. Le policier qui la tenait avait les mains grasses et roses. Elle leva son visage vers lui tandis que les autres rasaient les dernières mèches.

Elle reconnut le policier roux de son quartier, celui qui était si gentil. Celui avec qui sa mère aimait discuter. Celui qui lui faisait toujours un clin d'œil quand il la croisait sur le chemin de l'école. Celui à qui elle avait fait signe le jour de la rafle et qui avait détourné la tête. Il ne pouvait pas le faire à présent. Ils étaient trop proches.

Elle soutint son regard sans ciller. Les yeux du policier avaient une étrange couleur jaune. On aurait dit de l'or. Sa gêne était si grande qu'il était tout rouge, et elle aurait pu jurer qu'il tremblait. Elle continua à le fixer sans rien dire, avec tout le mépris qu'elle pouvait rassembler.

Il n'avait pas d'autre choix que de garder les yeux dans les siens, sans bouger. La fillette eut un sourire amer comme n'en ont jamais les petites filles de dix ans, puis elle repoussa les mains qui la tenaient, les mains roses et grasses.

Je quittai la maison de retraite dans une sorte de vertige. Je devais passer au bureau, où Bamber m'attendait, mais je me retrouvai en route pour la rue de Saintonge sans bien comprendre comment. Tout un tas de questions me trottaient dans la tête. C'était épuisant. Mamé avait-elle dit la vérité ou avait-elle tout mélangé à cause de sa maladie ? Une famille juive avait-elle vraiment habité ici ? Comment les Tézac avaient-ils pu emménager dans cet appartement sans rien savoir, comme le prétendait Mamé ?

Je traversai lentement la cour. La loge devait se trouver à cet endroit. Elle avait été transformée en studio, des années auparavant. Dans le hall, on trouvait une rangée de boîtes aux lettres métalliques. Il n'y avait plus de concierge pour déposer chaque jour le courrier devant les portes. Mamé avait dit qu'à l'époque, la concierge s'appelait Mme Royer. J'avais lu beaucoup de choses sur le rôle des concierges pendant les arrestations. La plupart s'étaient pliées aux ordres de la police et certaines avaient même été plus loin, indiquant à la police où se cachaient certaines familles juives. D'autres avaient pillé les appartements restés vides après la rafle. Quelques-unes avaient protégé ces familles du mieux qu'elles pouvaient, mais très peu. Je me demandai quel rôle avait joué Mme Royer. Je pensai furtivement à ma concierge du boulevard

Montparnasse : elle avait mon âge et venait du Portugal, elle n'avait pas pu connaître la guerre.

J'ignorai l'ascenseur et montai à pied les quatre étages. Les ouvriers étaient partis déjeuner. L'immeuble était silencieux. En ouvrant la porte, une sensation étrange s'empara de moi, un sentiment inconnu de vide et de désespoir. Je me dirigeai vers la partie la plus ancienne de l'appartement, que Bertrand nous avait montrée l'autre jour. C'était là que tout s'était passé. Là que les hommes avaient frappé à la porte juste avant l'aube, ce matin de juillet où il faisait si chaud.

Il me semblait que ce que j'avais lu ces dernières semaines, ce que j'avais appris sur le Vél d'Hiv, se concentrait ici, à l'endroit même où je m'apprêtais à vivre. Tous les témoignages dans lesquels je m'étais plongée, tous les ouvrages que j'avais étudiés, tous les survivants et tous les témoins que j'avais interrogés me faisaient comprendre, me rendaient visible, dans une clarté presque irréelle, ce qui s'était produit entre les murs que je touchais aujourd'hui.

L'article que j'avais commencé quelques jours plus tôt était presque achevé. La date du bouclage était proche. Il me restait encore à visiter les camps du Loiret et de Drancy, plus un rendez-vous avec Franck Lévy dont l'association organisait les célébrations du soixantième anniversaire de la rafle. J'aurais bientôt fini mon enquête et me plongerais alors dans un autre sujet.

Mais maintenant que je savais ce qui avait eu lieu ici, si près de moi, dans un lien si intime avec ma propre vie, je voulais en apprendre davantage. Ma recherche n'était pas terminée. Je ressentais le besoin de tout savoir. Qu'était-il arrivé à la famille juive qui habitait à cet endroit ? Comment s'appelaient-ils ? Y avait-il des enfants ? Quelqu'un avait-il survécu aux camps ? Étaient-ils tous morts ?

J'errai dans l'appartement vide. Un mur avait été abattu dans une des pièces. Perdue dans les gravats, j'aperçus une longue et profonde ouverture, habilement dissimulée derrière un panneau de bois.

Les travaux l'avaient partiellement mise au jour. Si seulement les murs avaient pu parler… Mais je n'avais pas besoin de ça. Je savais ce qui s'était passé ici. Je pouvais le voir. Les survivants m'avaient raconté la nuit chaude et tranquille, les coups sur la porte, les ordres brutaux, la traversée de Paris en bus. Ils m'avaient dit la puanteur infernale du Vél d'Hiv. Ceux qui pouvaient en parler étaient ceux qui avaient survécu. Ceux qui s'étaient échappés, qui avaient arraché leur étoile jaune et trouvé un moyen de s'en sortir.

Je me demandai soudain si je pourrais assumer le poids de ce que je savais, si je pourrais vivre dans cet appartement en sachant qu'une famille y avait été arrêtée et envoyée très probablement à la mort. Comment les Tézac avaient-ils vécu avec ça?

Je sortis mon portable pour appeler Bertrand. Je l'entendis me marmonner : « Réunion ! » Une sorte de code entre nous qui voulait dire : « Je suis occupé. »

« C'est urgent ! » insistai-je.

Je l'entendis murmurer, puis sa voix revint vers moi.

« Qu'y a-t-il, amour? dit-il. Fais vite. Je suis avec quelqu'un. »

Je respirai un grand coup.

« Bertrand, dis-je, sais-tu comment tes grands-parents ont atterri rue de Saintonge?

— Non. Pourquoi?

— Je sors de chez Mamé. Elle m'a raconté qu'ils avaient emménagé en juillet 1942, que l'appartement avait été vidé de ses occupants, une famille juive arrêtée pendant la rafle du Vél d'Hiv. »

Il y eut un silence à l'autre bout de la ligne.

« Et alors? » finit par dire Bertrand.

Mes joues me brûlaient. Dans l'appartement vide, ma voix résonnait.

« Ça ne te choque pas que ta famille ait pris cet appartement alors qu'elle savait que ses occupants juifs avaient été arrêtés? T'en ont-ils jamais parlé? »

Je pouvais presque l'entendre se renfrogner, dans cette attitude si typiquement française, la moue dubitative et le sourcil levé.

«Non, ça ne me choque pas. Je ne savais pas, ils ne m'en ont jamais parlé. Je suis sûr que beaucoup de Parisiens ont fait la même chose en juillet 42, après la rafle. Ça ne fait pas de ma famille une bande de collabos, il me semble.»

Son rire heurta mes oreilles.

«Je n'ai jamais dit ça, Bertrand.

— Tu te montes la tête avec tout ça, Julia, dit-il d'une voix douce. C'est arrivé il y a soixante ans. C'était la guerre, tu te souviens? L'époque était difficile pour tout le monde.»

Je soupirai.

«Je veux juste savoir ce qui s'est passé. Parce que je n'arrive pas à comprendre.

— C'est pourtant simple, mon ange. Mes grands-parents en bavaient pendant la guerre. Le magasin d'antiquités ne marchait pas très bien. Cela a sans doute été un grand soulagement pour eux d'emménager dans un endroit plus grand et plus joli. Ils devaient être heureux d'avoir trouvé un toit. Ils n'ont probablement même pas pensé à cette famille juive.

— Oh, Bertrand, murmurai-je. Comment ça, même pas pensé à cette famille? Comment auraient-ils pu ne pas y penser?»

Il fit claquer un baiser sonore.

«Ils ne savaient rien, je suppose. Il faut vraiment que j'y aille, mon amour. À ce soir!»

Et il raccrocha.

Je restai encore un moment dans l'appartement, arpentant le long couloir, restant immobile dans le salon vide, caressant le marbre de la cheminée, essayant de comprendre sans me laisser submerger par mes émotions.

*R*achel l'avait convaincue. Elles allaient s'échapper. Elles allaient quitter cet endroit. C'était ça ou mourir. Elle le savait. Elle savait que si elle restait ici avec les autres enfants, ce serait la fin. Beaucoup étaient malades. Une demi-douzaine étaient déjà morts. Une fois, elle avait vu une infirmière, comme la femme du stade avec son voile bleu. Une seule infirmière pour tant d'enfants malades et affamés.

Cette fuite était un secret entre elles. Elles n'en avaient parlé à aucun autre enfant. Personne ne s'en douterait. Elles s'échapperaient en plein jour parce qu'elles avaient remarqué que la plupart du temps, les policiers ne faisaient pas attention à eux dans la journée. Ce serait facile et rapide. Derrière les baraquements, non loin du château d'eau, là où les femmes du village avaient tenté de faire passer de la nourriture, elles avaient repéré un petit espace dans la clôture de barbelés, suffisamment large pour qu'un enfant puisse passer de l'autre côté en rampant.

Des enfants avaient déjà quitté le camp, escortés par des policiers. Elle les avait suivis du regard, frêles créatures en haillons au crâne lisse. Où les emmenait-on ? Était-ce loin ? Allaient-ils rejoindre les mères et les pères ? Elle en doutait. Rachel aussi en doutait. Si tout le monde devait aller au même endroit, pourquoi la police avait-elle séparé les parents des enfants ? Pourquoi tant de souffrance, tant de douleur ? « C'est parce qu'ils nous haïssent, lui avait dit Rachel de sa drôle de voix éraillée. Ils détestent les Juifs. » *Pourquoi toute cette haine ? Elle n'avait jamais haï personne dans sa vie, à l'exception d'une institutrice. Cette maîtresse l'avait sévèrement punie parce qu'elle ne savait pas sa leçon. Elle essaya de se rappeler si elle avait été jusqu'à souhaiter sa mort. Oui, elle avait été jusque-là. Alors, c'était peut-être ainsi que tout était arrivé. À force de détester des gens au point de vouloir leur mort. De les détester parce qu'ils portaient une étoile jaune. Cela lui donna des frissons. Elle avait la sensation que toute la haine du monde, tout le mal du monde se concentraient ici, les encerclaient et se lisaient dans les visages fermés des policiers, dans leur indifférence, dans leur mépris. Et en dehors du camp, était-ce la même chose, le reste du monde détestait-il aussi les Juifs ? Était-ce ce à quoi toute sa vie allait ressembler ?*

Elle se souvenait avoir entendu une conversation entre voisins en remontant chez elle après l'école. C'était en juin. Des femmes parlaient tout bas. Elle s'était arrêtée dans l'escalier pour écouter, les oreilles à l'affût comme un jeune chiot. « Et vous savez quoi, sa veste s'est ouverte, et dessous, il y avait l'étoile. Je n'aurais jamais pensé qu'il était juif. » Elle entendit l'autre femme reprendre sa respiration pour dire « Lui, un Juif ! Il avait l'air d'un monsieur très bien. Quelle surprise ! »

Elle avait demandé à sa mère pourquoi certains voisins n'aimaient pas les Juifs. Celle-ci avait haussé les épaules puis soupiré en baissant les yeux sur son repassage. Sans répondre à la question de sa fille qui, alors, était allée voir son père. Qu'est-ce qu'il y avait de si terrible à être juif ? Pourquoi certaines personnes détestaient les Juifs ? Son père s'était gratté la tête et penché vers elle avec un sourire énigmatique. Puis lui avait dit en hésitant : « Parce qu'ils pensent que nous sommes différents et cela leur fait peur. » Mais qu'avaient-ils de différent, se demanda-t-elle, de si différent ?

Sa mère. Son père. Son frère. Ils lui manquaient tellement qu'elle en était physiquement malade. Elle se sentait tomber dans un puits sans fond. L'espoir de s'échapper était la seule chose qui lui permettait de s'accrocher encore à la vie, à cette vie nouvelle qui lui restait incompréhensible. Peut-être ses parents avaient-ils réussi à s'échapper eux aussi? Peut-être avaient-ils pu regagner la maison? Peut-être. Tant de peut-être...

Elle pensa à l'appartement vide, aux lits défaits, à la nourriture qui pourrissait lentement dans la cuisine. Et à son frère, seul dans tout ce silence. Dans ce silence de mort qui s'était abattu sur ce qui avait été un foyer gai et chaleureux.

Rachel la fit sursauter.

« Maintenant, murmura-t-elle. Essayons maintenant. »

Le camp était silencieux, presque désert. Depuis qu'on avait emporté les parents, les filles avaient remarqué qu'il y avait moins de policiers. Et ceux-ci ne s'occupaient que rarement des enfants. Ils les laissaient livrés à eux-mêmes.

La chaleur accablait les baraquements. C'était insupportable. À l'intérieur, des enfants affaiblis et malades gisaient sur la paille humide. Les deux fillettes entendaient des voix d'hommes et des rires lointains. Les policiers devaient s'être mis à l'abri du soleil dans un des bâtiments.

Le seul en vue était assis à l'ombre, son fusil posé à ses pieds. Sa tête dodelinait contre le mur et il avait la bouche ouverte. Il devait être assoupi. Elles rampèrent vers les clôtures comme de petits animaux agiles. Devant elles s'étendaient des prairies et des champs.

Il n'y avait toujours aucun bruit. Juste de la chaleur et du silence. Quelqu'un les avait-il vues? Elles se tapirent dans l'herbe, le cœur battant, puis jetèrent un coup d'œil par-dessus leur épaule. Toujours aucun mouvement. Aucun bruit. C'était donc si facile, pensa la fillette. Non, c'était impossible. Rien n'était jamais facile, en tout cas, plus maintenant.

Rachel tenait quelques vêtements serrés sous son bras. Elle demanda à la fillette de se dépêcher de les enfiler. Ces couches supplémentaires les protégeraient des barbelés, lui expliqua-t-elle. La fillette ne put retenir un frisson de dégoût en enfilant difficilement un vieux pull sale et un *pantalon étroit et élimé. Elle se demandait à qui avaient appartenu ces vêtements. Sans doute à un pauvre enfant mort, tout seul, loin de sa mère.*

Toujours en rampant, elles atteignirent la petite ouverture dans les fils barbelés. Un policier se tenait non loin. De là où elles étaient, elles ne distinguaient pas les traits de son visage, seule la silhouette de son képi se détachait nettement. Rachel pointa le doigt en direction du trou. Il fallait se dépêcher maintenant. Il n'y avait pas un instant à perdre. Elles se mirent à plat ventre et ondulèrent comme des serpents pour passer de l'autre côté. Cela paraissait si étroit à la fillette. Comment réussiraient-elles à passer sans se déchirer la peau contre les barbelés, malgré leurs vêtements supplémentaires? Comment avaient-elles pu imaginer que c'était possible? Que personne ne les surprendrait? Qu'elles réussiraient? Elle se dit qu'elles étaient folles. Folles à lier.

L'herbe lui chatouillait le nez et sentait bon. Elle aurait voulu y enfouir son visage et respirer à pleins poumons ce parfum vert et puissant. Elle vit que Rachel passait déjà la tête par l'ouverture, en prenant garde de ne pas se blesser.

Soudain, la fillette entendit des pas lourds résonner dans l'herbe. Son cœur s'arrêta net. Elle leva les yeux. Une ombre immense se plaça au-dessus d'elle. Un policier. Il la souleva par le col élimé de son chemisier et la secoua. Elle se sentit défaillir de terreur.

« Vous vous croyez où? »

La voix sifflait à ses oreilles.

Rachel était déjà à moitié engagée. L'homme, tout en tenant la fillette par la peau du cou, saisit Rachel par la cheville. Elle se débattit, donna des coups de pied, mais l'homme était le plus fort. Il la tira vers lui sans égard à travers les barbelés. Le visage et les mains de Rachel étaient en sang.

Elles étaient maintenant toutes les deux face à lui. Rachel sanglotait. La fillette, elle, se tenait très droite, le menton relevé, dans une attitude de défi. À l'intérieur, elle était morte de peur mais elle avait décidé de ne pas le montrer. Ou, du moins, d'essayer.

Quand elle regarda enfin le visage du policier, elle ne put retenir un cri.

C'était le rouquin. Lui aussi la reconnut instantanément. Elle vit sauter sa pomme d'Adam et sentit sa grosse main, qui la tenait toujours par le cou, tressaillir.

« Vous ne vous échapperez pas, dit-il d'une voix rude. Vous restez ici, c'est clair ? »

Il était jeune, sans doute à peine plus de vingt ans, massif, la peau rose. La fillette remarqua qu'il transpirait sous son épais uniforme sombre. La sueur perlait sur son front et au-dessus de sa lèvre supérieure. Il clignait sans cesse des yeux et se balançait nerveusement d'un pied sur l'autre.

Elle s'aperçut qu'elle n'avait pas peur de lui et même, qu'elle ressentait une étrange pitié pour ce jeune homme. Ce sentiment la troublait. Elle posa une main sur son bras. Il fut surpris et embarrassé. Puis elle lui dit :

« Tu te souviens de moi, n'est-ce pas ? »

Ce n'était pas une question, c'était un fait.

Il hocha la tête, en tamponnant la sueur qui perlait sous son nez. Elle sortit la clef de sa poche et la lui montra. Sa main ne tremblait pas.

« Tu te souviens sans doute aussi de mon petit frère, dit-elle. Le petit blond tout bouclé ? »

Il hocha la tête encore une fois.

« Il faut me laisser partir, monsieur. C'est mon petit frère, monsieur. Il est à Paris. Tout seul. Je l'ai enfermé dans le placard parce que je croyais… » Sa voix se brisa. « Je pensais qu'il serait à l'abri comme ça ! Je dois y retourner ! Laisse-moi passer par ce trou. Tu n'auras qu'à dire que tu n'as rien vu, monsieur. »

Le jeune policier jeta un coup d'œil par-dessus son épaule, vers les baraquements, comme s'il avait peur que quelqu'un arrive, les voie ou les entende.

Il posa un doigt sur ses lèvres et se retourna vers la fillette. Son visage se crispa et il secoua la tête.

« Je ne peux pas faire ça, dit-il à voix basse. J'ai des ordres. »

Elle posa la main contre sa poitrine.

« S'il te plaît, monsieur », dit-elle doucement.

Rachel reniflait à ses côtés, le visage barbouillé de sang et de larmes. L'homme regarda encore une fois par-dessus son épaule. Il avait l'air profondément troublé. Elle remarqua qu'il avait la même expression étrange que le jour de la rafle. Un mélange de pitié, de honte et de colère.

Chaque minute qui s'écoulait pesait comme du plomb. L'attente était interminable. Les sanglots et les larmes, elle les sentait remonter en elle. La panique revenait. Que ferait-elle s'il les ramenait dans le camp ? Comment tiendrait-elle le coup ? Comment ? Elle essaierait de s'enfuir encore, pensait-elle farouchement, et encore et encore. Elle ne ferait que ça.

Soudain, il prononça son nom. Et lui prit la main. La sienne était chaude et moite.

« Vas-y, dit-il, les dents serrées. Vas-y maintenant ! Vite ! » La sueur ruisselait sur ses joues rebondies.

Elle regarda les yeux dorés. Elle n'était pas sûre de comprendre. Il la bouscula vers l'ouverture dans le grillage, la plaquant contre le sol avec la main. Il souleva le barbelé et la poussa violemment. Elle sentit le métal lui égratigner le front. C'était fait. Elle se redressa maladroitement. Elle était libre. Elle était passée de l'autre côté.

Rachel n'en croyait pas ses yeux, figée de stupeur.

« Je veux y aller aussi », dit-elle.

Le policier l'attrapa fermement par le col.

« Non, toi tu restes. »

Rachel gémit.

« Ce n'est pas juste ! Pourquoi elle et pas moi ? Pourquoi ? »

Il la fit taire d'un geste menaçant. Derrière le grillage, la fillette ne bougeait pas, pétrifiée. Pourquoi Rachel ne pouvait-elle pas venir avec elle? Pourquoi devait-elle rester dans le camp?

«Je t'en prie, laisse-la partir. Monsieur, je t'en prie.»

Sa voix était douce et calme. Presque une voix de jeune femme.

Le policier était mal à l'aise, embarrassé. Mais il n'hésita pas long-temps.

«Allez, vas-y.» Et il poussa Rachel devant lui. «Dépêche-toi.»

Il tint de nouveau le barbelé tandis que Rachel rampait. Elle arriva bientôt près de la fillette, le souffle court.

Le jeune homme fouilla dans ses poches et en retira quelque chose qu'il tendit à la fillette à travers le grillage.

«Prends ça.» C'était un ordre.

La fillette regarda la liasse de billets qu'elle tenait désormais dans sa main, puis l'engouffra dans la poche où se trouvait la clef.

L'homme se retourna vers les baraquements en fronçant les sourcils.

«Pour l'amour de Dieu, courez! Mais courez donc! Vite. S'ils vous voient… Arrachez vos étoiles. Cherchez de l'aide. Et surtout, soyez pru-dentes! Bonne chance!»

La fillette aurait voulu le remercier pour son aide, pour l'argent, lui dire au revoir, mais Rachel l'avait déjà attrapée par le bras et l'entraî-nait dans sa course. Elles coururent à perdre haleine parmi les blés, droit devant elles, les poumons brûlants, les bras et les jambes volant en tous sens. S'éloigner du camp. Aller loin, loin! Le plus loin possible.

En rentrant chez moi, je me rendis compte qu'une désagréable sensation de nausée ne me quittait plus depuis des jours. Je n'y avais pas fait attention jusque-là, plongée que j'étais dans mes recherches sur le Vél d'Hiv. Et puis, il y avait eu cette révélation sur l'appartement de Mamé. Mais ce n'était pas cela qui m'avait mis la puce à l'oreille. C'était mes seins. Ils étaient tendus, douloureux. Je vérifiai alors où j'en étais dans mon cycle. J'avais du retard. Cela m'était déjà arrivé par le passé. Je décidai cependant d'aller chercher un test de grossesse à la pharmacie. Pour en avoir le cœur net.

Elle était bien là. La petite ligne bleue. J'étais enceinte. Enceinte ? Je n'arrivais pas à y croire.

J'allai m'asseoir dans la cuisine, en osant à peine respirer.

Ma dernière grossesse, cinq ans auparavant et après deux fausses couches, avait été un cauchemar. J'avais eu des saignements et des douleurs dès le début, puis on s'était aperçu que l'œuf se développait hors de l'utérus dans une de mes trompes. Il avait fallu m'opérer. Une opération délicate. Suivie de complications, tant physiques que psychologiques. J'avais mis très longtemps à m'en remettre. Un de mes ovaires avait dû être enlevé et le chirurgien émettait les plus grandes réserves quant à la possibilité d'une future grossesse. De plus, j'avais déjà quarante ans. Il y avait eu une telle déception, une telle tristesse sur le visage de Bertrand! Il n'en parlait jamais, mais je le sentais. Je le savais. Qu'il refuse de parler de ses sentiments rendait les choses pires encore. Il gardait tout au fond de lui, ne partageait rien avec moi. Les mots jamais prononcés devinrent une réalité silencieuse et invisible entre nous. Je ne pouvais parler de ce drame qu'à mon psychiatre. Ou à mes plus proches amis.

Je me souvenais d'un récent week-end en Bourgogne. Nous avions invité Isabelle, son mari et leurs enfants. Leur fille Mathilde avait l'âge de Zoë. Matthieu était plus petit. Cette façon qu'avait eue Bertrand de regarder le petit garçon, délicieux bout de chou de quatre ou cinq ans... Il ne le quittait pas des yeux, il passait son temps à jouer avec lui, il le portait sur ses épaules, lui souriait, avec un brin de tristesse et de regret dans le regard. C'était insupportable. Isabelle m'avait surprise en train de pleurer dans la cuisine pendant que, dehors, tout le monde finissait sa quiche lorraine. Elle m'avait serrée très fort dans ses bras, puis nous avions bu un grand verre de vin en écoutant à fond un vieux tube de Diana Ross. «Ce n'est pas ta faute, ma cocotte, non, pas ta faute. Mets-toi bien ça dans la tête.»

Je me suis sentie inutile pendant très longtemps. La famille Tézac avait fait preuve de discrétion et de gentillesse à propos de tout ça, cependant cela ne m'empêcha pas de penser que j'avais été incapable de donner à Bertrand ce qu'il désirait le plus au monde : un deuxième enfant. Et surtout, un fils. Bertrand avait deux sœurs. Il était le seul garçon de la famille. Sans héritier mâle, le nom disparaîtrait. Je n'avais pas mesuré l'importance que cela avait dans cette famille.

Quand j'avais insisté pour qu'on continue à m'appeler «Julia Jarmond» malgré mon statut de femme mariée, j'avais rencontré un silence stupéfait. Ma belle-mère, Colette, m'expliqua avec un sourire confit qu'en France une telle attitude était, comment dire... moderne. C'est-à-dire trop moderne. Une revendication féministe qui passait mal de ce côté-ci de l'Atlantique. En France, une femme mariée se devait de porter le nom de son mari. Ce qui voulait dire que, pour le reste de ma vie, je devenais Mme Bertrand Tézac. Je me souviens l'avoir gratifiée de mon sourire «Ultrabrite» en lui disant avec désinvolture que je m'en tiendrais à «Jarmond», un point c'est tout. Elle n'avait rien ajouté mais, depuis ce jour, Édouard et elle me présentaient toujours en disant «la femme de Bertrand».

Je me penchai sur la ligne bleue. Un bébé. Un bébé! Un sentiment de joie et de bonheur profonds l'emporta sur tout le reste. J'allais avoir un bébé! Je parcourus la cuisine si familière du regard. Puis j'allai me mettre à la fenêtre et regardai la cour sombre et vétuste. Fille ou garçon, cela m'était égal. Je savais que Bertrand espérait un garçon. Mais si c'était une fille, j'étais sûre qu'il l'aimerait tout autant. Un deuxième enfant. Ce que nous attendions depuis si longtemps. Ce que nous n'espérions plus. La sœur ou le frère dont Zoë n'osait même plus parler. Tout comme Mamé.

Comment allais-je l'annoncer à Bertrand? Je ne pouvais pas faire ça par téléphone. Nous devions être ensemble, rien que nous deux. Il fallait que ce soit un moment de vraie intimité. Et faire attention que personne ne l'apprenne avant le troisième mois, moment où la grossesse serait bien installée. Je crevais d'envie d'appeler Hervé et Christophe, Isabelle, ma sœur, mes parents, mais je ne le fis pas. Mon mari devait être le premier à savoir. Ensuite, je l'annoncerais à ma fille. J'eus soudain une idée.

J'appelai Elsa, la baby-sitter et lui demandai si elle était libre ce soir pour garder Zoë. Elle l'était. Puis je réservai une table dans notre restaurant préféré, une brasserie de la rue Saint-Dominique que nous fréquentions depuis notre mariage. Pour finir, j'appelai Bertrand, tombai sur son répondeur où je laissai un message lui disant de me rejoindre chez Thoumieux à vingt et une heures précises.

J'entendis la clef de Zoë tourner dans la serrure de la porte d'entrée. Elle referma la porte en la claquant et se dirigea vers la cuisine, son sac à dos, chargé à bloc, à la main.

« Salut, Maman, dit-elle. Bonne journée ? »

Je souris. Comme toujours, c'est-à-dire chaque fois que je posais les yeux sur ma fille, j'étais frappée par sa beauté, sa silhouette élancée, ses yeux noisette pleins d'éclat.

« Viens là, toi », dis-je en l'engloutissant entre mes bras comme une louve.

Elle s'écarta et me regarda fixement.

« Elle a même dû être sacrément bonne, la journée, vu comment tu m'as prise dans tes bras.

— Tu as raison », dis-je avec l'envie folle de tout lui révéler. « C'est une très, très belle journée !

— Je suis heureuse pour toi. Tu avais l'air tellement bizarre ces derniers temps. À cause de ces enfants probablement.

— Ces enfants ? Quels enfants ? » dis-je en dégageant les cheveux qui lui tombaient sur le visage, de beaux cheveux lisses et châtains.

« Tu sais, les enfants. Les enfants du Vél d'Hiv. Ceux qui ne sont jamais rentrés chez eux.

— Oui, c'est vrai, dis-je. J'ai été envahie d'une telle tristesse, dont je ne peux me débarrasser. »

Zoë me prit les mains, en faisant tourner mon alliance, une manie qu'elle avait depuis sa plus tendre enfance.

« Tu sais, je t'ai entendue quand tu étais au téléphone la semaine dernière, dit-elle sans oser me regarder.

— C'est-à-dire ?

— Tu croyais que je dormais.

— Oh, dis-je.

— Mais je ne dormais pas. Il était tard. Tu parlais avec Hervé, je crois. Tu lui répétais ce que Mamé t'avait dit.

— À propos de l'appartement ? demandai-je.

— Oui, dit-elle en levant enfin les yeux vers moi. Sur cette famille qui y vivait, sur ce qui leur était arrivé et sur la façon dont Mamé avait vécu là toutes ces années sans avoir l'air de s'en soucier le moins du monde.

— Tu as entendu tout ça… », dis-je.

Elle hocha la tête.

« Est-ce que tu sais quelque chose sur cette famille, Maman ? Sais-tu qui étaient ces gens et ce qui leur est arrivé ?

— Non, ma chérie, je ne sais pas.

— C'est vrai que Mamé s'en fichait ? »

C'était un point délicat.

« Mon cœur, je suis sûre que non, mais je crois qu'elle ne savait pas vraiment ce qui s'était passé. »

Zoë fit encore une fois tourner mon alliance entre ses doigts, mais plus rapidement.

« Maman, tu crois que tu vas trouver des choses sur ces gens ? »

Je stoppai les doigts nerveux en remettant ma bague en place.

« Oui, Zoë. C'est exactement ce que je vais faire, dis-je.

— Papa va détester ! dit-elle. Je l'ai entendu te dire d'arrêter de penser à tout ça. D'arrêter de t'en préoccuper. Il avait l'air très en colère. »

Je la tins serrée contre moi, posant mon menton sur son épaule. Je pensais au merveilleux secret que je portais en moi. Je pensais à mon rendez-vous de ce soir, chez Thoumieux. J'imaginais l'air abasourdi de Bertrand, le cri de joie qu'il ne pourrait s'empêcher de pousser.

« Ma chérie, dis-je. Papa ne dira rien, je te le promets. »

*É*puisées par leur course folle, les deux petites filles s'accroupirent derrière un buisson. Elles avaient soif et étaient essoufflées. La fillette avait un point de côté. Si seulement elle avait pu boire un peu d'eau, se reposer un moment pour retrouver des forces. Mais elle savait qu'il ne fallait pas s'attarder. Il fallait continuer. Elle devait regagner Paris. D'une manière ou d'une autre.

« Enlevez votre étoile », avait dit le jeune policier. Elles se débarrassèrent des vêtements qui étaient censés les protéger et que les barbelés avaient complètement déchirés. La fillette regarda sa poitrine. Là où était cousue l'étoile, sur sa chemise. Elle tira dessus. Rachel l'imita et commença à tirer sur la sienne avec les ongles. Elle s'arracha facilement. Mais celle de la fillette était cousue trop serré. Alors elle enleva sa chemise et tint l'étoile devant ses yeux. Cousue à petits points parfaits. Elle se rappelait sa mère, courbée sur son ouvrage, cousant chaque étoile patiemment, l'une après l'autre. Ce souvenir lui fit venir des larmes. Elle enfouit sa tête dans la chemise et pleura, avec un désespoir qu'elle n'avait jamais ressenti jusque-là.

Elle sentit les bras de Rachel et ses mains blessées par les barbelés qui la tenaient fermement tout contre elle. Rachel dit : « C'est vrai pour ton petit frère ? Il est vraiment dans le placard ? » La fillette fit signe que oui. Rachel la serra encore un peu plus fort, lui caressa la tête. Où était sa mère à présent? Et son père? La fillette aurait aimé avoir des réponses. Où avaient-ils été emmenés? Étaient-ils ensemble? Allaient-ils bien? S'ils voyaient leur fille pleurer derrière son buisson, sale, affamée, perdue... S'ils la voyaient à cet instant...

Elle se ressaisit et offrit à Rachel, en même temps que ses cils pleins de larmes, son plus beau sourire. Sale, perdue, affamée, certes, mais pas effrayée. Elle essuya maladroitement ses larmes. Elle était trop grande à présent pour avoir peur. Elle n'était plus un bébé. Ses parents seraient fiers d'elle. C'était ce qu'elle souhaitait, qu'ils soient fiers de leur grande petite fille. Parce qu'elle avait réussi à s'échapper du camp. Parce qu'elle retournait à Paris sauver son frère. Oh oui, ils pouvaient être fiers parce qu'elle n'avait pas peur.

Elle s'acharna sur son étoile avec les dents, grignotant le travail de sa mère. Le morceau d'étoffe jaune finit par rendre les armes. Elle fixa un moment l'étoile qui venait de tomber de sa chemise. «JUIF» y était écrit en grosses lettres noires. Elle l'enroula dans la paume de sa main.

«N'est-elle pas minuscule tout à coup? fit-elle à Rachel.

— Qu'est-ce qu'on va en faire? dit Rachel. Si nous les gardons dans nos poches et qu'on nous fouille, nous sommes fichues.»

Elles décidèrent de les enterrer au pied du buisson avec les vêtements qui leur avaient servi à s'échapper. La terre était fine et sèche. Rachel creusa un trou, déposa les étoiles et les vêtements à l'intérieur, puis recouvrit le tout de terre brune.

«Et voilà! dit-elle, enthousiaste. J'ai enterré nos étoiles. Elles sont mortes. Mises en bière. Pour les siècles des siècles.»

La fillette rit avec son amie. Puis elle se sentit honteuse. Sa mère lui avait dit qu'il fallait être fière de cette étoile. Fière d'être juive.

Elle n'avait pas envie de penser à tout ça à présent. Les choses étaient différentes. Tout était différent. Mais il y avait des urgences. Il fallait qu'elles trouvent rapidement de l'eau, à manger et un abri. Puis, pour la fillette, vite rentrer à la maison. Comment? Elle ne le savait pas. Elle ne savait même pas où elles étaient. Mais elle avait de l'argent. Celui que le policier lui avait donné. Il ne s'était pas montré un si mauvais homme, après tout, ce policier. Cela pouvait laisser penser qu'il y aurait d'autres gens prêts à les aider. Des gens qui ne les détesteraient pas parce qu'elles étaient juives. Qui ne penseraient pas qu'elles étaient « différentes ».

Elles n'étaient pas très loin du village. « Beaune-la-Rolande », lut Rachel à voix haute. Elles voyaient le panneau depuis leur buisson.

D'instinct, elles décidèrent de ne pas y mettre les pieds. Elles ne trouveraient pas d'aide là-bas. Les villageois connaissaient l'existence du camp et pourtant, personne n'était venu à leur secours, sauf ces femmes, un jour. De plus, le village était trop près du camp. Elles pourraient y croiser quelqu'un qui les renverrait directement à leur cauchemar. Elles tournèrent le dos à Beaune-la-Rolande et reprirent leur route en restant dans les hautes herbes du bas-côté. Si seulement elles avaient pu trouver à boire, pensait-elle en se sentant défaillir.

Elles marchèrent longtemps, se cachant dès qu'elles entendaient du bruit, une voiture, un fermier ramenant ses vaches à l'étable. Marchaient-elles dans la bonne direction ? Se dirigeaient-elles bien vers Paris ? La fillette n'aurait su dire. Mais ce dont elle était sûre, c'était qu'elles s'éloignaient du camp. Elle regarda ses chaussures. De vraies ruines. Dire que c'était ses chaussures des grandes occasions, celles qu'elle portait pour les anniversaires, pour aller au cinéma ou chez des amis. Avec sa mère, elles étaient allées les acheter à République. Cela paraissait si loin. Comme s'il s'agissait d'une autre vie. Elles étaient trop petites maintenant et lui blessaient les orteils.

Tard dans l'après-midi, elles atteignirent une forêt, longue et fraîche bande verdoyante au parfum doux et humide. Elles quittèrent la route, espérant trouver des fraises des bois ou des mûres. Après un moment, elles en avaient ramassé l'équivalent d'un plein panier. Rachel poussa un cri de plaisir. Puis elles s'assirent et mangèrent avec avidité. La fillette se souvenait du temps où elle allait ramasser des fruits avec son père, pendant ces vacances près de la rivière. Il y avait si longtemps.

Son estomac, qui avait perdu l'habitude d'une telle profusion, supporta mal ce repas. Elle se tenait le ventre, pliée de douleur, et vomit. Les fruits ressortirent, presque intacts. Sa bouche avait un goût amer. Elle dit à Rachel qu'il fallait absolument trouver de l'eau. Elle l'obligea à se lever et ensemble, elles s'enfoncèrent dans la forêt, dans ce monde mystérieux, émeraude, baigné de soleil. La fillette aperçut un chevreuil qui trottait parmi les fougères. Elle en eut le souffle coupé. En vrai rat des villes, elle n'était pas habituée à tant de nature.

Elles arrivèrent près d'un petit étang à l'eau limpide et fraîche. Elles y plongèrent les mains et la fillette but longtemps puis se rinça la bouche et se débarbouilla. Son visage était tout taché de mûres. Ensuite, elle plongea les jambes dans l'étang. Elle n'avait pas nagé depuis l'auberge près de la rivière et elle n'osa pas entrer dans l'eau en entier. Rachel l'incita cependant à la rejoindre. Alors la fillette se laissa aller, accrochée aux épaules de son amie qui la fit nager en la soutenant sous le menton et le ventre, comme son père le faisait. La sensation de l'eau contre sa peau était merveilleuse, apaisante, caressante comme du velours. Elle aspergea son crâne rasé où les cheveux commençaient à repousser en petit halo doré, mais dur comme la barbe naissante sur les joues de son père.

D'un coup, elle fut saisie d'un intense épuisement. Elle n'avait qu'une envie, s'allonger sur la mousse moelleuse et s'endormir. Juste un petit moment. Faire une courte sieste. Rachel semblait d'accord. Elles pouvaient se reposer un peu. Elles étaient en sécurité ici.

Elles se blottirent l'une contre l'autre, faisant monter, en se frottant contre le sol, le parfum frais de la mousse, si différent de celui de la paille nauséabonde des baraquements.

La fillette s'assoupit rapidement. C'était un sommeil profond et apaisé, comme elle n'en avait pas connu depuis longtemps.

On nous avait donné notre table habituelle. Celle du coin, sur la droite en entrant, après le vieux zinc surmonté de miroirs teintés. La banquette de velours rouge formait un L. Je m'assis et regardai le ballet des serveurs dans leurs longs tabliers blancs. L'un d'eux me tendit un kir royal. Il y avait du monde. Bertrand m'avait invitée ici pour notre premier rendez-vous. L'endroit n'avait pas changé depuis. Le même plafond bas, les murs crème, les globes à la lumière douce, le linge de table amidonné. La même cuisine du terroir corrézien et gascon, la cuisine préférée de Bertrand. Quand je l'avais rencontré, il habitait rue Malar, dans un appartement exigu, sous les toits, où je trouvais l'air irrespirable en été. En bonne Américaine élevée à l'air conditionné, je ne comprenais pas comment il arrivait à survivre dans une telle fournaise. Moi, je vivais rue Berthe avec les garçons, et ma petite chambre sombre mais fraîche me paraissait un paradis pendant les étés suffocants de Paris. Bertrand et ses sœurs avaient été élevés dans le 7e arrondissement, un quartier distingué et aristocratique, là où ses parents avaient vécu des années, dans la longue rue de l'Université, non loin du magasin d'antiquités de la rue du Bac.

Notre table. Là où Bertrand m'avait demandée en mariage. Là où je lui avais annoncé que j'étais enceinte de Zoë. Là où je lui avais dit que je savais pour Amélie.

Amélie.

Pas ce soir. Pas maintenant. Amélie, c'était de l'histoire ancienne. L'était-ce vraiment ? Je devais admettre que je n'en étais pas tout à fait sûre. Mais disons que je préférais ne pas savoir. Ne rien voir. Nous allions avoir un autre enfant. Amélie ne pouvait rien contre ça. J'eus un sourire amer. Je fermais les yeux. Ne tenais-je pas là la typique attitude française : «fermer les yeux» sur les infidélités du mari ? Je me demandais pourtant si j'en étais réellement capable.

Quand je découvris qu'il m'avait été infidèle pour la première fois, dix ans auparavant, j'avais eu avec lui une terrible engueulade. Nous étions précisément assis à cette table. C'était là que j'avais décidé de mettre les points sur les *i*. Il n'avait pas nié. Il était resté calme, tranquille, m'avait écoutée, les doigts croisés sous le menton. J'avais des preuves. Des reçus de Carte bleue. Hôtel de la Perle, rue des Canettes. Hôtel Lenox, rue Delambre. Le Relais Christine, rue Christine. J'avais sorti les reçus les uns après les autres.

Il ne s'était pas montré très prudent. Ni avec les reçus ni avec les effluves de parfum féminin accrochés à ses vêtements, à ses cheveux, à la ceinture de sécurité de son Audi – le premier indice qui m'avait mis la puce à l'oreille. *L'Heure bleue.* Le parfum le plus lourd, le plus puissant, le plus sirupeux de chez Guerlain. Je n'eus aucune difficulté à trouver à qui ce parfum appartenait. En fait, je la connaissais déjà. Bertrand me l'avait présentée juste après notre mariage.

Divorcée, trois enfants déjà adolescents, la quarantaine, des cheveux poivre et sel. L'image de la perfection *made in Paris*. Petite, mince, parfaitement habillée, avec toujours le bon sac à main et les bonnes chaussures, un super boulot, un grand appartement donnant sur le Trocadéro. À cela s'ajoutait un nom de famille magnifique qui sonnait comme un grand cru. Vieille souche aristocratique dont elle portait les armoiries à la main gauche.

Amélie. Sa petite amie du lycée Victor Duruy. Celle qu'il n'avait jamais perdue de vue. Celle qu'il avait continué de baiser, malgré le mariage, les enfants et les années. «Nous sommes juste des amis maintenant, avait-il assuré. Juste des amis. De bons amis.»

Une fois dans la voiture, après le dîner, je m'étais transformée en lionne, prête à mordre et à griffer. Cela avait dû le flatter, finalement. Il avait promis, juré. Il n'y avait que moi, rien que moi. Elle, ce n'était pas important, juste une passade. Et pendant longtemps je l'avais cru.

Mais depuis peu, j'avais recommencé à me poser des questions. J'avais des doutes, rien de concret, juste des doutes qui me traversaient furtivement. Avais-je encore confiance en lui?

«Tu es folle de croire ce qu'il te dit», m'avait dit Hervé. Christophe m'avait répété la même chose. «Peut-être devrais-tu lui demander en face», avait dit Isabelle. «Tu es vraiment dingue de lui faire confiance», avait dit Charla. Et ma mère et Holly et Susannah et Jan.

Ne pas penser à Amélie. Pas ce soir. J'étais bien décidée à me tenir à cette décision. Rien que Bertrand et moi, et la merveilleuse nouvelle. Je caressais doucement mon verre. Les serveurs me souriaient. Je me sentais bien. Je me sentais forte. Au diable Amélie! Bertrand était mon mari. Et j'allais avoir un enfant de lui.

Le restaurant était bondé. Je jetai un coup d'œil aux tables où les serveurs s'agitaient. Un vieux couple assis côte à côte, avec chacun un verre de vin, était consciencieusement courbé sur son repas. Un groupe de jeunes femmes de trente ans n'arrêtait pas d'avoir des fous rires tandis qu'une femme seule et sinistre, qui dînait à côté d'elles, les regardait en fronçant le sourcil. Des hommes d'affaires en costume gris fumaient le cigare. Des touristes américains essayaient de déchiffrer le menu. Il y avait aussi une famille avec leurs fils adolescents. Et beaucoup de bruit. Beaucoup de fumée aussi. Mais cela m'était égal. J'avais l'habitude.

Bertrand serait en retard, comme toujours. Ce n'était pas grave. J'avais eu le temps de me changer, de me faire coiffer. J'avais mis le pantalon chocolat qu'il aimait tant et un haut mordoré plutôt moulant, tout simple, des boucles d'oreilles Agatha en perles et ma montre Hermès. Je jetai un coup d'œil dans le miroir qui se trouvait à ma gauche. Mes yeux semblaient plus grands, plus bleus qu'à l'accoutumée, ma peau resplendissait. Plutôt pas mal pour une femme enceinte de mon âge! Ce que me confirmaient les regards des serveurs.

Je sortis mon agenda. Demain matin, première chose à faire, appeler le gynéco. Il me fallait rapidement un rendez-vous. J'avais sans doute besoin de subir des tests. Une amniocentèse, ça, c'était sûr. Je n'étais plus une «jeune» mère. La naissance de Zoë ne datait pas d'hier.

Tout à coup, la panique me saisit. Étais-je encore capable de traverser tout ça, onze ans après mon premier enfant? La grossesse, l'accouchement, les nuits sans sommeil, les biberons, les pleurs, les couches? Bien sûr que j'en étais capable. Mais la lucidité me rendait ironique. Cependant, et même si je ne me faisais aucune illusion sur ces premiers moments, c'était ce que j'attendais depuis dix ans. Alors bien sûr que j'étais prête. Et Bertrand aussi.

Mais, tandis que je l'attendais, l'angoisse grandit. J'essayai de penser à autre chose. J'ouvris mon carnet et relus les dernières notes que j'avais prises sur le Vél d'Hiv. Bientôt, je fus entièrement à mon travail. Je n'entendis plus la rumeur du restaurant, les gens qui riaient, les serveurs qui glissaient avec art entre les tables, les pieds de chaises qui raclaient le sol.

En relevant les yeux, je vis mon mari, assis en face de moi, qui m'observait.

«Ça fait longtemps que tu es là?» demandai-je.

Il me sourit et prit mes mains dans les siennes.

«Assez longtemps pour voir à quel point tu es belle ce soir.»

Il portait sa veste en velours bleu nuit et une impeccable chemise blanche.

«C'est toi qui es beau», dis-je.

J'étais à deux doigts de tout lui dire. Mais non, c'était trop tôt. Trop rapide. Je me retins difficilement. Le garçon apporta un kir royal à Bertrand.

«Alors? dit-il. Pourquoi sommes-nous là, mon amour? Quelque chose de spécial? Une surprise?

— C'est ça, dis-je en levant mon verre. Une surprise très spéciale. Trinquons! À la surprise!»

Nos verres s'entrechoquèrent.

«Suis-je censé deviner de quoi il s'agit?» demanda-t-il.

Je me sentais coquine comme une petite fille.

«Tu ne devineras jamais! Jamais.»

Il éclata de rire, visiblement amusé.

«On dirait Zoë! Et elle, elle la connaît, la surprise?»

Je fis non de la tête, de plus en plus excitée.

«Non plus. Personne ne sait. Personne… à part moi.»

Je lui pris la main. Sa peau était douce et bronzée.

«Bertrand…»

L'ombre du garçon nous surplomba. Nous décidâmes de passer commande. Cela prit une minute. Confit de canard pour moi et cassoulet pour Bertrand. Des asperges en entrée.

J'attendais que le garçon ait rejoint la cuisine et je me lançai.

«Je suis enceinte.»

Je guettai sa réaction. Je m'attendais à voir les coins de sa bouche remonter, ses yeux s'éclairer. Mais pas un muscle de son visage ne bougea. Il resta tel un masque. Il cligna juste des paupières et répéta :

«Enceinte?»

Je lui serrai la main.

«N'est-ce pas merveilleux? Bertrand, n'est-ce pas merveilleux?»

Il ne dit rien. Je ne comprenais pas.

«De combien es-tu enceinte? me demanda-t-il.

— Je viens juste de m'en apercevoir», murmurai-je, inquiète de sa froideur.

Il se frotta les yeux, ce qu'il faisait toujours quand il était fatigué ou soucieux, mais resta silencieux. Je restai muette moi aussi.

Le silence s'étira entre nous comme une brume que j'aurais presque pu sentir sous mes doigts.

Le garçon arriva avec les entrées. Ni Bertrand ni moi ne touchâmes aux asperges.

«Qu'est-ce qui ne va pas?» dis-je, incapable de supporter ce mutisme plus longtemps.

Il soupira, secoua la tête et se frotta de nouveau les yeux.

«Je pensais que tu serais heureux… transporté…» continuai-je en sentant monter mes larmes.

Il posa le menton sur ses mains et me regarda.

«Julia, je m'étais fait une raison.»

— Mais moi aussi, tu sais!»

Ses yeux étaient graves. Je n'aimais pas ce que j'y voyais.

«Que veux-tu dire? dis-je. Tu avais renoncé, alors…?

— Julia, je vais avoir cinquante ans dans moins de trois ans.

— Et alors? dis-je, les joues brûlantes.

— Je ne veux pas être un vieux père, ajouta-t-il calmement.

— Oh, je t'en prie», dis-je.

De nouveau, le silence.

«On ne peut pas garder ce bébé, Julia, dit-il d'une voix douce. Nous avons une vie différente à présent. Zoë sera bientôt une adolescente. Tu as quarante-cinq ans. Notre vie a changé. Un bébé n'y trouverait pas sa place.»

Je ne pus retenir mes larmes, qui coulèrent jusque dans mon assiette.

«Essaies-tu de me dire... m'étranglai-je, que je dois me faire avorter?»

La famille assise à la table voisine se retourna peu discrètement vers nous. Cela m'était bien égal.

Comme d'habitude, en situation de crise, je parlais dans ma langue maternelle. Je ne savais pas m'exprimer en français dans de tels moments.

«Un avortement après trois fausses couches?» dis-je, secouée de tremblements.

La tristesse se lisait sur son visage. La tendresse, aussi. J'avais envie de le gifler.

Mais je n'en fus pas capable. Je me contentai de pleurer dans ma serviette. Il me caressa les cheveux, et me murmura encore et encore qu'il m'aimait.

Je restai sourde à ses mots d'amour.

*Q*uand les filles se réveillèrent, la nuit était tombée. *La forêt n'était plus le paradis vert et tranquille dans lequel elles avaient erré tout l'après-midi, mais une masse immense, inquiétante, animée de bruits étranges. Lentement, elles avancèrent à travers les fougères, main dans la main, s'arrêtant dès qu'elles entendaient du bruit. Il leur semblait qu'il faisait de plus en plus noir. Que la nuit était de plus en plus profonde. Elles continuèrent malgré tout à avancer. La fillette avait la sensation qu'elle allait s'écrouler de fatigue. Mais la main chaude de Rachel l'encourageait à tenir le coup.*

Elles parvinrent à un chemin qui serpentait dans une vaste étendue de prés. La forêt disparut en arrière. Elles levèrent les yeux vers le ciel sans lune.

« Regarde, dit Rachel, en pointant le doigt devant elle. Une voiture. »

Des phares brillaient dans la nuit. Leur lumière était atténuée par de la peinture noire qui n'en laissait filtrer qu'un filet. Puis elles entendirent le vrombissement d'un moteur se rapprocher.

« On fait quoi ? dit Rachel. On l'arrête ? »

La fillette aperçut une autre paire de phares masqués de peinture noire, puis encore une. C'était toute une file de voitures qui s'approchait.

« À plat ventre ! murmura-t-elle en tirant Rachel par la chemise. Vite ! »

143

Il n'y avait aucun buisson où se cacher. Elle s'allongea sur le ventre, le menton dans la terre.

« Mais qu'est-ce que tu fais ? » demanda Rachel.

Elle comprit vite.

Des soldats. Des soldats allemands. Une patrouille de nuit.

Rachel se jeta par terre à côté de son amie.

Le grondement puissant des moteurs était tout proche. Les voitures passèrent bientôt à leur niveau. Les filles devinèrent les casques ronds et brillants dans la faible lumière. La fillette en était sûre, on allait les découvrir. Impossible de se cacher. Impossible. Ils allaient forcément les repérer. Ce ne pouvait être autrement.

La première voiture les dépassa, suivie de toutes les autres. Une épaisse poussière blanche gicla dans les yeux des filles qui se retinrent de tousser et de bouger. Face contre terre et mains sur les oreilles, elles attendaient que les véhicules allemands disparaissent. Cela prit une éternité. Est-ce que les soldats verraient leurs silhouettes noires sur le bas-côté du chemin de terre ? La fillette se préparait déjà à entendre des cris, des coups de freins, des bruits de bottes rapides, à sentir des mains brutales les saisir aux épaules.

Mais la dernière voiture passa et son bourdonnement finit par s'éteindre dans la nuit. Le silence revint. Elles levèrent les yeux. Le chemin de terre était désert. Seuls quelques nuages de poussière tournoyaient encore. Elles attendirent un moment avant de ramper sur le chemin, dans la direction opposée. À travers les arbres, elles aperçurent une petite lumière blanche qui semblait leur faire signe. Elles s'approchèrent en marchant toujours sur le bas-côté. Elles ouvrirent une barrière et s'avancèrent avec précaution jusqu'à une maison. On dirait une ferme, pensa la fillette. À travers une fenêtre ouverte, elles virent une femme qui lisait près de la cheminée et un homme qui fumait la pipe. Une bonne odeur de cuisine leur chatouilla les narines.

Sans hésiter, Rachel frappa à la porte. Le rideau de coton s'écarta. La femme qui les regardait à travers la vitre avait un visage long et osseux. Elle les observa minutieusement puis laissa retomber le rideau. Elle ne leur ouvrit pas. Rachel frappa à nouveau.

« S'il vous plaît, madame, nous voudrions quelque chose à manger et à boire… »

Le rideau ne bougeait pas. Les fillettes allèrent se poster devant la fenêtre ouverte. L'homme à la pipe se leva.

« Partez, dit-il d'une voix basse et menaçante. Fichez le camp de là. »

Derrière lui, la femme au visage osseux regardait la scène en silence.

« S'il vous plaît, juste un peu d'eau… » demanda la fillette.

La fenêtre fut refermée violemment.

La fillette avait envie de pleurer. Comment ces paysans pouvaient-ils être aussi cruels ? Il y avait du pain sur la table, la fillette l'avait vu. Il y avait aussi un pichet d'eau. Rachel la prit par le bras et elles repartirent sur le chemin sinueux. Il y avait d'autres fermes, mais à chaque fois, ce fut la même histoire. On les envoya promener. Et chaque fois, elles rebroussèrent chemin.

Il était tard. Elles étaient fatiguées, affamées, avaient à peine la force de marcher. Elles arrivèrent à une grande et vieille demeure recouverte de lierre, un peu à l'écart de la route, dont l'entrée était éclairée par un réverbère. Elles n'osèrent pas frapper à la porte. Devant la maison, elles aperçurent une grande niche. Elles rampèrent à l'intérieur. C'était propre et il y faisait chaud. L'odeur de chien était réconfortante. Il y avait une écuelle remplie d'eau et un vieil os. Elles lapèrent un peu d'eau, l'une après l'autre. La fillette avait peur que le chien ne revienne et les morde. Elle le dit tout bas à Rachel. Mais celle-ci dormait déjà, recroquevillée comme un petit animal. La fillette contempla son visage épuisé, ses joues creuses et ses yeux cernés. Rachel avait l'air d'une vieille femme.

Elle ne dormit que d'un œil, serrée contre Rachel, et fit un étrange et horrible cauchemar. Elle rêva que son petit frère était mort dans le placard, que ses parents étaient frappés par la police. Elle poussa des gémissements dans son sommeil.

Des aboiements furieux la réveillèrent en sursaut. Elle secoua brutalement Rachel. Puis elles entendirent une voix d'homme et des pas qui approchaient. Le gravier crissait. Il était trop tard pour s'échapper. Elles n'avaient plus qu'à attendre qu'on les découvre en se serrant désespérément l'une contre l'autre. Nous sommes fichues, pensa la fillette. On va nous tuer.

Le maître retenait son chien. La fillette sentit une main fouiller à l'intérieur de la niche puis lui attraper le bras et celui de Rachel. Elles furent tirées à l'extérieur.

L'homme était petit, rabougri, chauve. Il portait une moustache argentée.

«Regardez-moi ce que nous avons ici!» murmura-t-il en les observant dans la lumière du réverbère.

La fillette sentit Rachel se raidir, comprit qu'elle était prête à partir en courant à la première occasion.

«Êtes-vous perdues?» demanda le vieil homme. Il semblait inquiet.

Les filles étaient très étonnées. Elles s'attendaient à des menaces, des injures, à tout sauf à de la gentillesse.

«S'il vous plaît, monsieur, nous avons très faim», dit Rachel.

L'homme opina.

«Je vois ça.»

Il fit taire son chien. Puis il ajouta :

«Entrez, les enfants. Suivez-moi.»

Aucune des deux fillettes ne bougea. Pouvaient-elles faire confiance à ce vieil homme?

«Personne ne vous fera de mal», dit-il.

Elles se blottirent l'une contre l'autre. Ce qu'elles venaient d'entendre ne les avait pas rassurées.

L'homme eut un sourire plein de douceur et de gentillesse.

«Geneviève!» appela-t-il en se retournant vers la maison.

Une femme âgée vêtue d'une robe de chambre bleue apparut dans l'encadrement de la porte.

« *Pourquoi ton crétin de chien s'est-il mis à aboyer, Jules?* »
demanda-t-elle en râlant. *Puis elle aperçut les deux enfants. Elle porta
les mains à son visage.*

« *Grands dieux!* » *murmura-t-elle.*

*Elle s'approcha. Son visage était rond et serein et elle portait une
épaisse natte blanche. Elle jeta un regard plein de pitié et de consternation aux deux petites.*

*La fillette sentit son cœur bondir dans sa poitrine. La vieille dame
ressemblait à la photographie de sa grand-mère polonaise. Les mêmes yeux
clairs, les mêmes cheveux blancs, la même rondeur accueillante.*

« *Jules, dit la vieille femme à voix basse, sont-elles...* »

Le vieil homme acquiesça de la tête.

« *Oui, je crois.* »

La vieille femme dit alors fermement :

« *Il faut les faire entrer et les cacher tout de suite.* »

Elle trottina jusqu'à la route et regarda à droite et à gauche.

« *Vite, les enfants, venez, dit-elle en leur tendant les mains. Vous
êtes en sécurité ici. Vous ne craignez rien avec nous.* »

La nuit avait été terrible. Je m'étais réveillée le visage bouffi par le manque de sommeil. Je constatai avec soulagement que Zoë était déjà partie à l'école. J'aurais détesté qu'elle me voie comme ça. Bertrand se montra tendre et plein de gentillesse. Il déclara que nous devions rediscuter de la situation. Que nous pourrions le faire ce soir, quand Zoë dormirait. Sa voix était parfaitement calme et aimable. Je compris que sa décision était déjà prise. Rien ni personne ne pourrait le convaincre d'avoir cet enfant.

Je n'arrivais pas à me décider à en parler à mes amis ou à ma sœur. La position de Bertrand m'avait tellement bouleversée que je préférais tout garder pour moi, au moins pour l'instant.

J'avais du mal ce matin. Tout me semblait si laborieux. Chaque mouvement me demandait un effort surhumain. Je n'arrêtais pas de me repasser la soirée de la veille. Des flash-back où j'entendais à nouveau les mots de Bertrand. Je ne voyais qu'une seule solution, me jeter à corps perdu dans le travail. Cet après-midi, je devais rencontrer Franck Lévy. Le Vél d'Hiv me semblait si loin tout à coup. J'avais l'impression d'avoir vieilli brutalement pendant la nuit. Plus rien n'avait d'importance, plus rien à part l'enfant que je portais et dont Bertrand ne voulait pas entendre parler.

J'étais sur le chemin du bureau quand mon téléphone sonna. C'était Guillaume. Il avait trouvé quelques-uns des livres épuisés dont j'avais besoin chez sa grand-mère. Il pouvait me les prêter. Il me demanda si j'étais libre en fin de journée ou ce soir pour boire un verre. Sa voix était amicale et joyeuse. J'acceptai immédiatement. Rendez-vous à dix-huit heures au Select, sur le boulevard Montparnasse, à deux minutes de chez moi. Je lui avais à peine dit au revoir que le téléphone sonna de nouveau.

C'était mon beau-père. J'étais surprise, car Édouard m'appelait rarement. Nous eûmes un échange poli, typiquement français. Nous étions tous les deux très forts à ce petit jeu. Mais il n'y avait aucune hypocrisie de ma part, je me sentais bien avec lui. J'avais compris depuis longtemps qu'il ne se dévoilait jamais, qu'il ne montrait jamais ses sentiments ni à moi ni à personne.

Il était le genre d'homme qu'on écoute, qu'on regarde. Les seuls sentiments que je pouvais l'imaginer montrer étaient la colère, la fierté et le contentement de soi. Je n'avais jamais vu Édouard porter des jeans, même pendant nos week-ends en Bourgogne, quand il s'asseyait sous le chêne pour lire Rousseau. Je ne pense pas également l'avoir jamais vu sans cravate. Il n'avait pas beaucoup changé depuis notre première rencontre, il y avait dix-sept ans. C'était toujours la même attitude souveraine, les mêmes cheveux gris, le même regard d'acier. Mon beau-père était un fou de gastronomie. Il virait constamment Colette de la cuisine, où il préparait des mets simples et succulents : pot-au-feu, soupe à l'oignon, ratatouille savoureuse, omelette aux truffes. Zoë était la seule à être admise dans son antre. Édouard était très attaché à sa petite-fille, même si Cécile et Laure lui avaient donné des garçons, Arnaud et Louis. Il adorait ma fille. Ce qui se passait dans cette cuisine restait leur secret. Derrière la porte close, j'entendais glousser Zoë, les légumes être émincés, l'eau bouillir et le beurre grésiller dans la poêle et, de temps en temps, les gros éclats de rire de mon beau-père.

Édouard me demanda des nouvelles de Zoë, de l'appartement. Puis il en vint au fait. Il avait rendu visite à Mamé hier. Elle était dans un «mauvais» jour, avait-il ajouté, dans une de ses crises de bouderie. Il allait partir en la laissant devant la télé, quand, sans prévenir, elle avait dit quelque chose à mon propos.

«Et qu'a-t-elle dit?» demandai-je, curieuse.

Édouard s'éclaircit la gorge.

«Ma mère a dit que vous lui aviez posé toutes sortes de questions sur l'appartement de la rue de Saintonge.»

J'inspirai un grand coup.

«Eh bien, c'est vrai», admis-je. Je me demandai où il voulait en venir.

Il y eut un silence.

«Julia, je préférerais que vous ne posiez plus ce genre de questions à Mamé.»

Il s'était mis à parler en anglais, comme s'il voulait s'assurer que je comprenais.

Piquée, je lui répondis en français.

«Je suis désolée, Édouard. C'est parce que je fais des recherches sur le Vél d'Hiv pour mon journal. La coïncidence m'a frappée.»

Encore un silence.

«La coïncidence? répéta-t-il en français cette fois.

— Oui, la coïncidence, dis-je, parce qu'une famille juive y vivait juste avant votre famille et a été arrêtée pendant la rafle. Je pense que Mamé était bouleversée quand elle m'en a parlé. Alors je n'ai pas insisté.

— Merci, Julia», dit-il. Il fit une pause. «Oui, effectivement, ça bouleverse Mamé. Ne lui en parlez plus, s'il vous plaît.»

Je m'arrêtai en plein milieu du trottoir.

« C'est d'accord, dis-je, je ne voulais pas lui faire du mal, je voulais juste savoir comment votre famille avait atterri dans cet appartement et si Mamé savait quoi que ce soit sur cette famille juive. Et vous, Édouard ? Vous savez quelque chose ?

— Je suis désolé, je n'ai pas entendu ce que vous m'avez dit, répondit-il poliment. Je dois y aller maintenant. Au revoir, Julia. »

La ligne se coupa.

Il m'avait tellement intriguée que, pendant un bref instant, j'oubliai Bertrand et la soirée de la veille. Mamé s'était-elle vraiment plainte de mes questions auprès d'Édouard ? Je me souvenais comment elle avait coupé court ce jour-là, comme elle s'était refermée, restant muette jusqu'à mon départ. Cela m'avait déconcertée. Pourquoi mes questions avaient-elles bouleversé Mamé à ce point ? Pourquoi Édouard et elle tenaient-ils tant à ce que je ne pose plus de questions à propos de l'appartement ? Qu'avaient-ils peur que je découvre ?

Bertrand et le bébé revinrent peser de tout leur poids sur mes épaules. Soudain, je n'avais plus la force d'aller au bureau et d'affronter le regard inquisiteur d'Alessandra. Elle serait curieuse comme à son habitude et poserait des questions. Elle essaierait de se montrer gentille, mais arriverait à l'exact opposé. Bamber et Joshua me dévisageraient parce que mes paupières étaient toutes gonflées. Bamber, en vrai gentleman, ne dirait rien, mais me passerait gentiment la main sur l'épaule. Quant à Joshua… Ce serait lui le pire. « Alors, ma douce, c'est quoi le drame du jour ? *The* mari français, pour la énième fois ? » Je voyais déjà son sourire sardonique quand il me tendrait une tasse de café. Je ne pouvais vraiment pas aller au bureau ce matin.

Je remontai vers l'Arc de Triomphe, en slalomant avec impatience entre les hordes de touristes qui se promenaient d'un pas traînant, admirant l'arc et se prenant devant en photo. Je pris mon agenda et composai le numéro de l'association de Franck Lévy. Je demandai si je pouvais venir tout de suite au lieu de cet après-midi. On me dit qu'il n'y avait pas de problème. Ce n'était pas très loin, au niveau de l'avenue Hoche. J'y serais en dix minutes. Une fois sorti de l'artère engorgée des Champs-Élysées, les avenues qui partaient de la place de l'Étoile étaient étonnamment désertes.

Franck Lévy devait avoir dans les soixante-cinq ans. Son visage avait quelque chose de profond, de noble et de las. Je le suivis dans son bureau, une pièce haute de plafond, remplie de livres, de dossiers, d'ordinateurs, de photographies. Je jetai un œil sur les tirages noir et blanc punaisés sur les murs. Des bébés. Des nourrissons. Des enfants portant l'étoile jaune.

«Certains sont des enfants du Vél d'Hiv, dit-il en regardant avec moi. Mais tous font partie des onze mille enfants déportés de France.»

Il m'invita à m'asseoir à son bureau. Je lui avais envoyé par mail quelques questions pour qu'il prépare l'entretien.

«Vous vouliez des renseignements sur les camps du Loiret? demanda-t-il.

– Oui, sur Beaune-la-Rolande et Pithiviers. Il y a beaucoup plus d'informations disponibles sur Drancy, qui est plus près de Paris, mais moins sur les deux autres.»

Franck Lévy soupira.

«Vous avez raison. On trouve peu de documentation sur ces camps du Loiret comparé à Drancy. Et vous verrez en y allant, il n'y a pas grand-chose sur place qui aide à comprendre ce qui s'est passé. Les gens qui vivent dans le coin ne veulent guère se souvenir. Ils ne veulent pas en parler. Et pour couronner le tout, il y a peu de survivants.»

Je regardai à nouveau les photos, les rangées de petits visages vulnérables.

«Ces camps servaient à quoi avant? demandai-je.

– Il s'agissait de camps militaires construits en 1939 pour garder les prisonniers allemands. Mais sous le gouvernement de Vichy, ce furent des Juifs qu'on y envoya, dès 1941. En 42, les premiers trains directs pour Auschwitz commencèrent à quitter Beaune et Pithiviers.

– Pourquoi n'a-t-on pas envoyé les familles du Vél d'Hiv à Drancy, en banlieue parisienne?»

Franck Lévy eut un sourire triste.

«Les Juifs sans enfant furent envoyés à Drancy après la rafle. Drancy est proche de Paris. Les autres camps à plus d'une heure de la capitale sont perdus au beau milieu de la campagne tranquille du Loiret. Ce fut là, en toute discrétion, que la police française sépara les enfants des parents. Cela n'aurait pas été si facile à Paris. Vous avez lu quelles méthodes brutales ils employaient, je suppose?

– Il n'y a pas grand-chose à lire.»

Le triste sourire disparut.

«Vous avez raison. Pas grand-chose en effet. Mais nous savons comment tout s'est passé. Je vous prêterai avec plaisir quelques ouvrages, si vous voulez. Les enfants furent arrachés à leurs mères. Matraqués, battus, aspergés d'eau glacée.»

Mes yeux parcoururent les clichés des petits visages encore une fois. Je pensais à Zoë, seule, arrachée à moi et à Bertrand. Seule et affamée. Sale. Cela me donna le frisson.

«Les quatre mille enfants du Vél d'Hiv étaient un vrai casse-tête pour les autorités françaises, dit Franck Lévy. Les nazis avaient exigé qu'on déporte les adultes immédiatement. Pas les enfants. L'impeccable organisation ferroviaire ne devait pas être perturbée. D'où la brutale séparation d'avec les mères au début du mois d'août.

– Qu'est-il arrivé aux enfants après? demandai-je.

– Les parents partirent directement des camps du Loiret pour Auschwitz tandis que les enfants furent abandonnés à eux-mêmes dans des conditions sanitaires effroyables. Mi-août, la décision de Berlin arriva. On devait aussi déporter les enfants. Cependant, pour éviter que cela se sache, les enfants furent déplacés à Drancy, puis en Pologne, mélangés à des adultes, ainsi l'opinion publique ne se douterait pas que ces enfants avaient été séparés de leurs parents et on penserait qu'on les envoyait à l'Est avec leur famille dans des camps de travail. »

Franck Lévy fit une pause, regardant, comme je le faisais, les photographies punaisées au mur.

« Quand ces enfants sont arrivés à Auschwitz, on n'opéra pas de "sélection". On ne les mit pas en rang avec les hommes et les femmes. On ne regarda pas qui était en bonne santé, qui était malade, qui pouvait travailler, qui ne le pouvait pas. On les envoya directement dans les chambres à gaz.

– Grâce au gouvernement français, aux bus parisiens et à la SNCF », ajoutai-je.

Peut-être était-ce parce que j'étais enceinte, peut-être était-ce à cause des hormones ou parce que je n'avais pas dormi, mais je me sentis soudain totalement dévastée.

Je ne pouvais détourner mon regard des photographies. J'étais comme pétrifiée.

Franck Lévy le remarqua, mais ne dit rien. Puis il se leva et vint poser sa main sur mon épaule.

*L*a fillette se jeta sur la nourriture placée devant elle, l'enfournant en faisant des bruits que sa mère aurait détestés. C'était le paradis. Cette soupe était la soupe la plus délicieuse, la plus savoureuse qu'elle avait jamais mangée. Et le pain ! Il était si frais, si tendre. Le brie était riche et crémeux. Les pêches succulentes et douces comme du velours. Rachel mangeait plus lentement. La fillette remarqua qu'elle était pâle. Ses mains tremblaient, ses yeux étaient fiévreux.

Le vieux couple s'affairait dans la cuisine, resservant de la soupe, remplissant les verres d'eau fraîche. La fillette les entendait poser des questions mais était incapable de leur répondre. Ce fut seulement quand Geneviève les emmena, elle et Rachel, prendre un bain à l'étage que sa langue se délia. Elle décrivit le grand endroit où on les avait tous emmenés et enfermés pendant des jours, sans eau ni nourriture, puis le trajet en train à travers la campagne, le camp et l'atroce séparation d'avec les parents et finalement la fuite.

La vieille femme l'écouta en hochant la tête tandis qu'elle déshabillait tendrement Rachel. La fillette vit apparaître le corps décharné de son amie, dont la peau était couverte de boursouflures rouges. La vieille femme semblait consternée.

« Que t'ont-ils fait ? » murmura-t-elle.

Les yeux de Rachel cillèrent à peine. La vieille femme l'aida à entrer dans l'eau chaude et savonneuse. Elle la lava comme le faisait la mère de la fillette avec son petit frère.

Puis elle porta Rachel dans une grande serviette jusqu'à un lit.

«À toi, maintenant», dit Geneviève, en faisant couler un nouveau bain. «Quel est ton prénom, petite? Tu ne m'as pas encore dit.

— Sirka, dit la fillette.

— Quel joli prénom!» dit Geneviève en lui tendant une éponge propre et du savon. Elle remarqua que la petite était gênée d'être nue devant elle, alors elle se retourna pour la laisser se déshabiller et se plonger dans l'eau. La fillette se lava avec soin, prenant plaisir à barboter dans l'eau chaude, puis elle sortit avec agilité de la baignoire et s'enroula dans une serviette qui sentait bon la lavande.

Geneviève était occupée à laver les vêtements crasseux des petites dans le grand lavabo émaillé. La fillette resta à la regarder un moment, puis elle posa une main timide sur le bras potelé de la vieille dame.

«Madame, pourriez-vous m'aider à aller à Paris?»

Geneviève, surprise, se retourna vers elle.

«Tu veux vraiment rentrer à Paris, petite?»

La fillette se mit à trembler de la tête aux pieds. La vieille femme comprit que c'était important. Elle abandonna sa lessive et s'essuya les mains.

«Qu'y a-t-il, Sirka?»

Les lèvres de la fillette tremblaient.

«C'est mon petit frère, Michel. Il est encore dans l'appartement. À Paris. Il est enfermé dans un placard, dans notre cachette. Il est là depuis que la police est venue nous chercher. Je pensais l'avoir mis à l'abri. J'ai promis de revenir pour le tirer de là.»

Geneviève l'écoutait avec attention, essayant de la calmer en posant les mains sur ses petites épaules maigrichonnes.

«Sirka, depuis combien de temps ton frère est-il dans ce placard?

« — Je ne sais pas, dit la fillette d'un air abattu. Je ne me souviens pas. Je ne me souviens pas ! »

D'un coup, les dernières onces d'espoir qu'elle portait encore s'évanouirent. Elle avait lu dans les yeux de la vieille dame ce qu'elle redoutait le plus. Michel était mort. Mort dans le placard. Elle le savait. Il était trop tard. Elle avait attendu trop longtemps. Il n'avait pas pu survivre. Il n'avait pas tenu le coup. Il était mort, là, tout seul, dans le noir, sans eau, sans nourriture, avec son ours et son livre d'histoires. Il avait fait confiance à sa sœur. Il avait attendu. Il avait dû l'appeler, crier son nom encore et encore. Sirka, Sirka, où es-tu ? Où es-tu ? Il était mort, Michel était mort. Il n'avait que quatre ans et il était mort, à cause d'elle. Si elle ne l'avait pas enfermé à clef ce jour-là, il serait toujours vivant, il serait là maintenant, elle pourrait lui donner son bain, là, maintenant. Elle aurait dû veiller sur lui, elle aurait dû l'amener ici où il aurait été à l'abri. C'était sa faute. Tout était sa faute.

La fillette s'écroula sur le sol, comme un petit être brisé. Des vagues de désespoir la submergeaient. Jamais dans sa courte vie, elle n'avait ressenti une souffrance si aiguë. Elle sentit que Geneviève la prenait dans ses bras, caressait son crâne rasé, lui murmurait des mots de réconfort. Elle se laissa aller, se rendit à la chaleur de ces vieux bras qui l'entouraient. Puis elle eut la douce sensation d'un matelas moelleux et de draps propres contre sa peau. Elle tomba dans un sommeil trouble et étrange.

Elle se réveilla de bonne heure. Elle était perdue. Elle ne comprenait pas où elle était. C'était étrange de dormir dans un vrai lit après toutes ces nuits sur la paille du baraquement. Elle alla à la fenêtre. Les volets étaient entrouverts, laissant apparaître un grand jardin dont les parfums montaient jusqu'à elle. Des poules couraient sur la pelouse, poursuivies par un chien facétieux. Sur un banc en fer forgé, un gros chat roux se léchait lentement les pattes. La fillette entendit des oiseaux et le chant d'un coq. Non loin, une vache meuglait. C'était un beau matin frais et ensoleillé. La fillette se dit qu'elle n'avait jamais vu un endroit plus joli et plus tranquille. La guerre, la haine, l'horreur, semblaient si loin. Le jardin en fleurs, les arbres, les animaux, aucune de ces choses ne portait la marque du mal dont elle avait été témoin depuis des semaines.

Elle examina la chemise de nuit blanche qu'elle portait, un peu trop longue pour elle. À qui appartenait-elle? Peut-être ce couple avait-il des enfants ou des petits-enfants. La chambre où elle avait dormi était spacieuse, simple mais confortable. Près de la porte se trouvait une étagère avec des livres. Elle alla y jeter un œil. Ses livres préférés étaient là, Jules Verne, la comtesse de Ségur. Sur les pages de garde, une main juvénile et scolaire avait écrit : Nicolas Dufaure. Elle se demanda de qui il s'agissait.

Elle descendit l'escalier. Les marches de bois craquaient, des murmures venaient de la cuisine. La maison était calme et accueillante, sans prétention. Ses pieds effleuraient maintenant les tommettes rouges. Elle jeta un œil dans le salon baigné de soleil, qui sentait bon la cire d'abeilles et la lavande. Une immense horloge comtoise sonnait les heures avec solennité.

Elle marcha sur la pointe des pieds jusqu'à la cuisine et regarda par la porte entrouverte. Le vieux couple était assis autour d'une longue table et buvait dans des bols bleus. Ils avaient l'air soucieux.

«Rachel m'inquiète, disait Geneviève. Elle a une forte fièvre qui refuse de tomber. Et sa peau. Ce n'est pas beau. Vraiment pas. » Elle soupira profondément. «L'état de ces enfants, Jules! L'une d'elles avait des poux jusque dans les cils. »

La fillette hésitait à entrer dans la cuisine.

«Je me demandais si… » commença-t-elle.

Le vieux couple se tourna vers elle et lui sourit.

«Eh bien, dit le vieil homme, voici une toute nouvelle petite fille ce matin! Avec même les joues un peu roses.

— Il y avait quelque chose dans mes poches… » dit la fillette.

Geneviève se leva et montra une étagère.

«J'ai trouvé une clef et un peu d'argent. Tout est là. »

La fillette alla prendre son bien et le tint précieusement dans ses mains.

« C'est la clef du placard, dit-elle à voix basse. Le placard où est enfermé Michel. Notre cachette. »

Jules et Geneviève échangèrent un regard

« Je sais que vous pensez qu'il est mort, balbutia la fillette. Mais je veux tout de même rentrer à Paris. Je dois savoir. Peut-être quelqu'un a-t-il pu l'aider, comme vous l'avez fait avec moi ! Peut-être qu'il m'attend. Je dois savoir, je dois être sûre ! Je me servirai de l'argent que le policier m'a donné.

— Mais comment vas-tu aller jusqu'à Paris, petite ? demanda Jules.

— Je prendrai le train. Paris n'est pas si loin, n'est-ce pas ? »

Ils se regardèrent encore une fois.

« Sirka, nous vivons au sud d'Orléans. Vous avez beaucoup marché avec Rachel. Mais en vous éloignant de Paris. »

La fillette se redressa. Elle retournerait à Paris, auprès de Michel, pour savoir ce qui s'était passé, coûte que coûte.

« Je dois partir, dit-elle fermement. Il y a sûrement des trains pour aller d'Orléans à Paris. Je partirai dès aujourd'hui. »

Geneviève s'approcha et lui prit les mains.

« Sirka, ici, tu es en sécurité. Tu peux rester avec nous pendant un temps. Nous sommes fermiers, nous avons du lait, de la viande, des œufs, pas besoin de tickets de rationnement ici. Tu peux te reposer, manger à ta faim et te refaire une santé.

— Merci, dit la fillette, mais je me sens déjà mieux. Je dois rentrer à Paris. Pas la peine de m'accompagner. Je sais me débrouiller toute seule. Dites-moi juste comment aller à la gare. »

Avant que la vieille femme ne réponde, on entendit une longue plainte à l'étage. Rachel. Ils se précipitèrent dans sa chambre. Rachel se tordait de douleur. Ses draps étaient maculés d'une substance noire et putride.

« C'est bien ce que je redoutais, murmura Geneviève. La dysenterie. Elle a besoin d'un docteur, d'urgence. »

Jules dévala l'escalier.

« Je vais au village, voir si le Dr Thévenin est là », dit-il en se précipitant dehors.

Une heure plus tard, il était de retour, appuyant aussi fort qu'il pouvait sur les pédales de son vélo. La fillette l'observait par la fenêtre de la cuisine.

« Notre vieux garçon de docteur n'est pas là, dit-il à sa femme. La maison est vide. Personne n'a pu me renseigner. Alors, je suis allé jusqu'à Orléans. J'ai trouvé un jeune, j'ai insisté pour qu'il vienne, mais c'était un fieffé arrogant qui avait plus important à faire avant, soi-disant. »

Geneviève se mordit les lèvres.

« J'espère qu'il va venir. Et vite ! »

Le médecin n'arriva qu'en fin d'après-midi. La fillette n'avait plus osé parler de son départ à Paris. Elle avait compris que Rachel était très malade. Jules et Geneviève étaient trop inquiets au sujet de Rachel pour faire attention à elle.

Quand ils entendirent le docteur arriver, annoncé par les aboiements du chien, Geneviève demanda à la fillette de se cacher dans la cave. Ils ne connaissaient pas ce docteur, lui expliqua-t-elle rapidement. Ce n'était pas le médecin habituel. Ils devaient rester sur leurs gardes.

La fillette se glissa par la trappe et s'assit dans le noir, écoutant les conversations. Elle ne pouvait pas voir le visage du docteur, mais elle n'aimait pas sa voix, stridente et nasale. Il demandait sans cesse d'où venait Rachel et où ils l'avaient trouvée. Il était insistant et buté. La voix de Jules restait calme. Rachel était la fille d'un voisin qui était parti à Paris pendant quelques jours.

Mais la fillette savait, au seul ton de sa voix, que le docteur n'en croyait pas un mot. Il rit méchamment et reprit son laïus sur l'ordre et *la loi, sur le maréchal Pétain et la vision nouvelle de la France. Sur ce que la Kommandantur penserait de cette petite fille maigre et basanée.*

Finalement, elle entendit claquer la porte d'entrée.

Puis, de nouveau, la voix de Jules. Il semblait atterré.

« Geneviève, dit-il. Qu'avons-nous fait ? »

« Il y a quelque chose que je voulais vous demander, monsieur Lévy. Quelque chose qui n'a rien à voir avec mon article. »

Il me regarda et retourna s'asseoir à son bureau.

« Je vous en prie. Dites. »

Je me penchai vers lui.

« Si je vous donne l'adresse exacte d'une famille arrêtée le 16 juillet 1942, pourrez-vous m'aider à retrouver sa trace ?

– Une famille du Vél d'Hiv ?

– Oui, dis-je. C'est important. »

Il observait mon visage fatigué, mes yeux gonflés. J'avais la sensation qu'il lisait en moi et savait mon chagrin, ainsi que toutes les choses que j'avais découvertes sur l'appartement. Oui, j'étais sûre qu'il voyait tout ce que je portais en moi ce matin-là, assise en face de lui.

« Depuis quarante ans, Miss Jarmond, j'ai répertorié la vie de chaque personne juive déportée de ce pays entre 1941 et 1944. C'est un travail long et douloureux, mais c'est un travail nécessaire. Oui, je peux vous donner le nom de cette famille. Tout est dans cet ordinateur, juste là. Nous pouvons trouver ce nom en quelques secondes. Mais pouvez-vous me dire pourquoi vous vous intéressez à cette famille précisément ? Est-ce juste une curiosité de journaliste ou y a-t-il autre chose ? »

Je me sentis rougir.

«C'est personnel, dis-je. Et pas très simple à expliquer.

– Essayez tout de même», dit-il.

J'hésitai un instant, puis je lui racontai l'histoire de l'appartement de la rue de Saintonge, ce que Mamé m'avait dit, ce que mon beau-père m'avait dit. Je finis par lui avouer, et sans aucune hésitation cette fois, que je pensais sans cesse à cette famille, que je voulais savoir qui ils étaient et ce qui leur était arrivé. Il m'écoutait, en hochant parfois la tête. Puis il me dit :

«Vous savez, Miss Jarmond, faire revivre le passé n'est pas chose facile. On a parfois des surprises désagréables. La vérité est plus terrible que l'ignorance.

– Je sais, dis-je. Mais je veux savoir.»

Il me fixa sans ciller.

«Je vais vous donner ce nom. Mais pour vous seule. Pas pour votre magazine. J'ai votre parole?

– Oui», répondis-je, surprise par son ton solennel.

Il se dirigea vers l'ordinateur.

«Vous me redonnez l'adresse, s'il vous plaît?»

Je m'exécutai.

Ses doigts volaient sur le clavier. Puis l'ordinateur émit un petit bruit. Mon cœur s'arrêta. L'imprimante cracha une feuille de papier que Franck Lévy me tendit et où je lus :

26, rue de Saintonge 75003 Paris

STARZYNSKI
Wladyslaw, né à Varsovie en 1910. Arrêté le 16 juillet 1942. Garage, rue de Bretagne. Vél d'Hiv. Beaune-la-Rolande. Convoi n° 15, 5 août 1942.

163

Rywka, née à Okuniew en 1912. Arrêtée le 16 juillet 1942. Garage, rue de Bretagne. Vél d'Hiv. Beaune-la-Rolande. Convoi n° 15, 5 août 1942.

Sarah, née à Paris dans le 12ᵉ arrondissement en 1932. Arrêtée le 16 juillet 1942. Garage, rue de Bretagne. Vél d'Hiv. Beaune-la-Rolande.

L'imprimante sortit un autre document.

«C'est une photographie», dit Franck Lévy. Il la regarda avant de me la donner.

Il s'agissait d'une fillette d'une dizaine d'années. La légende disait : juin 1942, école de la rue des Blancs-Manteaux. Juste à côté de la rue de Saintonge.

La fillette avait des yeux clairs en amande. Bleus ou verts, c'était difficile à dire. Des cheveux blonds aux épaules, légèrement ondulés. Un beau sourire timide. Un visage en forme de cœur. Elle était assise à son pupitre d'écolière, un livre ouvert devant elle. Sur sa poitrine, l'étoile jaune.

Sarah Starzynski. Un an plus jeune que Zoë.

Je relus la fiche. Je n'avais pas besoin de demander à Franck Lévy où le convoi n° 15 avait fini. Je savais que c'était à Auschwitz.

«C'est quoi, ce garage de la rue de Bretagne? demandai-je.

– C'est là que la plupart des Juifs du 3ᵉ arrondissement furent regroupés avant d'être emmenés rue Nélaton, au vélodrome.»

Quelque chose m'intriguait. Pour Sarah, la fiche ne mentionnait pas de numéro de convoi. Je m'en ouvris à Franck Lévy.

«Cela veut dire qu'elle n'est montée dans aucun train pour la Pologne. Voilà tout ce que je peux en dire.

– Aurait-elle pu s'échapper? dis-je.

– C'est difficile à dire. Quelques enfants, en effet, se sont échappés de Beaune-la-Rolande et ont été recueillis par des fermiers des alentours. D'autres, beaucoup plus jeunes que Sarah, ont été déportés sans qu'on puisse vraiment enregistrer leurs identités. Dans ce cas, on trouve la chose suivante : "Garçon, Pithiviers." Hélas, je ne peux pas vous dire ce qui est arrivé à Sarah Starzynski, Miss Jarmond. La seule certitude, c'est qu'elle n'est pas arrivée à Drancy avec les autres enfants de Beaune-la-Rolande et de Pithiviers. Elle n'apparaît pas dans les registres.»

Je regardai de nouveau le beau visage innocent.

«Qu'a-t-il bien pu lui arriver? murmurai-je.

— La dernière trace que nous ayons d'elle, c'est à Beaune. Peut-être s'est-elle sauvée, peut-être a-t-elle été recueillie par une famille du coin et est-elle restée cachée jusqu'à la fin de la guerre sous un nom d'emprunt.

— Cela était-il fréquent?

— Oui. Un grand nombre d'enfants juifs ont survécu de cette façon, grâce à l'aide et à la générosité de familles françaises ou d'institutions religieuses.»

J'insistai.

«Pensez-vous que Sarah Starzynski a été sauvée? Pensez-vous qu'elle a survécu?»

Il baissa le regard sur la photographie de cette charmante enfant au sourire timide.

«Je l'espère. À présent, vous avez l'information que vous désiriez. Vous savez qui vivait dans votre appartement.

— Oui, dis-je. Merci, merci beaucoup. Mais je me demande toujours comment la famille de mon mari a pu vivre à cet endroit en sachant que les Starzynski avaient été arrêtés. Cela m'est totalement incompréhensible.

— Ne les jugez pas trop vite, me mit en garde Franck Lévy. Bien sûr, il y avait beaucoup d'indifférence chez les Parisiens, mais n'oubliez pas que Paris était occupé. Les gens avaient peur pour leur vie. C'était une époque très particulière.»

En quittant son bureau, je me sentis soudain très fragile. J'étais au bord des larmes. Cette journée avait été épuisante. J'étais littéralement vidée. Comme si le monde se resserrait autour de moi, faisant pression de tous côtés. Bertrand. Le bébé. La décision impossible que je devais prendre. La discussion que je serais obligée d'avoir ce soir avec mon époux.

Et aussi, le mystère de l'appartement de la rue de Saintonge. L'emménagement de la famille Tézac, juste après l'arrestation des Starzynski. Mamé et Édouard qui ne voulaient pas en parler. Pourquoi? Que s'était-il passé? Pourquoi refusaient-ils de me le dire?

En marchant en direction de la rue Marbeuf, je me sentis submergée par quelque chose d'énorme et d'incontrôlable.

Le soir, je retrouvai Guillaume au Select. Nous nous assîmes à l'intérieur, près du bar, loin de la terrasse bruyante. Il avait apporté des livres. J'étais ravie. C'était ceux que je cherchais sans pouvoir mettre la main dessus. Notamment un, sur les camps du Loiret. Je le remerciai chaleureusement.

Je n'avais pas prévu de partager avec lui mes découvertes de l'après-midi, mais tout sortit malgré moi. Guillaume m'écouta avec attention. Quand j'eus terminé, il me dit que sa grand-mère lui avait parlé de ces appartements réquisitionnés après la rafle. La police avait apposé des scellés sur certains, qui avaient été brisés après quelques mois ou quelques années, quand il semblait sûr que plus personne ne reviendrait. Selon sa grand-mère, la police travaillait le plus souvent avec la complicité des concierges, qui trouvaient toujours de nouveaux locataires en un claquement de doigts. C'était probablement ce qui était arrivé à ma belle-famille.

«Pourquoi est-ce si important pour vous, Julia? finit par me demander Guillaume.

– Je veux savoir ce qui est arrivé à cette petite fille.»

Il me scruta du regard. Ses yeux étaient profonds et graves.

«Je comprends, mais faites attention quand vous interrogez la famille de votre mari.

— Je suis sûre qu'ils me cachent quelque chose. Je veux savoir quoi.

— Soyez prudente, Julia», répéta-t-il. Il me sourit, mais ses yeux restèrent sérieux. «On ne joue pas impunément avec la boîte de Pandore. Parfois, il vaut mieux qu'elle reste fermée. Parfois, il vaut mieux ne rien savoir.»

Franck Lévy m'avait mise en garde de la même façon, ce matin même.

*J*ules *et Geneviève s'étaient agités dans tous les sens dans la maison pendant une dizaine de minutes, comme des animaux affolés, remuant les bras sans dire un mot. Ils semblaient désespérés. Ils essayèrent de déplacer Rachel pour l'amener au rez-de-chaussée, mais la petite fille était trop faible. Ils décidèrent finalement de la laisser dans son lit. Jules faisait de son mieux pour rassurer Geneviève, sans grand succès. Elle s'écroulait régulièrement sur le fauteuil ou le canapé le plus proche et fondait en larmes.*

La fillette les suivait comme un petit chien inquiet. Ils ne répondaient à aucune de ses questions. Elle remarqua que Jules n'arrêtait pas de regarder en direction de l'entrée, jetant un coup d'œil vers la barrière, par la fenêtre. La fillette sentit la peur envahir son cœur.

À la tombée de la nuit, Jules et Geneviève s'assirent face à face près de la cheminée. Ils avaient retrouvé leur calme. L'inquiétude s'était pondérée. Cependant, la fillette voyait bien que les mains de Geneviève tremblaient. Tous les deux étaient pâles et n'arrivaient pas à détacher leurs yeux de la grande horloge.

À un moment, Jules se tourna vers la fillette et lui parla doucement. Il lui demanda d'aller de nouveau se cacher dans la cave, de passer derrière les grands sacs de pommes de terre et de se dissimuler derrière, du mieux qu'elle pourrait. Il lui demanda si elle comprenait bien. C'était

très important. Si quelqu'un entrait dans la cave, elle devait être abso-
lument invisible.

La fillette se raidit.

«Les Allemands vont venir!»

Avant que Jules ou Geneviève eussent pu dire un mot, le chien se
mit à aboyer. Ils sursautèrent. Jules fit signe à la fillette et ouvrit la trappe.
Elle obéit immédiatement et se glissa dans l'obscurité de la cave qui sen-
tait le moisi. Elle ne voyait rien, mais finit par trouver les sacs de patates,
tout au fond, en tâtonnant. Elle sentit la toile de jute sous ses doigts. Il
y en avait plusieurs, empilés les uns sur les autres. Elle les écarta pour
passer derrière. Un des sacs s'ouvrit et se vida bruyamment de son
contenu. Elle se recouvrit de pommes de terre avec hâte.

Puis elle entendit des pas. Lourds et cadencés. Elle en avait entendu
de semblables à Paris, après l'heure du couvre-feu. Elle savait ce que ça
voulait dire. Chez ses parents, elle avait regardé par la fenêtre, sous le
papier kraft collé à la vitre, et elle avait vu les hommes qui patrouil-
laient dans les rues faiblement éclairées, des hommes aux mouvements
parfaitement réglés qui portaient des casques ronds.

Le même pas. Qui se dirigeait droit sur la maison. Une douzaine
d'hommes, d'après ce qu'elle entendait. Une voix masculine, un peu
étouffée mais audible, lui parvint aux oreilles. Ça parlait allemand.

Ils étaient donc là. Ils venaient les prendre, Rachel et elle. Elle eut
soudain une envie irrépressible de vider sa vessie.

Elle sentait les pas juste au-dessus de sa tête. Le marmonnement
d'une conversation qu'elle ne pouvait saisir. Puis la voix de Jules :

«Oui, lieutenant, il y a, ici, une enfant malade.

— Une enfant malade, mais aryenne, bien sûr? ajouta la voix étran-
gère et gutturale.

— Une enfant malade, lieutenant.

— Où est-elle?

— À l'étage.» La voix de Jules était presque éteinte.

Les pas lourds faisaient trembler le plafond. Puis le cri perçant de Rachel envahit toute la maison. Les Allemands l'arrachaient de son lit. On n'entendit plus qu'un petit gémissement. Rachel était bien trop mal en point pour leur tenir tête.

La fillette mit ses mains sur ses oreilles. Elle ne voulait rien entendre. C'était au-dessus de ses forces. Dans le silence qu'elle se donnait ainsi, elle se sentit protégée.

Allongée sous les pommes de terre, elle vit un faible rayon de lumière percer l'obscurité. Quelqu'un avait ouvert la trappe et s'apprêtait à descendre l'escalier qui menait à la cave. Elle retira les mains de ses oreilles.

« Il n'y a personne, disait Jules. La petite était seule quand nous l'avons trouvée dans la niche du chien. »

La fillette entendit Geneviève se moucher. Puis d'une voix pleine de larmes, elle dit :

« Je vous en prie, n'emmenez pas la petite ! Elle est trop malade. »

La voix gutturale devint ironique.

« Madame, cette enfant est juive, et probablement évadée d'un des camps voisins. Elle n'a rien à faire dans votre maison. »

La fillette suivait des yeux le faisceau orangé d'une lampe torche qui balayait les murs de la cave et s'approchait de sa cachette. Puis elle vit la gigantesque silhouette noire d'un soldat se détacher comme dans un livre d'images. Elle était terrorisée. Il venait la chercher. Il allait l'attraper. Elle se fit aussi petite que possible, arrêta de respirer. C'était comme si son cœur avait cessé de battre.

Non, il ne la trouverait pas ! Ce serait trop atrocement injuste. Ils avaient déjà Rachel. N'était-ce pas assez ? Et où l'avaient-ils portée ? Dehors, dans un camion, avec les soldats ? S'était-elle évanouie ? Où allaient-ils l'emmener ? À l'hôpital ? Au camp ? Ces monstres assoiffés de sang ! Monstres ! Monstres ! Elle les détestait. Elle aurait voulu les voir morts. Les bâtards ! Elle pensait à tous les gros mots qu'elle connaissait, tous ces mots que sa mère lui interdisait de prononcer. Les salauds de bâtards! Elle hurlait ces injures dans sa tête en fermant fort les paupières, pour ne plus voir le faisceau de la lampe torche se rapprocher, courir sur les sacs de toile derrière lesquels elle se cachait. Cet homme ne la trouverait pas. Jamais. Bâtards, salauds de bâtards!

De nouveau, elle entendit la voix de Jules.

«Il n'y a personne en bas, lieutenant. La petite était seule. Elle tenait à peine debout. Il fallait bien qu'on fasse quelque chose pour elle.»

La voix du lieutenant bourdonna aux oreilles de la fillette.

«Nous ne faisons que vérifier. Nous allons finir d'inspecter la cave, puis vous nous suivrez jusqu'à la Kommandantur.»

La fillette faisait tout ce qu'elle pouvait pour que rien ne la trahisse, pas un mouvement, pas un soupir, pas un souffle tandis que la lampe continuait de s'agiter au-dessus de sa tête.

«Vous suivre?» Jules encaissait mal le coup. «Mais pourquoi?

— Une juive dans votre maison et vous demandez pourquoi?»

Puis la voix de Geneviève intervint, étonnamment calme. Elle ne pleurait plus.

«Vous avez bien vu qu'on n'essayait pas de la dissimuler, lieutenant. On voulait juste l'aider à guérir. C'est tout. On ne sait pas son nom. Elle n'a pas pu nous le dire. Elle était si malade qu'elle ne pouvait pas parler.

— Ma femme vous dit la vérité, lieutenant, continua Jules, on a même appelé un médecin. Alors, si ç'avait été pour la cacher, vous pensez.... »

Il y eut un silence. La fillette entendit le lieutenant tousser.

«C'est bien ce que Guillemin nous a dit. Que vous ne cherchiez pas à cacher la petite. C'est ce qu'il a dit, notre bon Doktor.»

La fillette sentit les patates remuer au-dessus de sa tête. Elle se figea comme une statue, sans respirer. Son nez la chatouillait et elle avait envie de renifler.

Elle entendit la voix de Geneviève, toujours calme, claire, presque dure. Un ton qu'elle ne lui connaissait pas.

« Ces messieurs désirent-ils un verre de vin ? »

Les patates cessèrent de bouger.

Au rez-de-chaussée, le lieutenant s'esclaffa.

« Du vin ? Ja wohl !

— Et un peu de pâté pour faire passer ? » dit Geneviève sur le même ton.

Les pas rebroussaient chemin, remontaient les marches. La trappe se referma en claquant. La fillette se sentit défaillir de soulagement. Elle serra fort ses bras autour d'elle et laissa couler ses larmes. Combien de temps restèrent-ils là-haut, combien de temps firent-ils tinter leurs verres, traîner leurs pieds et résonner leurs rires gras ? Une éternité. La voix tonitruante du lieutenant devenait de plus en plus gaie. Elle entendit même percer un rot magistral, mais plus Jules ni Geneviève. Étaient-ils toujours là ? Que se passait-il ? C'était terrible de ne rien savoir, sauf qu'il fallait rester cachée dans cette cave jusqu'à ce que l'un des deux vienne la chercher. Ses forces étaient revenues, mais elle n'osait toujours pas bouger.

Enfin, la maison redevint silencieuse. Le chien aboya une fois, puis se tut. La fillette tendait l'oreille. Les Allemands avaient-ils embarqué Jules et Geneviève ? Était-elle seule, désormais, dans la maison ? Elle entendit des sanglots étouffés, puis la porte de la trappe s'ouvrit en grinçant. Jules l'appela.

« Sirka ! Sirka ! »

Quand elle les eut rejoints, les jambes douloureuses, les yeux rougis par la poussière et les joues humides et sales, elle vit Geneviève la tête dans les mains, effondrée. Jules faisait ce qu'il pouvait pour la consoler. La fillette les regardait, impuissante. La vieille femme leva les yeux vers elle. Son visage avait vieilli d'un coup, s'était creusé. Cela effraya la fillette.

« Ton amie, murmura-t-elle, ils l'ont prise. Elle va mourir. Je ne sais pas où ils l'ont emmenée, ni dans quelles conditions, mais je sais qu'elle va mourir. Ils n'ont rien voulu savoir. On a essayé de les faire boire, mais ils ont gardé les idées bien en place. Ils nous ont laissés tranquilles, mais ils ont pris Rachel. »

Les joues ridées de Geneviève étaient noyées de larmes. Sa tête balançait de droite à gauche, dans un mouvement plein de désespoir. Elle prit la main de Jules et la serra tout contre elle.

« Mon Dieu, que devient ce pays ? »

Geneviève fit signe à la fillette de s'approcher et attrapa sa petite main entre ses vieux doigts usés. Ils m'ont sauvée, se répétait la fillette. Sauvée. Ils lui avaient sauvé la vie. Peut-être que quelqu'un comme eux avait sauvé Michel, et Papa, et Maman. Il restait un peu d'espoir.

« Ma petite Sirka ! soupira Geneviève en serrant ses doigts. Tu t'es montrée très courageuse dans la cave. »

La fillette sourit. C'était un beau sourire brave qui toucha le vieux couple au plus profond d'eux-mêmes.

« S'il vous plaît, dit-elle, ne m'appelez plus Sirka. C'est comme ça qu'on m'appelait quand j'étais bébé.

— Alors comment on doit t'appeler ? » demanda Jules.

La fillette redressa les épaules et leva fièrement le menton.

« Mon nom est Sarah Starzynski. »

En quittant l'appartement, où j'étais venue voir l'avancée des travaux avec Antoine, je fis un arrêt rue de Bretagne. Le garage existait toujours et une plaque, là aussi, rappelait aux passants que des familles juives du 3e arrondissement avaient été regroupées là, le matin du 16 juillet 1942, avant de partir pour le Vél d'Hiv puis pour les camps de la mort. C'était à cet endroit que l'odyssée de Sarah avait commencé. Mais où avait-elle pris fin?

Je me plantai devant la plaque, sans me soucier du trafic. Je pouvais presque voir Sarah arriver depuis la rue de Saintonge, ce petit matin étouffant de juillet, entre sa mère et son père, et les policiers. Oui, je voyais la scène. La façon dont on les avait poussés dans ce garage devant lequel je me tenais à présent. Le doux visage en forme de cœur était devant moi et j'y voyais l'incompréhension et la peur. Les cheveux lisses retenus par une queue-de-cheval, les yeux turquoise taillés en amande. Sarah Starzynski. Était-elle encore vivante? Elle aurait soixante-dix ans aujourd'hui. Non, elle ne pouvait être encore de ce monde. Elle avait disparu de la surface de la terre, avec les autres enfants du Vél d'Hiv. Elle n'était jamais rentrée d'Auschwitz. D'elle, il ne restait plus qu'une poignée de cendres.

Je remontai dans ma voiture. En bonne Américaine, je n'avais jamais su me servir d'un levier de vitesses. Je conduisais donc une petite japonaise automatique dont Bertrand, bien évidemment, se moquait. Je ne la prenais jamais dans Paris. Je n'en ressentais pas la nécessité, le réseau de bus et de métro était excellent. Bertrand se moquait aussi de cela.

Bamber et moi devions aller à Beaune-la-Rolande cet après-midi. C'était à une heure de route. Le matin, j'avais été à Drancy avec Guillaume. C'était très près de Paris, coincé en pleine banlieue grise et miteuse, entre Bobigny et Pantin. Plus de soixante trains avaient quitté Drancy, nœud ferroviaire du rail français, pour la Pologne. Je n'avais pas tout de suite compris, alors que nous étions passés près d'une immense sculpture commémorative, que le camp était désormais habité. Des femmes promenaient des poussettes, des chiens, des enfants couraient en criant, des rideaux volaient au vent, des plantes ornaient le rebord des fenêtres. J'étais stupéfaite. Comment pouvait-on vivre entre ces murs ? Je demandai à Guillaume s'il était au courant avant de venir. Il me fit oui de la tête. Je devinai à l'expression de son visage qu'il était ému. Toute sa famille avait été déportée depuis cet endroit. Ce n'était pas facile pour lui de venir ici. Mais il avait insisté pour m'accompagner.

Le conservateur du Mémorial de Drancy était un homme d'une cinquantaine d'années à l'air las. Son nom était Menetzky. Il nous attendait devant le minuscule musée, ouvert uniquement sur rendez-vous. Dans la petite pièce simple, nous regardâmes des photos, des articles, des cartes. Derrière une vitre, des étoiles jaunes étaient exposées. C'était la première fois que j'en voyais des vraies. J'étais impressionnée et mal à l'aise.

Le camp avait subi très peu de modifications depuis soixante ans. L'immense U de béton, construit à la fin des années trente et considéré alors comme un projet résidentiel novateur, avait été réquisitionné en 1941 par le gouvernement de Vichy pour déporter les Juifs. En 1947, il fut dévolu au logement des familles. Il y en avait désormais quatre cents qui vivaient dans des studios. Les loyers étaient les moins chers du voisinage.

Je demandai au triste M. Menetzky si les résidents de la cité de la Muette – c'était le nom involontairement ironique de l'endroit – savaient où ils vivaient. Il me fit signe que non. La majorité des habitants étaient trop jeunes. Ils ne savaient pas et selon lui, ne cherchaient pas à savoir. Cela leur était égal. Je lui demandai alors s'il y avait beaucoup de visiteurs au Mémorial. Il me répondit que des groupes scolaires venaient et, parfois, des touristes. Nous feuilletâmes le livre d'or.

À Paulette, ma mère. Je t'aime et je ne t'oublierai jamais. Je viendrai ici tous les ans en souvenir de toi. C'est de là que tu es partie pour Auschwitz en 1944. Tu n'es jamais revenue. Ta fille, Danielle.

Je sentis poindre des larmes.

Le conservateur nous emmena ensuite vers un wagon à bétail fermé à clef, situé juste devant le musée, sur un gazon. Il nous ouvrit et Guillaume prit ma main pour me faire monter. J'essayais d'imaginer ce petit espace nu rempli de gens, serrés les uns contre les autres, des petits enfants, des grands-parents, des parents, des adolescents. En route pour la mort. Guillaume était devenu pâle. Il m'avoua par la suite qu'il n'était jamais monté dans le wagon. Il n'avait jamais osé. Je lui demandai s'il se sentait bien. Il prétendit que oui, mais son trouble était visible.

Nous sortîmes du bâtiment. J'emportais tout un tas de documents, brochures et livres, que le conservateur m'avait donnés. Dans ma tête, tout ce que je savais de Drancy se bousculait, les traitements inhumains de ces années de terreur, les trains qui n'en finissaient pas de transporter des Juifs jusqu'en Pologne.

J'étais remplie des choses déchirantes que j'avais lues sur les quatre mille enfants du Vél d'Hiv, arrivés là à la fin de l'été 1942,

sans parents, malades, sales, affamés. Sarah était-elle parmi eux?
Avait-elle fait le trajet Drancy-Auschwitz, seule et terrifiée, dans un
wagon à bestiaux plein d'étrangers?

Bamber m'attendait en bas du bureau. Il plia son corps démesuré sur le fauteuil passager, après avoir mis ses appareils photo à
l'arrière. Puis il me regarda. Il s'inquiétait. Il posa une main réconfortante sur mon avant-bras.

« Hmm, Julia, ça va? »

Mes lunettes noires ne devaient rien arranger. Ma nuit agitée
était imprimée sur mon visage. Discussion avec Bertrand jusqu'à plus
d'heure. Plus il avançait dans la conversation, plus il se montrait
inflexible. Il ne voulait pas de cet enfant. Pour lui, à ce point, il ne
s'agissait pas, de toute façon, d'un enfant. Même pas d'un être
humain. Juste d'une graine. Une petite graine. Autant dire rien. Et
de ce rien, il ne voulait pas. Il ne pouvait assumer, c'était au-dessus
de ses forces. Sa voix, à ce moment, s'était brisée. J'en fus très
étonnée. Son visage était ravagé, paraissait plus vieux. Où était l'insouciant, l'irrévérent mari sûr de lui? Je l'avais dévisagé avec stupeur.
Et si je décidais d'avoir cet enfant malgré lui, c'était fini. Fini? C'est-
à-dire? Je plantai mon regard dans le sien, consternée. Fini entre
nous, c'était ce qu'il avait répondu de cette horrible voix brisée qui
me semblait celle de quelqu'un d'autre. La fin de notre union. Nous
étions restés sans rien dire, assis à la table de la cuisine. Puis je lui
avais demandé pourquoi la naissance de cet enfant le terrifiait à ce
point. Il avait détourné le visage et soupiré en se frottant les yeux. Il
prétendait qu'il était trop vieux. Il aurait bientôt cinquante ans.
C'était déjà suffisamment terrifiant en soi. Vieillir. Il y avait aussi la
pression au boulot, pour tenir devant les jeunes loups aux dents
longues. Rester dans la compétition, face à eux, jour après jour. Et
puis, il fallait supporter de se voir changer, en pire. Supporter son
visage dans le miroir. Je ne l'avais jamais entendu dire cela auparavant.

Je n'aurais jamais imaginé que vieillir fût un tel problème pour lui. « J'aurai soixante-dix ans quand cet enfant en aura vingt, et ça, je ne veux pas, avait-il marmonné cent fois. Je ne peux pas. Je ne veux pas. Julia, tu dois te mettre ça dans la tête. En gardant cet enfant, tu me tues. Tu m'entends ? Tu me tues ! »

J'inspirai profondément. Que pouvais-je dire à Bamber ? Par où commencer ? Qu'y comprendrait-il ? Il était si jeune, si différent de nous. Mais j'appréciais sa gentillesse et son attention. Je pris sur moi.

« Bon, pas la peine de te raconter des histoires, Bamber », dis-je sans le regarder en face, accrochée au volant comme à une bouée de sauvetage. « La nuit n'a pas été bonne.

— À cause de ton mari ? tenta-t-il.

— Oui, à cause de mon mari, en effet », raillai-je.

Il se tourna vers moi.

« Si tu veux m'en parler, Julia, n'hésite pas, je suis là », dit-il avec le ton grave et puissant de Churchill déclarant : « Nous ne nous rendrons jamais. »

Je ne pus retenir un sourire.

« Merci Bamber. Tu assures. »

Il fit la grimace.

« Et Drancy, comment ça s'est passé ? »

Je poussai un gémissement.

« Oh mon Dieu, horrible ! L'endroit le plus déprimant que j'aie jamais vu. Il y a des gens qui vivent dans ce qui était le camp, incroyable, non ? J'étais avec un ami dont la famille a été déportée depuis Drancy. Tu ne vas pas t'amuser à faire des photos, crois-moi. C'est dix fois pire que la rue Nélaton. »

À la sortie de Paris, je pris l'A6. L'autoroute n'était pas encombrée à cette heure-là, heureusement. Nous roulions sans rien dire. Je compris que je devais parler à quelqu'un de ce qui m'arrivait. Et vite. Je ne pouvais pas garder tout cela pour moi, le bébé et le reste. Il était à peine six heures du matin à New York. Trop tôt pour appeler Charla, même si sa journée d'avocate à succès et à poigne ne tarderait pas à commencer. Elle avait deux jeunes enfants qui étaient le portrait craché de son ex-mari, Ben. Le nouveau, Barry, était charmant et travaillait dans l'informatique. Je ne le connaissais pas encore bien.

J'aurais tant voulu entendre la voix de Charla, cette façon douce et chaleureuse qu'elle avait de répondre « *Hey*! » au téléphone quand c'était moi. Charla ne s'était jamais entendue avec Bertrand. Ils jouaient le jeu tant bien que mal, tous les deux. C'était comme ça depuis le début. Je savais aussi ce que Bertrand pensait d'elle. *Belle, brillante, arrogante, féministe et américaine.* Tandis que, pour elle, Bertrand était un *froggie vaniteux, ultraséduisant et chauvin.* Charla me manquait. Son honnêteté, son rire, son esprit. Quand j'avais quitté Boston pour Paris, elle était encore adolescente. Elle ne me manquait pas au début, ma petite sœur. C'était maintenant que l'éloignement me pesait. Comme jamais.

« Hmm, amorça la voix douce de Bamber, est-ce qu'on ne vient pas de dépasser la sortie ? »

Il avait raison.

« Merde ! dis-je.

— Ne t'en fais pas, dit Bamber en se débattant avec la carte. On peut aussi sortir à la prochaine.

— Excuse-moi, je suis un peu crevée », grommelai-je.

Il me sourit gentiment sans rien ajouter. J'aimais cette qualité chez lui.

Nous approchions de Beaune-la-Rolande, petite ville ennuyeuse, perdue au milieu de champs de blé. Nous décidâmes de laisser la voiture sur la place centrale, où se trouvaient l'église et la mairie. Nous fîmes un tour. Bamber prit quelques photos. Il y avait peu de monde. Cela me frappa. C'était un endroit triste et vide.

J'avais lu que le camp se situait dans les quartiers nord-est et qu'à son emplacement se trouvait désormais un lycée technique, construit dans les années soixante. Le camp se trouvait à l'époque à environ trois kilomètres de la gare, dans la direction opposée, ce qui voulait dire que les familles déportées avaient été obligées de passer par le centre-ville. Il devait y avoir des gens qui s'en souvenaient, dis-je à Bamber. Des gens qui avaient vu des groupes interminables marcher péniblement sous leurs fenêtres ou devant chez eux.

La gare était désaffectée. On l'avait rénovée et transformée en crèche. Quelle ironie! Par les fenêtres, on voyait de beaux dessins colorés et des animaux en peluche. Un groupe de petits s'amusait dans une aire de jeux à droite du bâtiment.

Une jeune femme d'une vingtaine d'années, portant un nourrisson dans ses bras, se dirigea vers nous et nous demanda si nous avions besoin d'aide. Je lui dis que j'étais journaliste et que je cherchais des informations sur l'ancien camp de détention qui se trouvait à cet emplacement dans les années quarante. Elle n'en avait jamais entendu parler. Je lui indiquai le panneau placé juste au-dessus de la porte d'entrée de la crèche.

À la mémoire des milliers d'enfants, de femmes, d'hommes Juifs, qui de mai 1941 à août 1943 passèrent par cette gare et le camp d'internement de Beaune-la-Rolande, avant d'être déportés pour le camp d'extermination d'Auschwitz où ils furent assassinés. N'oublions jamais.

Elle haussa les épaules et me sourit comme pour s'excuser. Elle ne savait pas. De toute façon, elle était trop jeune. C'était arrivé bien avant qu'elle ne vienne au monde. Je lui demandai si des gens venaient voir la plaque commémorative. Elle me répondit qu'elle n'avait vu personne depuis qu'elle avait commencé à travailler ici, l'an passé.

Bamber prit une photo tandis que je faisais le tour du bâtiment blanc et ramassé. Le nom du village était encore lisible de chaque côté de la gare. Je me penchai par-dessus la barrière.

La vieille voie ferrée était envahie de mauvaises herbes, mais toujours là, avec ses traverses de bois et son métal rouillé. Sur ces rails désormais à l'abandon, plusieurs trains étaient partis directement pour Auschwitz. Mon cœur se serra. J'avais soudain du mal à respirer.

C'était le convoi n° 15 du 5 août 1942 qui avait emporté les parents de Sarah Starzynski droit vers la mort.

Sarah dormit mal cette nuit-là. Les cris de Rachel résonnaient en elle, encore et encore. Où était-elle à présent ? Allait-elle bien ? Est-ce que quelqu'un s'occupait d'elle, l'aidait à se rétablir ? Où toutes ces familles juives avaient-elles été emmenées ? Et sa mère ? Son père ? Et tous les enfants du camp de Beaune ?

Allongée sur le dos, Sarah écoutait le silence de la vieille maison. Il y avait tant de questions sans réponse. Son père, autrefois, avait la clef de toutes ses interrogations. Pourquoi le ciel était bleu, de quoi étaient faits les nuages, comment les bébés venaient au monde, qu'est-ce qui provoquait les marées, comment les fleurs poussaient et pourquoi les gens tombaient amoureux. Il prenait toujours le temps de lui répondre, calmement, patiemment, avec des mots simples et des gestes. Il ne lui disait jamais qu'il était trop occupé. Il aimait ses questions incessantes. Il disait toujours qu'elle était une petite fille tellement intelligente.

Mais les derniers temps, son père ne répondait plus comme avant à ses questions. Sur l'étoile jaune, sur le fait qu'elle ne pouvait plus aller au cinéma ni à la piscine municipale. Sur le couvre-feu. Sur cet homme, en Allemagne, qui détestait les Juifs et dont le seul nom la faisait frémir. Non, à toutes ces questions, il n'avait pas donné de réponses satisfaisantes. Il était resté vague ou silencieux. Et quand elle lui avait demandé, pour la deuxième ou troisième fois, juste avant que les hommes ne viennent frapper à la porte ce jeudi noir, ce qu'il y avait de si détestable dans le fait d'être juif – parce qu'être « différent » ne lui semblait pas une raison suffisante –, il avait détourné le regard, faisant semblant de ne pas avoir entendu. Elle savait que ce n'était pas le cas.

Elle n'avait pas envie de penser à son père. Cela faisait trop mal. Elle n'arrivait déjà plus à se souvenir de la dernière fois qu'elle l'avait vu. Ce devait être au camp… Mais quand exactement ? Elle ne savait plus. C'était différent pour sa mère. Il y avait eu une dernière fois, nette, distincte, quand son visage s'était tourné vers elle tandis qu'elle s'éloignait avec les autres mères en pleurs sur le long chemin poussiéreux de la gare. L'image était claire dans son esprit, aussi précise qu'une photographie. Le visage pâle de sa mère, le bleu extraordinaire de ses yeux. Son sourire presque évanoui.

Il n'y avait pas eu de dernière fois avec son père. Pas de dernière image à laquelle s'accrocher, dont se souvenir. Alors, elle tentait de rappeler son visage, de le ramener à elle, ce visage fin à la peau sombre et aux yeux hagards, où les dents paraissaient si blanches. Elle avait toujours entendu dire qu'elle ressemblait à sa mère, comme Michel. Ils avaient hérité de son côté slave, cheveux blonds, pommettes hautes et regard en amande. Son père se plaignait que pas un de ses enfants ne lui ressemblât. La fillette repoussa en pensée l'image du sourire de son père. C'était trop douloureux. Si profondément douloureux.

Demain, elle irait à Paris. Il le fallait. Elle devait savoir ce qui était arrivé à son petit frère. Peut-être était-il à l'abri, comme elle à cet instant. Peut-être des gens bons et généreux avaient-ils ouvert la porte de la cachette pour le libérer. Mais qui ? Qui avait bien pu l'aider ? Elle n'avait jamais eu confiance en Mme Royer, la concierge. Regard faux et sourire hypocrite. Non, il ne pouvait s'agir de la concierge. Le professeur de violon, peut-être ? Celui qui s'était écrié ce jeudi tragique : « Pourquoi les emmenez-vous ? Ce sont de braves gens, vous ne pouvez pas faire ça ! » Oui, peut-être avait-il pu sauver Michel et Michel était-il à l'abri dans

183

la maison de cet homme qui lui jouait de vieux airs polonais sur son violon. Le rire de Michel, ses petites joues roses. Michel qui tapait des mains et dansait en tournoyant. Peut-être que Michel l'attendait, qu'il demandait chaque jour au professeur de violon si Sirka rentrerait aujourd'hui, quand elle rentrerait… «Elle a promis qu'elle reviendrait me chercher, promis-juré!»

Quand, à l'aube, le chant du coq la réveilla, son oreiller était trempé de larmes. Elle s'habilla rapidement, se glissant dans les vêtements que Geneviève avait préparés pour elle. De solides habits de garçon, bien propres et passés de mode. Elle se demanda à qui ils avaient appartenu. À ce Nicolas Dufaure qui avait péniblement écrit son nom sur tous ces livres? Elle mit la clef et l'argent dans une de ses poches.

En bas, la grande cuisine où il faisait un peu frais était encore vide. Il était tôt. Le chat dormait en boule sur une chaise. Elle grignota un bout de pain et but du lait en tripotant sans cesse l'argent et la clef, comme pour s'assurer qu'ils étaient bien là.

C'était un matin chaud et gris. Il y aurait de l'orage ce soir. De ces gros orages effrayants qui faisaient si peur à Michel. Elle se demanda comment elle irait jusqu'à la gare. Est-ce qu'Orléans était loin? Elle n'en avait pas la moindre idée. Comment allait-elle s'y prendre? Comment saurait-elle quelle route était la bonne? Elle se répétait que si elle avait pu tenir jusque-là, ce n'était sûrement pas le moment de baisser les bras. Elle trouverait, elle n'avait pas le choix. Mais elle ne pouvait pas partir avant de dire au revoir à Jules et Geneviève. Alors, elle attendit en jetant des miettes de pain aux poules et aux poussins devant la porte.

Geneviève descendit une demi-heure plus tard. Son visage était encore marqué par les événements de la veille. Jules la suivit de quelques minutes. Il déposa un baiser sur la coupe en brosse de Sarah. La fillette les regarda préparer le petit déjeuner avec des gestes lents et précis. Elle avait tant de tendresse pour eux. Plus que ça, même. Comment leur annoncer qu'elle partirait aujourd'hui? Ils en auraient le *cœur brisé, elle en était sûre. Mais elle n'avait pas le choix. Elle devait rentrer à Paris.*

Elle attendit qu'ils aient fini de prendre le petit déjeuner et tandis qu'ils débarrassaient, elle leur dit que c'était pour aujourd'hui.

« Oh, mais tu ne peux pas faire ça », s'étrangla la vieille femme en manquant de lâcher la tasse qu'elle essuyait. « Il y a des contrôles sur la route et les trains sont surveillés. Tu n'as même pas de papiers. On t'arrêtera et on te renverra au camp.

— J'ai de l'argent, dit Sarah.

— Ça n'empêchera pas les Allemands de… »

Jules interrompit sa femme d'un geste de la main. Il tenta de convaincre Sarah de rester encore un peu. Il lui parla calmement mais fermement, comme le faisait son père. Elle écouta, en hochant la tête distraitement. Elle devait leur faire comprendre. Comment leur expliquer que rentrer était une nécessité absolue ? Et comment le faire en restant aussi calme et déterminée que Jules ?

Les mots se bousculèrent de façon désordonnée. Elle en avait assez de jouer les adultes. Elle trépigna comme une enfant capricieuse.

« Si vous essayez de m'en empêcher… dit-elle d'une voix presque menaçante, si vous essayez de me retenir ici, je me sauverai. »

Elle se leva et se dirigea vers la porte. Ils n'avaient pas bougé, les yeux fixés sur elle, pétrifiés.

« Attends ! dit Jules à la dernière minute. Attends un instant.

— Non. Je ne peux plus attendre ! Je vais à la gare, dit Sarah, la main sur la poignée.

— Tu ne sais même pas où c'est, dit Jules.

— Je trouverai. Je me débrouillerai. »

Elle poussa la porte.

« Au revoir, dit-elle au vieux couple. Au revoir et merci. »

Elle se retourna et marcha vers la clôture. Finalement, cela avait été simple. Facile. Mais une fois qu'elle eut dépassé la grille, après s'être penchée pour caresser la tête du chien, elle prit soudain conscience de ce qu'elle venait de faire. Elle était toute seule à présent. Toute seule. Elle entendit le cri atroce de Rachel, les pas lourds et cadencés, le rire glaçant du lieutenant. Son courage l'abandonnait. Malgré elle, elle tourna une dernière fois la tête vers la maison.

Jules et Geneviève la regardaient partir derrière la fenêtre, figés. Quand ils se décidèrent à bouger, ce fut au même instant. Jules saisit sa casquette et Geneviève son porte-monnaie. Ils coururent au-dehors, fermèrent la porte à clef. Ils la rattrapèrent et Jules posa la main sur son épaule.

« Je vous en prie, n'essayez pas de m'arrêter », marmonna Sarah en rougissant. Elle était tout à la fois heureuse et ennuyée qu'ils l'aient suivie.

« Pas du tout ! sourit Jules. C'est tout le contraire, petite fille têtue. On vient avec toi. »

Nous avons pris le chemin du cimetière sous un soleil de plomb. Je fus saisie d'une soudaine nausée et dus m'arrêter pour respirer un bon coup. Bamber était inquiet. Je le rassurai en lui disant que c'était juste le manque de sommeil. Une fois encore, il avait l'air dubitatif, mais ne fit aucun commentaire.

Le cimetière était petit, mais il nous fallut cependant du temps pour trouver ce que nous cherchions. Nous allions abandonner quand Bamber remarqua des cailloux sur une des tombes. C'était une coutume juive. En nous approchant de la stèle blanche et plate, nous lûmes :

Les anciens déportés juifs élevèrent ce monument dix ans après leur internement pour perpétuer le souvenir de leurs martyrs, victimes de la barbarie hitlérienne. Mai 1941-mai 1951.

« La barbarie hitlérienne ! remarqua sèchement Bamber. Comme si les Français n'avaient rien eu à voir dans tout cela. »

Il y avait plusieurs noms et dates inscrits sur la tranche de la pierre funéraire. Je me penchai pour déchiffrer. D'après les dates, il s'agissait d'enfants. D'à peine deux ou trois ans. Des enfants morts dans le camp, en juillet et août 1942. Des enfants du Vél d'Hiv.

Je n'avais jamais douté de la réalité de ce que j'avais lu sur les rafles. Et pourtant, en ce beau jour de printemps, penchée sur cette pierre tombale, je fus frappée. Frappée par la réalité de tout cela.

Et je sus, au même instant que je n'aurais pas de repos, que je ne serais pas en paix tant que je n'aurais pas trouvé ce qu'il était advenu de Sarah Starzynski. Et ce que les Tézac étaient si réticents à me dévoiler.

En retournant au centre-ville, nous rencontrâmes un vieil homme qui traînait le pas et portait un panier de légumes. Il devait avoir dans les quatre-vingts ans. Son visage était rond et rougeaud, ses cheveux tout blancs. Je lui demandai s'il pouvait nous dire où se trouvait l'ancien camp. Il nous regarda d'un air soupçonneux.

«Le camp? demanda-t-il. Vous voulez savoir où se trouvait le camp?»

Nous acquiesçâmes.

«Personne ne demande jamais pour le camp», marmonna-t-il en tripotant les poireaux qui dépassaient de son panier. Il cherchait à éviter notre regard.

«Vous savez où c'est?» insistai-je.

Il se mit à tousser.

«Bien sûr que je sais. J'ai toujours vécu ici. Quand j'étais enfant, je ne savais pas ce que c'était. Personne n'en parlait. On faisait comme s'il n'existait pas. On savait que ça avait à voir avec les Juifs, mais on n'osait pas poser de questions. On avait trop peur. Alors on s'occupait de nos affaires.

– Vous vous souvenez de quelque chose de particulier à propos de ce camp? demandai-je.

– J'avais une quinzaine d'années, dit-il. Je me souviens de l'été 42, des foules de Juifs qui arrivaient de la gare et marchaient sur cette route, juste là.» Il pointa un doigt crochu vers la large chaussée où nous nous tenions. «Avenue de la Gare. Des hordes de Juifs. Un jour, on a entendu un grand bruit. Un bruit affreux. Pourtant, mes parents habitaient loin du camp. Mais on a tout de même entendu. Un grondement qui a envahi la ville. Ça a duré toute la journée. J'ai entendu mes parents parler aux voisins. Ils disaient que les mères et les enfants avaient été séparés. Pour quelle raison ? On ne savait pas. J'ai vu un groupe de femmes juives marcher jusqu'à la gare. Non, en fait, elles ne marchaient pas. Elles tenaient à peine sur leurs jambes, elles pleuraient et la police les faisait avancer de force. »

Ses yeux se perdaient sur la route. Il se souvenait. Puis il ramassa son panier en grognant.

« Un beau jour, dit-il, il n'y eut plus personne dans le camp. Je me suis dit que les Juifs étaient partis. Où ? Je ne savais pas. Puis cela a cessé de me préoccuper. Personne n'y pensa plus. Ce n'est pas quelque chose dont on parle. On ne tient pas à faire remonter les souvenirs. Certaines personnes qui habitent ici ignorent tout de cette histoire. »

Il reprit sa route. Je pris mon carnet pour noter ce que je venais d'entendre. J'avais encore des haut-le-cœur. Mais cette fois, je n'étais pas sûre que ma grossesse en soit la cause. Peut-être était-ce plutôt ce que j'avais vu dans le regard de cet homme, l'indifférence et le mépris.

Nous remontâmes en voiture la rue Roland et nous nous garâmes devant le lycée. Bamber me fit remarquer que la rue s'appelait « rue des Déportés ». J'en fus soulagée. J'aurais mal supporté une « rue de la République ».

Le lycée technique était un triste bâtiment moderne, que surplombait un vieux château d'eau. Difficile d'imaginer que le camp se trouvait là, sous cette masse de ciment et ces parkings. Des élèves fumaient devant l'entrée. C'était la pause déjeuner. Dans un carré de pelouse mal entretenu qui se trouvait devant le lycée, nous vîmes d'étranges sculptures incurvées où étaient gravés des dessins. Sur l'une de ces sculptures était inscrit : «Ils doivent agir les uns avec les autres dans un esprit de fraternité.» C'était tout. Bamber et moi échangeâmes un regard perplexe.

Je demandai à un des élèves si les sculptures avaient quelque chose à voir avec le camp. «Quel camp?» me demanda-t-il. Sa camarade gloussa comme une idiote. Je lui expliquai de quoi il s'agissait. Cela le refroidit quelque peu. La fille intervint alors pour me dire qu'il y avait une sorte de plaque, un peu plus bas sur la route qui ramenait au village. Nous l'avions ratée en montant jusqu'ici. Je demandai à la jeune fille s'il s'agissait d'une plaque commémorative. Elle le croyait, mais n'en était pas sûre.

Le monument était en marbre noir, avec une inscription usée en lettres d'or. Il avait été érigé en 1965 par le maire de Beaune-la-Rolande. Une étoile de David dorée se détachait en son sommet. Il y avait des noms. Une liste interminable de noms. Les deux patronymes qui m'étaient devenus si douloureusement familiers étaient là : «Starzynski, Wladyslaw. Starzynski, Rywka.»

À la base du monument se trouvait une petite urne carrée. «Ici sont déposées les cendres de nos martyrs d'Auschwitz-Birkenau.» Un peu plus haut, sous la liste des noms, je lus une autre inscription : «À la mémoire des 3 500 enfants juifs arrachés à leurs parents, internés à Beaune-la-Rolande et Pithiviers, déportés et exterminés à Auschwitz». Bamber lut alors à voix haute avec son accent britannique distingué : «Victimes des nazis, inhumées au cimetière de Beaune-la-Rolande.» Suivait la même liste de noms sur la tombe du cimetière. Celle des enfants du Vél d'Hiv morts dans le camp.

«*Victimes des nazis*, encore une fois», marmonna Bamber. «On dirait qu'on a affaire, ici, à un cas pathologique d'amnésie.»

Nous restâmes tous les deux devant le monument, silencieux. Bamber avait pris quelques photos, mais à présent, il avait rangé son matériel. Le marbre noir ne mentionnait pas que la police française avait été seule responsable de la tenue du camp, et de tout ce qui s'était passé derrière les barbelés.

Je me retournai en direction du village. À ma gauche, le sombre et sinistre clocher de l'église.

Sarah Starzynski avait marché à grand-peine sur cette même route. Elle était passée là où je me tenais, puis avait tourné à gauche et pénétré dans le camp. Quelques jours plus tard, ses parents étaient ressortis, avaient été conduits vers la gare, vers la mort. Les enfants s'étaient retrouvés seuls pendant des semaines avant d'être envoyés à Drancy. Puis vers une mort solitaire, après le long voyage jusqu'en Pologne.

Qu'était-il arrivé à Sarah ? Était-elle morte ici ? Son nom ne figurait ni sur la pierre tombale ni sur le mémorial. S'était-elle évadée ? Je regardai au-delà du château d'eau qui s'élevait au nord, à la limite du village. Était-elle en vie ?

Mon portable sonna, nous faisant sursauter tous les deux. C'était ma sœur, Charla.

« Ça va ? » me demanda-t-elle d'une voix étonnamment audible, comme si elle se tenait à mes côtés et non à des milliers de kilomètres au-delà de l'Atlantique. « Le message que tu m'as laissé ce matin était bien triste. »

Mes pensées quittèrent Sarah Starzynski et se concentrèrent sur le bébé que je portais. Sur les paroles que Bertrand avait prononcées hier soir : « la fin de notre couple ».

Une fois de plus, je sentis un poids écrasant sur mes épaules.

*L*a gare d'Orléans était agitée et bruyante. Une vraie fourmilière, grouillante d'uniformes gris. Sarah se rapprocha du vieux couple. Elle ne voulait pas montrer qu'elle avait peur. Si elle avait pu s'en tirer jusque-là, cela devait vouloir dire qu'il y avait encore de l'espoir. De l'espoir à Paris. Il fallait qu'elle soit courageuse, et forte.

«Si on te demande quelque chose», murmura Jules, tandis qu'ils faisaient la queue pour les billets, «tu es notre petite-fille et tu t'appelles Stéphanie Dufaure. Tes cheveux sont tondus parce que tu as attrapé des poux à l'école.»

Geneviève rajusta le col de la fillette.

«Et voilà, dit-elle en souriant. Tu es propre et nette. Et jolie comme un cœur! Comme notre petite-fille.»

«Vous avez une petite-fille en vrai? demanda Sarah. Est-ce que ce sont ses vêtements?»

Geneviève rit.

«Nous n'avons que des petits-fils turbulents, Gaspard et Nicolas. Et un fils, Alain. Il a la quarantaine. Il vit à Orléans avec sa femme Henriette. Tu portes les vêtements de Nicolas. Il est un peu plus âgé que toi. Et plutôt joli garçon!»

Sarah admirait la façon dont le vieux couple faisait semblant de rien. Ils souriaient, agissaient comme si c'était un matin comme les autres, un voyage à Paris anodin. Cependant, elle remarqua le mouvement furtif de leurs yeux qui restaient sur le qui-vive. Sa nervosité augmenta quand elle vit que les soldats contrôlaient tous les passagers montant dans les trains. Elle tendit le cou pour mieux voir. Allemands ? Non, français. Des soldats français. Elle n'avait pas de papiers sur elle. Rien que la clef et l'argent. Elle tendit discrètement et silencieusement la liasse de billets à Jules. Il eut l'air surpris. Elle fit un signe du menton en direction des soldats qui barraient l'accès aux trains.

« Que veux-tu que j'en fasse, Sarah ? murmura-t-il, intrigué.

– Ils vont vous demander mes papiers. Je n'en ai pas. Cela aidera peut-être. »

Jules observa la rangée d'hommes devant le train. Il se troubla de plus en plus. Geneviève lui donna un petit coup de coude.

« Jules ! Ça va marcher. On doit tenter le coup. Il n'y a pas d'autre choix. »

Le vieil homme se ressaisit. Il fit un signe de la tête à sa femme. Il sembla retrouver son calme. Ils achetèrent leurs billets et se dirigèrent vers le train.

Le quai était bondé. Ils étaient coincés entre des passagers venant de tous côtés, des femmes avec des bébés geignards, des vieillards aux visages sévères, des hommes d'affaires impatients et en costume. Sarah savait ce qu'elle devait faire. Elle se souvenait du petit garçon qui s'était échappé du vélodrome en profitant de la confusion. Elle avait retenu la leçon. Profiter du brouhaha, du désordre, des soldats qui criaient, de l'agitation de la foule.

Elle lâcha la main de Jules et s'accroupit. Elle avança ainsi, avec la sensation d'être sous l'eau, dans la masse compacte des jupes et des pantalons, des chaussures et des chevilles. Elle progressa péniblement, jouant des coudes, puis elle vit apparaître le train, juste devant elle.

Tandis qu'elle montait, une main l'attrapa par l'épaule. Elle prit immédiatement l'expression qui convenait, forçant sa bouche à un *sourire insouciant. Le sourire d'une petite fille normale. D'une petite fille normale prenant le train pour Paris. Aussi normale que la petite fille dans sa robe lilas, celle qu'elle avait vue sur le quai d'en face quand on les avait emmenés au camp ce jour-là, qui lui paraissait déjà si lointain.*

« Je suis avec ma grand-mère », dit-elle, tout sourire, en indiquant l'intérieur de la voiture. Le soldat hocha la tête et la laissa passer. Le souffle court, elle se faufila dans le couloir en cherchant Jules et Geneviève derrière les vitres des compartiments. Son cœur battait la chamade. Enfin, elle les aperçut. Ils la regardèrent, interdits. Elle leur fit un coucou triomphal. Elle se sentait si fière. Elle avait réussi à monter dans le train toute seule et les soldats ne l'avaient même pas arrêtée.

Son beau sourire s'évanouit quand elle se rendit compte du nombre de soldats allemands qui montaient aussi. Leurs voix sonores et brutales résonnaient dans le couloir encombré. Les gens détournaient le visage, regardaient leurs pieds, se faisaient aussi petits que possible.

Sarah se tenait dans un coin du compartiment, à moitié cachée par Jules et Geneviève. On ne pouvait voir que son visage qui dépassait entre les épaules du vieux couple. Elle regarda s'approcher les Allemands. Ses yeux se fixaient sur eux avec fascination. Elle ne pouvait détacher son regard. Jules lui murmura de tourner la tête. Mais c'était plus fort qu'elle, elle ne le pouvait pas.

Un homme la repoussait particulièrement. Il était grand, mince, avec un visage pâle et anguleux. Ses yeux étaient d'un bleu tellement clair qu'ils avaient l'air transparents sous les lourdes paupières roses. Tandis que le groupe d'officiers les dépassait, cet homme étendit un bras gris interminable et tira l'oreille de Sarah. Elle frémit.

« Eh bien, mon garçon, lâcha l'officier, il ne faut pas avoir peur de moi. Un jour, toi aussi, tu deviendras soldat, n'est-ce pas ? »

Jules et Geneviève arboraient un sourire de statue et ne bougeaient pas d'un cil. Ils tenaient Sarah comme si de rien n'était, mais elle sentait bien que leurs mains tremblaient.

194

« Un beau petit garçon que vous avez là », sourit l'officier en passant sa main immense sur les cheveux en brosse de Sarah. « Des yeux bleus, des cheveux blonds, comme chez nous, non ? »

Il cligna des yeux d'un air complice, puis s'en retourna avec son groupe. Il a cru que j'étais un garçon, pensa Sarah. Il n'a pas vu que j'étais juive. Est-ce qu'être juif se voyait au premier coup d'œil ? Elle n'en était pas sûre. Elle avait posé la question à Armelle un jour. Elle lui avait dit qu'elle n'avait pas l'air juive à cause de ses yeux bleus et de ses cheveux blonds. Elle pensa que cela venait de lui sauver la vie. Elle passa presque tout le voyage lovée dans la chaleur et la douceur du vieux couple. Personne ne leur adressa la parole. On ne leur posa aucune question. Elle regardait par la fenêtre en pensant que minute après minute, Paris se rapprochait, qu'à chaque instant passé, elle était un peu plus proche de Michel. Les nuages gris s'amoncelaient et les premières gouttes de pluie vinrent frapper le carreau avant d'être chassées par le vent.

Le train était arrivé à son terminus, gare d'Austerlitz, d'où elle avait quitté Paris avec ses parents par une chaude journée poussiéreuse. La fillette suivit le vieux couple vers le métro.

Jules vacilla. Devant eux se tenaient des policiers en uniforme bleu marine. Ils arrêtaient les voyageurs et vérifiaient leurs papiers. Geneviève ne dit rien et les poussa doucement vers l'avant. Elle s'avança d'un pas ferme, son menton rond bien relevé. Jules suivait le pas, agrippé à la main de Sarah.

Pendant qu'ils faisaient la queue, Sarah dévisageait le policier. C'était un homme d'une quarantaine d'années. Il portait une grosse alliance en or. Il avait l'air indifférent, cependant elle remarqua que ses yeux se posaient alternativement sur les papiers qu'il tenait dans les mains et sur les personnes qu'il avait devant lui. Il faisait son travail, consciencieusement.

Sarah resta dans le vague. Elle ne voulait surtout pas penser à ce qui risquait de se passer. Elle ne se sentait pas assez de force pour l'imaginer. Elle laissa errer ses pensées. Pensa au chat qu'ils avaient eu, ce chat qui la faisait éternuer. C'était quoi déjà, son nom? Elle ne s'en souvenait plus. Un nom un peu idiot, Bonbon ou Réglisse. La famille avait dû s'en séparer parce qu'à cause de lui, la fillette avait le nez qui coulait et les yeux tout rouges et gonflés. Elle avait été triste ce jour-là. Michel aussi. Il avait pleuré la journée entière. Il avait dit que c'était sa faute à elle.

L'homme tendit la main, d'un geste blasé. Jules lui donna les papiers d'identité qu'il avait rangés dans une enveloppe. L'homme baissa les yeux, fit tourner les pages en regardant le visage de Jules, puis de Geneviève. Puis il dit :

« Et l'enfant ? »

Jules pointa l'enveloppe en disant :

« Ceux de l'enfant sont là, monsieur. Avec les nôtres. »

L'homme ouvrit l'enveloppe plus largement d'un coup de pouce adroit. Un grand billet de banque plié en trois apparut tout au fond. L'homme ne cilla pas.

Il baissa encore une fois les yeux sur le billet, puis vers Sarah. Elle le fixa d'un regard qui n'était ni effrayé ni suppliant. Elle le regarda simplement.

Le moment s'étirait, interminable, semblable à cette minute qui n'en finissait pas, au camp, quand le policier l'avait finalement laissée s'enfuir.

L'homme hocha sèchement la tête. Il tendit les papiers à Jules et empocha l'enveloppe prestement. Puis il s'écarta pour les laisser passer.

« Merci, monsieur », termina-t-il avant de passer à la personne suivante.

L a voix de Charla résonnait dans mon oreille.

«Julia, tu es sérieuse? Il n'a pas pu dire ça. Il ne peut pas te mettre dans une telle situation. Il n'a pas le droit.»

Elle avait sa voix d'avocate. L'avocate de Manhattan dure et arrogante, qui n'a peur de rien ni de personne.

«C'est pourtant ce qu'il a dit, répondis-je mollement. Il a ajouté que ce serait fini entre nous. Qu'il me quitterait si je gardais le bébé. Il dit qu'il se sent vieux, qu'il ne se sent pas la force d'avoir un autre enfant, qu'il ne veut pas être un vieux père.»

Charla ne répondit pas tout de suite.

«Est-ce que ça a à voir, d'une façon ou d'une autre, avec cette femme avec qui il a eu une aventure? finit-elle par demander. Comment s'appelait-elle déjà?

– Non. Bertrand n'en a pas parlé.

– Ne le laisse pas décider à ta place, Julia. C'est aussi ton enfant. N'oublie jamais ça, ma chérie.»

Toute la journée, les paroles de ma sœur envahirent mes pensées. «C'est aussi ton enfant.» J'avais vu mon médecin. Elle n'avait pas semblé surprise par la décision de Bertrand, suggérant qu'il s'agissait d'une crise assez classique de la cinquantaine, que la responsabilité d'un autre enfant était trop difficile pour lui. Elle ajouta qu'il était sans doute fragilisé et que cela arrivait souvent chez les hommes qui approchaient de cet âge.

Est-ce que Bertrand traversait vraiment ce genre de crise? Si c'était le cas, je n'avais rien vu venir. Comment était-ce possible? Ce que je pensais, c'était qu'il se montrait tout simplement égoïste, qu'il ne pensait qu'à lui, comme d'habitude. D'ailleurs, je le lui avais dit pendant notre discussion. Je lui avais dit tout ce qui me pesait. Comment pouvait-il me pousser à avorter après toutes les fausses couches que j'avais endurées, après la douleur, les rêves détruits, le désespoir? Je lui avais même demandé s'il m'aimait, s'il m'aimait vraiment. Il m'avait regardée en secouant la tête. Bien sûr qu'il m'aimait. Comment pouvais-je être stupide au point de poser la question? Il m'aimait, je ne devais pas en douter. Sa voix brisée me revenait, cette façon qu'il avait eue de m'avouer qu'il avait peur de vieillir. Crise de la cinquantaine… Le médecin avait peut-être raison, après tout. Et si je n'avais rien remarqué, c'est que j'étais moi-même trop préoccupée depuis des mois. J'étais perdue. Incapable de savoir que faire devant les angoisses de Bertrand.

Le médecin m'avait également mise en garde : il me restait peu de temps pour me décider. J'étais déjà enceinte de six semaines. Si je voulais avorter, ce serait avant quinze jours. Il faudrait faire des tests et trouver une clinique. Elle suggéra que nous en parlions, Bertrand et moi, avec un conseiller conjugal. C'était bien d'en discuter, de tout mettre à plat. «Si vous subissez un avortement contre votre volonté, insista mon médecin, vous ne le pardonnerez jamais à votre mari. Mais si vous n'avortez pas, il vous a prévenue que ce serait une situation intolérable pour lui. Alors, il faut vraiment que vous en reparliez tous les deux, et vite.»

Elle avait raison. Mais j'avais du mal à précipiter les choses. Chaque minute gagnée, c'était soixante secondes de plus pour cet enfant. Un enfant que j'aimais déjà. Il n'était pas plus gros qu'un petit pois, mais je le chérissais autant que je chérissais Zoë.

Je décidai d'aller chez Isabelle. Elle vivait dans un petit duplex très gai, rue de Tolbiac. Je ne me sentais pas de rentrer directement du bureau à la maison, où il me resterait à attendre le retour de mon mari. J'en étais incapable. J'appelai Elsa, la baby-sitter et lui demandai de prendre le relais. Isabelle me fit des toasts au crottin de Chavignol, accompagnés d'une délicieuse salade. Son mari était absent pour cause de voyage d'affaires. «OK, cocotte», dit-elle, en prenant soin de ne pas m'envoyer la fumée de sa cigarette au visage, «essaie d'imaginer la vie sans Bertrand. Tu visualises? Le divorce, les avocats, l'accouchement, ce que ça va être pour Zoë, à quoi vont ressembler vos vies, les deux maisons, les existences séparées, Zoë passant de l'une à l'autre, plus de véritable famille, plus de petits déjeuners, plus de Noël, de vacances ensemble... Tu te sens prête à ça? Tu peux imaginer ta vie comme ça?»

Je la regardais fixement. Non, cela semblait impensable, impossible. Pourtant, ça arrivait tous les jours. Zoë était pratiquement la seule de sa classe dont les parents étaient encore mariés après quinze ans. Je dis à Isabelle que je ne me sentais pas la force d'en parler davantage. Elle m'offrit de la mousse au chocolat, puis nous nous installâmes devant le DVD des *Demoiselles de Rochefort*. En rentrant chez moi, je trouvai Bertrand sous la douche et Zoë dans les bras de Morphée. Je me glissai dans mon lit tandis que Bertrand se posait dans le salon, devant la télé. Quand il vint se coucher, je dormais profondément.

Aujourd'hui, c'était le jour de la visite à Mamé. Pour la première fois, j'avais failli appeler pour annuler. J'étais épuisée. Je ne désirais qu'une chose, rester au lit et dormir toute la matinée. Mais je savais qu'elle m'attendrait, dans sa plus jolie robe, la lavande et rose, qu'elle aurait pris la peine de mettre du rouge à lèvres et de se parfumer au *Shalimar*. Je ne pouvais pas lui faire faux bond. J'arrivai à la maison de retraite peu avant midi et remarquai que la Mercedes grise de mon beau-père était garée dans la cour. Ce n'était pas normal.

Il était venu pour me voir. D'habitude, il ne rendait jamais visite à sa mère le même jour que moi. Nous nous étions réparti le calendrier. Laure et Cécile venaient le week-end, Colette le lundi après-midi, Édouard le jeudi et le vendredi et moi, le mercredi avec Zoë et le jeudi midi. Nous nous en tenions scrupuleusement à cette répartition.

Il était là, assis bien droit, en train d'écouter sa mère. Elle venait de finir de déjeuner. On servait toujours les vieux ridiculement tôt. Je me sentis soudain angoissée comme une écolière qui a fait une bêtise. Que me voulait-il? Pourquoi ne m'appelait-il pas s'il tenait à me voir? Pourquoi maintenant?

Dissimulant ma colère et mon inquiétude derrière un sourire chaleureux, je l'embrassai sur les deux joues et vins m'asseoir près de Mamé en lui prenant la main, comme je le faisais toujours. J'avais le secret espoir qu'il s'en irait, mais non, il resta là à nous regarder avec une expression avenante. C'était très inconfortable. Comme si on envahissait mon intimité, comme si on espionnait et jugeait chaque mot que je disais à Mamé.

Après une demi-heure, il se leva en regardant sa montre, puis me lança un sourire étrange.

«Je dois vous parler, Julia, s'il vous plaît», murmura-t-il pour que Mamé ne puisse pas entendre. Il avait l'air crispé tout à coup, il remuait les pieds et son regard était impatient. J'embrassai Mamé et suivis mon beau-père jusqu'à sa voiture. Il me fit signe de monter. Il s'assit au volant, tripota les clefs mais ne mit pas le contact. J'étais surprise des mouvements nerveux de ses doigts. Le silence pesait lourd. Je m'en échappai en jetant un coup d'œil dehors, en fixant les pavés de la cour puis en suivant le ballet des infirmières qui poussaient les chaises roulantes de vieillards impotents.

Il se décida à parler.

« Comment allez-vous ? me demanda-t-il avec un sourire toujours forcé.

— Très bien. Et vous ?

— Je vais bien. Colette aussi. »

Le silence revint.

« J'ai parlé à Zoë hier. Vous étiez sortie », dit-il sans me regarder.

Je ne voyais que son profil, son nez impérial, son menton aristocratique.

« Et alors ? dis-je prudemment.

— Elle m'a dit que vous faisiez des recherches… »

Il s'arrêta. Les clefs faisaient un bruit métallique entre ses doigts.

« Des recherches sur l'appartement, dit-il en se tournant finalement vers moi.

— Oui, je connais maintenant le nom de la famille qui y vivait avant vous. Zoë vous l'a probablement dit. »

Il soupira, le menton sur la poitrine, sa peau se plissant sur son col.

« Julia, je vous avais prévenue, vous vous souvenez ? »

Mon sang se mit à battre plus fort.

« Vous m'avez demandé de ne plus poser de questions à Mamé, dis-je d'une voix blanche. C'est ce que j'ai fait.

— Alors pourquoi avez-vous continué de farfouiller dans le passé ? »

Il était livide et peinait à respirer.

Tout était clair à présent. Je savais enfin pourquoi il avait souhaité me parler aujourd'hui.

« J'ai trouvé qui habitait cet appartement, continuai-je en m'emportant, c'est tout. J'avais besoin de savoir qui étaient ces gens. Je ne sais rien d'autre. Je ne sais pas ce que votre famille a à voir là-dedans…

– Rien! m'interrompit-il en criant presque. Nous ne sommes pour rien dans leur arrestation.»

Je le fixai en silence. Il tremblait, mais je ne savais dire si c'était de colère ou autre chose.

«Nous ne sommes pour rien dans leur arrestation, répéta-t-il avec insistance. Ils ont été emmenés pendant la rafle du Vél d'Hiv. Nous ne les avons pas dénoncés, nous n'avons rien fait de ce genre. Vous comprenez?»

J'étais choquée.

«Édouard, je n'ai jamais imaginé une chose pareille. Jamais!»

Il tentait de retrouver son calme en passant une main nerveuse sur son front.

«Vous avez posé beaucoup de questions, Julia. Vous vous êtes montrée très curieuse. Laissez-moi vous dire comment tout s'est passé. Écoutez-moi bien. Il y avait cette concierge, Mme Royer. Elle connaissait la nôtre, celle de la rue de Turenne, pas très loin de la rue de Saintonge. Mme Royer aimait beaucoup Mamé. Mamé était gentille avec elle. C'est elle qui a prévenu mes parents que l'appartement était libre. Le loyer était bon marché et c'était plus grand que là où nous habitions rue de Turenne. Voilà comment ça s'est passé. C'est de cette façon que nous avons déménagé. Voilà tout!»

Je le fixais toujours. Il continuait à trembler. Je ne l'avais jamais vu si égaré, si perdu. Je posai timidement la main sur sa manche.

«Êtes-vous sûr que ça va, Édouard?»

Je sentais son corps frémir sous mes doigts. Il était peut-être malade.

«Oui, ça va», répondit-il. Mais sa voix se brisait. Je ne comprenais pas pourquoi il était si agité et si blême.

«Mamé ne sait pas, poursuivit-il en baissant la voix. Personne ne sait. Vous comprenez? Elle ne doit pas savoir. Elle ne doit jamais savoir.»

J'étais très intriguée.

« Savoir quoi ? demandai-je. De quoi parlez-vous Édouard ? »

« Julia, dit-il en plongeant son regard dans le mien, vous savez quelle était cette famille, vous avez vu leur nom.

— Je ne comprends pas, murmurai-je.

— Vous avez vu leur nom, oui ou non ? aboya-t-il, ce qui me fit sursauter. Vous savez ce qui est arrivé, c'est ça ? »

Je devais avoir l'air totalement abasourdie car il soupira en se cachant le visage dans les mains.

Je restais assise sans rien dire. De quoi diable voulait-il parler ? Qu'est-ce qui était arrivé et à qui ?

« La petite fille… » dit-il enfin en relevant la tête. Il parlait si bas que j'entendais à peine. « Que savez-vous sur la petite fille ?

— C'est-à-dire ? » demandai-je, pétrifiée.

Quelque chose dans ses yeux et dans sa voix me glaçait d'effroi.

« La petite fille, répéta-t-il, d'une voix étrange et étouffée, elle est revenue. Quelques semaines après notre emménagement. Elle est revenue rue de Saintonge. J'avais douze ans. Je n'oublierai jamais. Je n'oublierai jamais Sarah Starzynski. »

Je le regardai se décomposer, avec horreur. Des larmes se mirent à couler sur ses joues. J'étais incapable de parler. Je ne pouvais qu'attendre et l'écouter. Le beau-père arrogant avait disparu.

J'avais quelqu'un d'autre devant moi. Quelqu'un qui portait un secret depuis bien des années. Depuis soixante ans.

*L*e trajet en métro jusqu'à la rue de Saintonge avait été bref. Seulement quelques stations et un changement à Bastille. Quand ils prirent la rue de Bretagne, Sarah sentit son cœur battre plus fort. Elle rentrait chez elle. Dans quelques minutes, elle serait dans sa maison. Peut-être, pendant son absence, son père ou sa mère étaient-ils rentrés et peut-être la famille au complet attendait-elle son retour dans l'appartement. Michel, Papa, Maman. Était-ce une pensée folle ? Délirait-elle ? N'avait-elle pas le droit d'espérer ? N'était-ce pas permis ? Elle n'avait que dix ans et elle voulait espérer, y croire, plus que tout, plus qu'à la vie elle-même.

Elle tirait sur la main de Jules. Elle voulait marcher plus vite. Elle sentait l'espoir grandir à chaque pas, comme une plante folle impossible à maîtriser. En elle, une petite voix grave lui disait : « Sarah, n'espère pas, n'y crois pas, prépare-toi, imagine que personne ne t'attende, imagine que Papa et Maman ne soient pas là, que l'appartement soit tout poussiéreux et sale, et que Michel… Michel… »

Le numéro 26 apparut devant eux. Rien n'avait changé dans la rue. C'était la même petite rue calme et étroite qu'elle avait toujours connue. Comment se pouvait-il que des existences changent si radicalement, soient détruites et que les rues et les immeubles restent les mêmes ?

Jules poussa la lourde porte. La cour n'avait pas changé non plus, toujours verte, avec ce parfum de renfermé, de poussière, d'humidité.

Comme ils traversaient la cour, Mme Royer ouvrit la porte de sa loge et sortit la tête. Sarah lâcha la main de Jules et partit en courant dans l'escalier. Faire vite, elle devait faire vite. Elle était rentrée chez elle, il n'y avait pas une minute à perdre.

Elle entendit la concierge demander d'un air inquisiteur : « Vous cherchez quelqu'un ? » Elle était déjà au premier étage et à bout de souffle. Elle continua à monter au son de la voix de Jules : « Nous cherchons la famille Starzynski. » Sarah entendit le rire de Mme Royer, dérangeant, qui l'écorchait presque : « Partis, monsieur ! Envolés ! Vous n'les trouverez pas ici, ça c'est sûr. »

Sarah fit une pause au deuxième étage et jeta un coup d'œil dans la cour. Elle vit Mme Royer avec son tablier bleu pas très net, la petite Suzanne jetée sur l'épaule. Partis… Envolés… Que voulait-elle dire ? Partis où ? Quand ?

Il n'y avait pas de temps à perdre, pas de temps pour ce genre de pensées, songea-t-elle. Il restait deux étages à monter. La voix de la concierge la poursuivait dans l'escalier : « Les flics sont venus les arrêter, monsieur. Ils ont pris tous les Juifs du quartier. Les ont emmenés dans un grand bus. C'est plein de logements vides, maintenant, monsieur. Vous cherchez un endroit à louer ? L'appartement des Starzynski a trouvé preneur, mais je pourrais peut-être vous aider… Il y en a un très beau au deuxième. Si vous êtes intéressés, je peux vous le faire visiter ! »

Haletante, la fillette parvint au quatrième étage. Elle n'arrivait pas à reprendre son souffle. Elle s'adossa contre le mur et appuya sur ses côtes. Elle avait un point de côté.

Elle frappa à la porte de l'appartement de ses parents, donna des petits coups secs et rapides de la paume de la main. Pas de réponse. Elle recommença, plus fort, en frappant avec les poings.

Elle entendit alors des pas derrière la porte. On ouvrit.

Un jeune garçon de douze ou treize ans apparut.

« Oui ? »

Qui était-ce? Que faisait-il dans sa maison?

« Je viens chercher mon frère, bégaya-t-elle. Qui êtes-vous? Où est Michel?

— Votre frère? dit lentement le garçon. Il n'y a pas de Michel ici. »

Elle le poussa brutalement pour entrer, en remarquant à peine les tableaux inconnus qui ornaient les murs de l'entrée, la nouvelle étagère, l'étrange tapis vert et rouge. Le garçon, sous le choc, se mit à crier, mais elle ne s'arrêta pas. Elle courut dans le long couloir familier, puis tourna à gauche, dans sa chambre. Elle ne remarqua pas le nouveau papier peint, le nouveau lit, les livres, toutes ces choses qui ne lui appartenaient pas.

Le garçon appela son père et des pas s'affolèrent dans la pièce d'à côté.

Sarah sortit rapidement la clef de sa poche et, d'une pression de la main, révéla la serrure dissimulée.

Elle entendit sonner, des voix basses et inquiètes se rapprochaient. La voix de Jules, de Geneviève et d'un inconnu.

Faire vite, elle devait faire vite à présent. Elle murmurait le nom de son frère sans arrêt. Michel, Michel, Michel, c'est moi, Sirka… Ses doigts tremblaient tellement qu'elle lâcha la clef.

Le garçon arriva en courant. Il était essoufflé.

« Que faites-vous? Que faites-vous dans ma chambre? »

Elle l'ignora, ramassa la clef, l'introduisit dans la serrure. Elle était trop nerveuse, trop impatiente. Cela prit du temps. La serrure finit par céder. Et la porte du placard secret s'ouvrit.

Une odeur de pourriture la frappa comme un coup de poing. Elle s'écarta. Le garçon recula, effrayé. Sarah tomba à genoux.

Un grand homme aux cheveux poivre et sel surgit dans la pièce, suivi de Jules et Geneviève.

Sarah était incapable de dire un mot. Elle ne faisait que trembler, les mains plaquées sur les yeux et le nez pour couvrir l'odeur.

Jules s'approcha. Il mit la main sur son épaule et jeta un coup d'œil dans le placard. Puis il la prit dans ses bras et essaya de l'éloigner.

Il lui murmura à l'oreille :

« Viens, Sarah, viens avec moi… »

Elle se débattit de toutes ses forces, bec et ongles, griffant, donnant des coups de pied, et réussit à revenir devant la porte ouverte.

Au fond de la cachette, elle aperçut un petit corps immobile et recroquevillé, puis le visage chéri, bleui, méconnaissable.

Elle s'effondra en criant. Elle appela dans un hurlement de désespoir, sa mère, son père. Michel.

*É*douard Tézac serra si fort le volant que ses articulations devinrent blanches. Je fixais ses mains comme hypnotisée.

« Je l'entends encore hurler, murmura-t-il. Je ne pourrai jamais oublier. Jamais. »

Ce que je venais d'apprendre m'avait mise KO. Sarah Starzynski s'était échappée de Beaune-la-Rolande. Elle était revenue rue de Saintonge. Là, elle avait fait une terrible découverte.

J'étais incapable de dire le moindre mot. Je me contentais de regarder mon beau-père, qui se remit à parler de la même voix ténue et brisée.

« Il y eut un moment atroce, quand mon père s'est penché pour regarder dans le placard. J'ai essayé de voir moi aussi, mais il m'a repoussé. Je ne comprenais pas ce qui se passait. Il y avait cette odeur... Une odeur de pourriture. Puis mon père a lentement sorti le corps d'un petit garçon. Il ne devait pas avoir plus de trois ou quatre ans. Je n'avais jamais vu de cadavre de ma vie. Ce fut une vision déchirante. Le petit garçon avait des cheveux blonds et bouclés. Son corps était raide, recroquevillé. Son visage reposait sur ses mains. Il était d'une horrible couleur verdâtre. »

Les mots s'étranglaient dans sa gorge et il dut s'interrompre. Je crus qu'il allait vomir. Je posai ma main sur son bras, espérant lui transmettre ma compassion, ma chaleur. La situation était surréaliste. C'était moi qui consolais mon beau-père, cet homme fier et hautain, maintenant baigné de larmes et qui n'était plus qu'un vieil homme bouleversé et tremblant. Il s'essuya maladroitement les yeux et continua.

« Nous étions tous horrifiés. La fillette s'évanouit. Elle s'écroula littéralement sur le sol. Mon père la prit dans ses bras et la mit sur le lit. Elle revint à elle et en le voyant, eut un mouvement de recul et hurla. Je commençais à comprendre, en écoutant ce que disaient mon père et le couple qui accompagnait la fillette. L'enfant mort était son petit frère. Notre nouvel appartement avait été sa maison. Le garçonnet avait été caché dans le placard le 16 juillet, jour de la rafle du Vél d'Hiv. La fillette avait pensé qu'elle reviendrait vite le délivrer, mais elle avait été emmenée dans un camp, en dehors de Paris. »

Il fit de nouveau une pause, qui me parut interminable.

« Et alors ? Que s'est-il passé ? dis-je en retrouvant enfin la parole.

— Le couple habitait Orléans. La fillette s'était échappée d'un camp non loin de là et avait échoué chez eux. Ils avaient décidé de l'aider, de la ramener chez elle, à Paris. Mon père leur a expliqué que nous avions emménagé à la fin du mois de juillet. Il ignorait tout du placard dissimulé dans le mur de ma chambre. Personne ne savait. J'avais bien remarqué une odeur désagréable, mais mon père pensait que c'était un problème de tuyauterie et nous attendions la visite du plombier cette même semaine.

— Qu'a fait votre père du… du petit garçon ?

— Je ne sais pas. Je me rappelle qu'il voulait tout prendre en charge. Il était terriblement choqué et malheureux. Je pense que le couple a emporté le corps. Je ne suis pas sûr. Je ne me souviens plus.

— Et ensuite ? demandai-je dans un souffle.

— Et ensuite ? Et ensuite…! » Il eut un rire amer. « Julia, est-ce que vous pouvez imaginer dans quel état nous étions quand la petite fille est partie? Elle nous a regardés d'une telle façon! Elle nous détestait. Elle nous maudissait. Pour elle, nous étions responsables de la mort de son frère. Nous étions des criminels. Des criminels de la pire espèce. Nous avions emménagé dans sa maison. Nous avions laissé mourir son frère. Ses yeux… Tant de haine, tant de souffrance, tant de désespoir dans ses yeux! Le regard d'une femme dans le visage d'une petite fille de dix ans.»

Je les voyais aussi, ces yeux. J'eus un frisson.

Édouard soupira et frotta son visage ravagé et fatigué de la paume de ses mains.

«Après leur départ, mon père s'est assis, la tête basse. Il a pleuré. Longtemps. Je ne l'avais jamais vu pleurer. Ce fut la première et la dernière fois. Mon père était un type fort et costaud. On me disait toujours qu'un Tézac ne pleure jamais, ne montre jamais ses émotions. C'était une vision terrible. Il a dit que quelque chose de monstrueux était arrivé. Quelque chose dont lui et moi nous rappellerions toute notre vie. Puis il se mit à m'expliquer certaines choses dont il ne m'avait jamais parlé. Il disait que j'étais assez grand pour comprendre. Il n'avait pas demandé à Mme Royer qui habitait dans l'appartement avant, parce qu'il le savait. Il savait que c'était une famille juive qui avait été arrêtée pendant la rafle. Mais il avait fermé les yeux, comme beaucoup de Parisiens, pendant la terrible année 1942. Il avait fermé les yeux le jour de la rafle, quand il avait vu tous ces gens qu'on entassait dans des bus pour les conduire Dieu sait où. Il n'avait pas cherché à savoir pourquoi l'appartement était vide et où étaient passées les affaires des locataires précédents. Il avait agi comme bon nombre d'autres familles parisiennes, impatientes de trouver un logement plus grand et de meilleure qualité. Oui, il avait fermé les yeux. Et il s'est passé ce qui s'est passé. La fillette est revenue et le petit garçon était mort. Il devait déjà être mort quand nous sommes arrivés dans l'appartement. Mon père a dit que nous ne pourrions jamais oublier. Jamais. Et il avait raison, Julia. C'est là, en nous. En moi. Depuis soixante ans.»

Il s'arrêta et laissa tomber son menton sur sa poitrine. J'essayais d'imaginer ce que ça devait avoir été pour lui de porter un tel secret si longtemps.

«Et Mamé?» demandai-je, déterminée à tout savoir de cette histoire.

Il eut un lent mouvement de tête.

«Mamé n'était pas à la maison cet après-midi-là. Mon père ne voulait pas qu'elle sache ce qui s'était passé. Il était rongé de culpabilité, pensait que tout était sa faute, même ce qui, bien sûr, ne l'était pas. Il ne supportait pas l'idée qu'elle soit au courant. Il avait sans doute peur qu'elle le juge. Il m'a dit que j'étais assez grand pour garder un secret. Elle ne doit jamais savoir, m'a-t-il dit. Il avait l'air tellement désespéré, si triste. Alors je lui ai promis de garder son secret.

— Et elle l'ignore encore?» murmurai-je.

Il soupira profondément.

«Je ne sais pas, Julia. Elle est au courant pour la rafle. Nous étions tous au courant. Tout s'est passé sous nos yeux. Quand elle est rentrée ce soir-là, mon père et moi étions bizarres, différents. Elle a bien senti qu'il s'était passé quelque chose. Cette nuit-là, et tant d'autres nuits, j'ai vu le petit garçon mort. Je faisais des cauchemars. Cela a duré jusqu'à mes vingt ans. Ce fut un soulagement pour moi de quitter cet appartement. Je crois que ma mère savait, au fond. Je pense qu'elle avait compris l'épreuve que mon père avait traversée, ce qu'il avait ressenti. Peut-être avait-il fini par tout lui dire, parce que c'était trop lourd à porter pour un seul homme. Mais elle ne m'en a jamais parlé.

— Et Bertrand? Et les filles? Et Colette?

— Ils ne savent rien.

211

– Comment ça ? » demandai-je.

Il me prit le poignet. Sa main était gelée. Je sentais un froid de glace se glisser sous ma peau.

« J'avais promis à mon père, sur son lit de mort, que je ne dirais rien à mes enfants et à ma femme. La culpabilité n'a jamais cessé de le ronger pendant toute sa vie. Il n'avait pas été capable de s'en ouvrir à quelqu'un. Il n'en a jamais parlé. J'ai respecté son silence. Vous comprenez ?

– Bien sûr. »

Je m'interrompis un instant.

« Édouard, qu'est-il arrivé à Sarah ?

– De 1942 à sa mort, mon père n'a plus jamais prononcé son nom. Sarah faisait partie du secret. Un secret auquel je n'ai jamais cessé de penser. Je ne crois pas que mon père se doutait que je pensais à ce point à elle. Et combien son silence à ce sujet me faisait souffrir. Je voulais absolument savoir comment elle allait, où elle était, ce qui lui était arrivé. Mais chaque fois que j'essayais de le questionner, il me faisait taire. Je ne supportais pas l'idée qu'il ne s'en soucie plus, qu'il ait tourné la page, qu'elle ne signifie plus rien pour lui. On aurait dit qu'il avait décidé d'enterrer le passé.

– Vous lui en vouliez.

– Oui, dit-il en hochant la tête, je lui en voulais. Cela avait même terni l'admiration que je lui portais, et pour toujours. Mais je ne pouvais pas le lui dire. Je ne l'ai jamais fait. »

Nous restâmes en silence pendant un moment. Les infirmières devaient se demander ce que M. Tézac et sa belle-fille faisaient dans cette voiture.

« Édouard, n'aimeriez-vous pas savoir ce qu'est devenue Sarah Starzynski ? »

Il sourit, pour la première fois depuis le début de notre conversation.

« Mais je ne saurais pas par où commencer », dit-il.

C'était à mon tour de sourire.

« Ça, c'est mon travail. Je sais comment faire. »

Son visage retrouvait des couleurs. Ses yeux s'éclairaient soudain d'une lumière nouvelle.

« Julia, juste une dernière chose. Quand mon père est mort, il y a presque trente ans, son notaire m'a confié que des papiers confidentiels étaient conservés dans un coffre.

— Les avez-vous lus ? » demandai-je. Mon pouls s'accéléra.

Il baissa le regard.

« Je les ai parcourus rapidement, juste après la mort de mon père.

— Alors ? dis-je, le souffle court.

— Cela concernait le magasin, des paperasses à propos des tableaux, des meubles et de l'argenterie.

— C'est tout ? »

Ma déception évidente le fit sourire.

« Je crois.

— C'est-à-dire ? demandai-je, perplexe.

— Je ne les ai plus jamais regardés. J'avais été très vite, j'étais furieux parce qu'il n'y avait rien à propos de Sarah. Cela augmenta encore ma colère contre mon père. »

Je me mordis les lèvres.

« Vous voulez dire que vous croyez qu'il n'y a rien mais que vous n'êtes pas sûr ?

— C'est cela. Je n'ai jamais cherché à vérifier depuis.

— Pourquoi ? »

Il se pinça les lèvres.

« Parce que j'avais peur de constater qu'il n'y avait effectivement rien.

— Et d'en vouloir encore plus à votre père.

– Oui, admit-il.

– Alors, vous n'êtes sûr de rien à propos de ces papiers. Depuis trente ans ?

– Oui », dit-il.

Nos regards se croisèrent. Nous avions eu la même idée.

Il démarra et fonça à tombeau ouvert dans ce que je supposais être la direction de la banque. Je ne l'avais jamais vu conduire aussi vite. Les autres automobilistes brandissaient des poings furieux. Les piétons s'écartaient, effrayés. Nous ne parlions plus, mais ce silence était chaleureux et enthousiaste. C'était un moment partagé. La première fois que nous partagions quelque chose. Nous nous regardions sans arrêt en souriant.

Le temps que nous trouvions une place avenue Bosquet et courions jusqu'à la banque, nous trouvâmes porte close. Pause déjeuner, une autre tradition typiquement française qui m'exaspérait, tout particulièrement aujourd'hui. J'en aurais pleuré de déception.

Édouard m'embrassa sur les deux joues en m'entraînant plus loin.

« Rentrez, Julia. Je reviendrai à deux heures, pour l'ouverture. Je vous appelle si je trouve quelque chose. »

Je descendis l'avenue vers l'arrêt du 92 qui me ramenait directement au bureau, rive droite.

Tandis que le bus s'éloignait, je me retournai pour voir Édouard. Il attendait devant la banque, silhouette raide et solitaire dans son manteau vert sombre.

Je me demandais comment il le prendrait s'il n'y avait rien sur Sarah dans le coffre, mais juste un vieux tas de papiers concernant des tableaux et de la porcelaine.

Mon cœur l'accompagnait.

«**V**ous êtes sûre de ce que vous faites, Miss Jarmond?» me demanda le médecin en levant les yeux au-dessus de ses demi-lunes.

«Non, répondis-je en toute sincérité. Mais pour le moment, j'ai besoin de prendre ces rendez-vous.»

Elle parcourut mon dossier médical.

«Je suis ravie de vous les prendre, mais je ne suis pas certaine que la décision que vous avez prise vous mette très à l'aise.»

Je repensai à hier soir. Bertrand s'était montré particulièrement tendre et attentionné. Il m'avait tenue dans ses bras toute la nuit, me répétant sans cesse qu'il m'aimait, qu'il avait besoin de moi, mais qu'il ne pouvait envisager la perspective d'avoir un enfant si tard dans la vie. Il pensait qu'en vieillissant nous aurions eu plus de temps pour nous deux, que nous aurions pu voyager plus souvent, profitant du fait que Zoë deviendrait de plus en plus indépendante. Il voyait la cinquantaine comme une seconde lune de miel.

Je l'avais écouté en pleurant dans le noir. Je trouvais tant d'ironie à ce que j'entendais. Il avait exprimé au mot près tout ce que j'avais toujours désiré entendre. Tout était là, la gentillesse, l'engagement, la générosité. Mais le hic, c'était que j'étais enceinte d'un enfant qu'il ne voulait pas. Ma dernière chance d'être mère. Je pensais sans cesse à ce que Charla m'avait dit : « C'est aussi ton enfant. »

Pendant des années, j'avais désiré donner un autre bébé à Bertrand. Pour montrer que j'en étais capable. Pour ressembler à l'idée de la femme parfaite selon les Tézac. Aujourd'hui, je comprenais que je voulais cet enfant pour moi seule. Mon bébé. Mon dernier enfant. Je voulais sentir son poids entre mes bras. Et l'odeur de lait de sa peau. Mon bébé. Oui, Bertrand était le père, mais c'était mon enfant. Ma chair. Mon sang. Je désirais tant ce moment de l'accouchement, sentir la tête du bébé forcer contre mon corps pour venir au monde, cet instant vrai, pur et douloureux de la naissance. Oui, j'étais impatiente, malgré les larmes, la souffrance. Je les voulais plus que tout, ces larmes, cette souffrance. Je ne voulais pas souffrir ou pleurer sur mes entrailles vides et charcutées.

Je quittai le cabinet du médecin pour rejoindre Hervé et Christophe au Café de Flore, boulevard Saint-Germain. Je n'avais pas l'intention de leur révéler quoi que ce soit, mais ils avaient l'air si préoccupés en voyant mon visage que je leur racontai tout. Comme d'habitude, leurs avis divergeaient. Hervé pensait que je devais avorter pour sauver mon mariage, et Christophe insistait sur le fait que le bébé était plus important, que je ne pouvais pas ne pas le garder, que je le regretterais toute ma vie.

Le débat s'échauffa au point qu'ils finirent par oublier jusqu'à ma présence et se disputèrent. C'était insupportable. Je frappai du poing sur la table et fis trembler les verres. Ils me regardèrent, très surpris. Ce n'était pas mon genre. Je leur demandai de m'excuser, prétextant que j'étais trop fatiguée pour discuter plus longtemps de ce sujet, et je les quittai. Ils semblaient stupéfaits et consternés. Pas grave, pensai-je, je m'expliquerais une autre fois. Ils étaient mes plus vieux amis. Ils comprendraient.

Je rentrai à la maison par le jardin du Luxembourg. Je n'avais pas eu de nouvelles d'Édouard depuis hier. Cela voulait-il dire qu'il n'avait rien trouvé dans le coffre de son père ? Si c'était le cas, j'imaginais sa colère, son amertume. Sa déception aussi. Je me sentais coupable, comme si j'y étais pour quelque chose. Comme si j'avais volontairement retourné le couteau dans la plaie.

Je me promenai lentement le long des allées tortueuses et fleuries en évitant les joggers, les poussettes, les personnes âgées, les jardiniers, les touristes, les amoureux, les accros du tai-chi, les joueurs de pétanque, les adolescents, les lecteurs, les adeptes de la bronzette. La population habituelle du Luxembourg. Et tous ces bébés qui me ramenaient chacun au tout petit être que je portais en moi.

Plus tôt dans la journée, avant mon rendez-vous chez le médecin, j'avais parlé avec Isabelle. Elle avait été un soutien sûr, comme toujours. Elle avait insisté sur le fait que le choix m'appartenait, malgré tous les psys ou les amis de la terre, quel que soit le côté d'où l'on envisageait la situation, quelle que soit l'opinion qu'on considérait. C'était mon choix, un point c'est tout, et c'était précisément ça le plus douloureux.

Il y avait une chose que je savais : Zoë devait être tenue à l'écart de tout ça, à tout prix. Elle serait en vacances dans quelques jours et passerait une partie de l'été avec les enfants de Charla, Cooper et Alex, à Long Island, puis chez mes parents, à Nahant. Cette perspective me soulageait. L'avortement aurait lieu en son absence. Si je me décidais finalement pour cette solution.

En rentrant, je trouvai une grande enveloppe beige sur mon bureau. Zoë, au téléphone avec une amie, me cria de sa chambre que c'était la concierge qui venait de la déposer.

Pas d'adresse, juste mes initiales griffonnées à l'encre bleue. Je l'ouvris et en tirai une chemise rouge fané.

Le nom qui y était inscrit me sauta littéralement au visage. «Sarah».

Je savais maintenant de quoi il s'agissait. Merci Édouard, pensai-je avec ferveur, merci, merci, merci.

Dans le dossier, se trouvaient douze lettres, datées de septembre 1942 à avril 1952. Écrites sur un fin papier bleu. D'une belle écriture ronde. Je les lus attentivement. Elles venaient d'un certain Jules Dufaure qui habitait près d'Orléans. Chacune de ces courtes lettres parlait de Sarah. Ses progrès. L'école. Sa santé. En phrases concises et polies. «*Sarah va bien. Cette année, elle apprend le latin. Au printemps dernier, elle a eu la varicelle.*» «*Sarah est allée en Bretagne cet été avec mes petits-fils et elle a visité le Mont-Saint-Michel.*»

Je supposai que Jules Dufaure était le vieil homme qui avait caché Sarah après qu'elle se fut échappée de Beaune et qui l'avait ramenée à Paris, le jour de l'horrible découverte dans le placard. Mais pourquoi Jules Dufaure donnait-il des nouvelles de Sarah à André Tézac? Et avec tant de détails? Je ne comprenais pas. Était-ce André qui le lui avait demandé?

Puis je tombai sur l'explication. Un document bancaire. Chaque mois, André Tézac envoyait de l'argent aux Dufaure pour Sarah. Une somme généreuse. Cela avait duré dix ans.

Pendant dix ans, le père d'Édouard avait aidé Sarah à sa façon. Je pensais au soulagement qu'avait dû ressentir Édouard quand il avait découvert ces papiers dans le coffre. Je l'imaginais en train de lire ces mêmes lettres et de découvrir ce que je découvrais moi aussi. La rédemption tant attendue venait d'arriver.

Je remarquai que les lettres n'étaient pas envoyées rue de Saintonge mais à l'adresse de l'ancien magasin d'André, rue de Turenne. Je me demandai pourquoi. Sans doute à cause de Mamé. André ne voulait pas qu'elle sache. Comme il ne voulait pas que Sarah apprenne qu'il envoyait de l'argent tous les mois. Ce que confirmait Jules dans une des lettres : « *Comme vous l'avez exigé, Sarah ne connaît pas l'existence de vos dons.* »

Au dos de la chemise, je vis une enveloppe en papier kraft contenant des photographies. J'y retrouvai les yeux en amande, les cheveux blonds. Elle avait beaucoup changé depuis la photo de classe de 1942. Son visage portait un chagrin palpable. La joie avait abandonné ses traits. Elle n'était plus une petite fille mais une grande et mince jeune femme de dix-huit ans, ou à peu près. La bouche souriait, mais les yeux étaient tristes. Deux jeunes gens de son âge étaient avec elle, à la plage. Je retournai la photo. La belle écriture de Jules indiquait : « *1950, Trouville. Sarah, avec Gaspard et Nicolas Dufaure.* »

Je pensais à tout ce que Sarah avait enduré. Le Vél d'Hiv, Beaune-la-Rolande, ses parents, son frère. Bien plus qu'il n'est supportable pour un enfant.

J'étais tellement prise dans l'histoire de Sarah que je ne sentis pas la main de Zoë sur mon épaule.

« Maman, qui est cette fille ? »

Je cachai rapidement les photos avec l'enveloppe, en marmonnant je ne sais quoi à propos d'un bouclage imminent.

« Alors, c'est qui ?

— Personne que tu connais, ma chérie », dis-je comme si j'étais pressée, en faisant semblant de ranger mon bureau.

Elle soupira, puis me dit d'une voix mature et sèche :

«Tu es bizarre en ce moment, Maman. Tu crois que je ne vois rien. Eh bien, je vois tout.»

Elle me tourna le dos et s'en alla. La culpabilité m'envahit tout à coup. Je décidai d'aller la voir dans sa chambre.

«Tu as raison, Zoë, je suis bizarre en ce moment. Je suis désolée. Tu ne mérites pas ça.»

Je m'assis sur son lit, incapable de regarder en face ses yeux calmes et sages.

«Maman, pourquoi tu ne me dis pas tout simplement ce qui se passe? Dis-moi ce qui ne va pas.»

Je sentis monter un mal de tête, qui promettait d'être gratiné.

«Tu crois que je ne comprendrais pas parce je n'ai que onze ans, c'est ça?»

Je fis oui de la tête.

«Tu ne me fais donc pas confiance? dit-elle en haussant les épaules.

– Bien sûr que je te fais confiance, mais il y a des choses que je ne peux pas te dire parce qu'elles sont trop tristes, trop difficiles. Je ne veux pas que ces choses te fassent souffrir comme elles me font souffrir.»

Elle me caressa la joue gentiment. Ses yeux brillaient.

«Je n'ai pas envie d'avoir mal. Tu as raison. Ne me dis rien. J'aurais peur de ne plus pouvoir dormir. Mais promets-moi d'aller mieux très bientôt.»

Je la pris dans mes bras et la serrai fort. Ma jolie et courageuse petite fille. Ma belle enfant. J'avais tant de chance de l'avoir. Tant de chance. Malgré les coups de boutoir de mon mal de tête, le bébé revint dans mes pensées. Le frère ou la sœur de Zoë. Elle ne savait rien. Elle ignorait ce que je traversais. Je me mordis les lèvres pour empêcher mes larmes de couler. Après un moment, elle me repoussa doucement et leva les yeux vers moi.

«Dis-moi qui est cette fille. Celle des photos en noir et blanc que tu essayais de me cacher.

— D'accord, dis-je. Mais c'est un secret, il ne faut le dire à personne. Promis?

— Promis. Promis, craché, juré!

— Tu te souviens que je t'ai dit que j'avais trouvé qui habitait rue de Saintonge avant que Mamé ne s'y installe?

— Tu as parlé d'une famille polonaise et d'une fille de mon âge.

— Son nom était Sarah Starzynski. C'est elle sur les photos.»

Zoë plissa les yeux.

«Mais pourquoi est-ce un secret? Je ne pige pas.

— C'est un secret de famille. Quelque chose de triste est arrivé. Ton grand-père ne veut pas en parler, et ton père ne sait rien.

— Quelque chose de triste est arrivé à Sarah? demanda-t-elle prudemment.

— Oui, répondis-je doucement. Quelque chose de très triste.

— Tu vas essayer de la retrouver? demanda-t-elle, troublée par le ton de ma voix.

— Oui.

— Pourquoi?

— Je veux lui dire que notre famille n'est pas celle qu'elle pense. Je veux lui expliquer ce qui s'est passé. Je crois qu'elle ne sait pas ce que ton arrière-grand-père a fait pour l'aider, pendant dix ans.

— Et qu'est-ce qu'il a fait?

— Il lui a envoyé de l'argent tous les mois. Mais il avait demandé à ce qu'elle ne soit pas au courant.»

Zoë ne dit rien pendant un moment.

«Comment vas-tu faire pour la retrouver?»

Je soupirai.

«Je ne sais pas, ma chérie. Mais j'espère réussir. Je perds sa trace après 1952. Il n'y a plus de lettres, plus de photos. Pas d'adresse.»

Zoë s'assit sur mes genoux et se laissa aller contre moi. Je respirai le parfum si familier, si «Zoë», de ses cheveux épais et brillants, qui me ramenait au temps où elle n'était qu'un bébé, et lissai quelques mèches rebelles de la paume de la main.

Je pensai à Sarah Starzynski qui avait son âge quand l'horreur avait fait irruption dans sa vie.

Je fermai les yeux. Mais l'image était toujours là. Les policiers arrachaient les enfants à leur mère, à Beaune-la-Rolande. Je ne parvenais pas à chasser cette scène de mon esprit.

Je serrai Zoë contre moi, si fort qu'elle manqua d'air.

C'est étrange, parfois, les dates. Presque ironique. Jeudi 16 juillet 2002. Le jour de la commémoration de la rafle du Vél d'Hiv. La date de mon avortement. Il devait avoir lieu dans une clinique que je ne connaissais pas, dans le 17e arrondissement, près de la maison de retraite de Mamé. J'avais demandé une autre date – le 16 juillet était trop chargé de sens pour moi –, mais cela n'avait pas été possible.

L'année scolaire de Zoë venait de s'achever et elle partait bientôt pour Long Island avec sa marraine, Alison, une de mes vieilles copines de Boston, qui faisait souvent la navette entre Manhattan et Paris. Je devais rejoindre ma fille chez ma sœur Charla le 27. Bertrand ne prenait ses vacances qu'en août. Nous passions habituellement quinze jours en Bourgogne, dans la maison de famille des Tézac. Je ne m'y suis jamais plu. Mes beaux-parents ignoraient ce que le mot détente signifiait. Les repas se prenaient à heures fixes, les conversations étaient assommantes de banalité, on voulait bien voir les enfants mais pas les entendre. Je ne comprenais pas pourquoi Bertrand tenait tant à venir dans cette maison quand nous aurions pu partir en vacances tous les trois ailleurs. Heureusement, Zoë s'entendait bien avec les fils de Laure et Cécile, et Bertrand jouait match sur match de tennis avec ses deux beaux-frères. Je me sentais délaissée, comme toujours. Laure et Cécile étaient de plus en plus distantes, avec le temps. Elles invitaient leurs amies divorcées et bronzaient consciencieusement près de la piscine pendant des heures. Il fallait avoir les seins bronzés. Même après vingt-cinq ans en France, je ne m'y faisais pas. Je ne mettais jamais les miens au soleil, et je sentais bien qu'on se moquait de moi dans mon dos, qu'on me traitait d'Américaine puritaine. Alors, je préférais passer mes journées à marcher en forêt avec Zoë, à faire de longues et épuisantes randonnées à vélo, jusqu'à connaître le moindre sentier par cœur ou faire la démonstration de mon impeccable nage papillon tandis que les autres femmes fumaient avec langueur dans leurs minuscules maillots Erès qui n'avaient jamais connu l'eau.

«Des peaux de vache et des jalouses, ces Françaises! Tu es sublime en bikini», me taquinait Christophe à chaque fois que je me plaignais de la pesanteur de ces étés. «Elles t'adresseraient la parole si tu étais pleine de cellulite et de varices!» J'éclatais de rire sans le croire tout à fait cependant. Pourtant, j'aimais la beauté de l'endroit, la vieille maison tranquille et toujours fraîche – même pendant les étés les plus brûlants –, le grand jardin touffu planté de chênes centenaires et la vue sur le cours sinueux de l'Yonne. J'aimais aussi la forêt voisine, où Zoë et moi nous promenions de longues heures et où, lorsqu'elle n'était encore qu'un bébé, le gazouillis d'un oiseau, la forme étrange d'une branche, l'éclat inattendu d'une mare l'enchantaient.

L'appartement de la rue de Saintonge devait être prêt pour le début du mois de septembre, selon Bertrand et Antoine. Bertrand et son équipe avaient fait du bon travail. Mais je ne m'imaginais pas habiter là-bas. Pas en sachant ce qui s'était passé. Le mur avait été abattu, mais cela n'effaçait pas pour moi le souvenir du placard secret. Le placard où le petit Michel avait attendu le retour de sa sœur. En vain.

Cette histoire me hantait, sans répit. Je devais admettre que je n'étais pas impatiente d'emménager dans cet appartement. Je redoutais d'y passer mes nuits. Je redoutais de penser sans cesse à la mémoire de ces murs, et ne savais pas comment m'en empêcher.

Ne pas pouvoir en discuter avec Bertrand était difficile. J'aurais aimé entendre son approche terre à terre, qu'il me dise que, malgré l'horreur, nous pourrions vivre là. Mais lui parler était impossible. J'avais promis à son père. Je me demandais pourtant ce que Bertrand penserait de toute cette histoire. Et ses sœurs ? J'essayais d'imaginer leur réaction. Et celle de Mamé… Je n'y parvenais pas. Les Français étaient fermés comme des huîtres. Il ne fallait rien montrer. Rien révéler. Tout devait rester lisse et étale. C'était comme ça. Cela avait toujours été comme ça. Et je trouvais cette façon d'être compliquée à vivre.

Zoë partie pour l'Amérique, la maison restait vide. Je passais du temps au bureau, travaillant sur un article ardu pour le numéro de septembre qui traitait des jeunes écrivains français et de la scène littéraire parisienne. Intéressant, mais prenant. Le soir, je trouvais de plus en plus difficile de quitter le bureau, rebutée par la perspective de me retrouver seule dans un appartement silencieux. Je prenais toujours le chemin le plus long pour rentrer, appréciant ce que Zoë avait l'habitude d'appeler « les longs raccourcis de Maman », me gorgeant de la beauté flamboyante de Paris au coucher du soleil. La capitale commençait à sentir l'abandon, ce qui se confirmerait vers le 14 juillet, et c'était délicieux. Les magasins baissaient leurs rideaux de fer et accrochaient des « Fermé pour les vacances – réouverture le 1er septembre ». C'était l'époque où il fallait chercher longtemps pour trouver une pharmacie ouverte, un épicier, une boulangerie ou un blanchisseur. Les Parisiens partaient ailleurs célébrer l'été, abandonnant leur ville à d'infatigables touristes. Et quand je rentrais chez moi par ces douces soirées de juillet, traçant droit des Champs-Élysées à

Montparnasse, je me disais que ce Paris sans Parisiens m'appartenait enfin.

Oui, j'aimais Paris, je l'avais toujours aimé, mais alors que je traversais le pont Alexandre III au coucher du soleil, face au dôme des Invalides qui étincelait comme un joyau démesuré, les États-Unis me manquèrent si puissamment que la douleur me brûla les entrailles. J'avais le mal du pays – de ce qui était encore mon pays, même si j'avais passé plus de la moitié de ma vie en France. Tant de choses me manquaient – la simplicité, la liberté, l'espace, le naturel, la langue, la facilité à dire *tu* à tout le monde. Je n'avais jamais maîtrisé la différence entre *vous* et *tu* et cela continuait de me déconcerter. Je devais bien l'admettre, ma sœur et mes parents me manquaient, l'Amérique me manquait. Comme jamais.

Tandis que j'approchais du quartier où nous habitions, signalé par la sévère tour Montparnasse (que les Parisiens adoraient détester et que j'aimais parce qu'elle me permettait de retrouver mon chemin où que je me trouve dans Paris), je me demandai soudain à quoi Paris avait bien pu ressembler sous l'Occupation. Le Paris de Sarah. Uniformes vert-de-gris et casques ronds. Couvre-feux et *Ausweis*. Pancartes en allemand et en lettres gothiques. Croix gammées géantes recouvrant les nobles bâtiments de pierre.

Et des enfants portant une étoile jaune.

La clinique était du genre chic et douillet, avec des infirmières tout sourire, des réceptionnistes obséquieuses et des arrangements floraux soignés. L'avortement devait avoir lieu le lendemain matin, à sept heures. On m'avait demandé de rentrer la veille au soir, le 15 juillet. Bertrand était à Bruxelles, pour finaliser un gros contrat. Je n'avais pas insisté pour qu'il soit là. D'une certaine façon, je me sentais mieux sans lui. Il était plus facile de m'installer dans la chambre à la délicate couleur abricot en étant seule. À un autre moment, je me serais sans doute posé la question de savoir pourquoi la présence de mon mari me semblait à ce point superflue. J'en aurais été étonnée. N'était-il pas, après tout, une part de ma vie, une présence de chaque jour ? J'étais seule dans cette clinique, à traverser la plus sévère crise de ma vie et pourtant, soulagée de le savoir absent.

J'avais des gestes mécaniques. Je pliai mes vêtements, rangeai ma brosse à dents sur l'étagère au-dessus de l'évier, regardai par la fenêtre les façades bourgeoises de cette rue tranquille. Une voix intérieure me murmurait quelque chose que j'avais tenté d'ignorer pendant toute cette journée. Qu'est-ce que je foutais là ? N'étais-je pas folle de subir tout ça ? Je n'avais mis personne dans la confidence. Personne, sauf Bertrand. Je ne voulais surtout pas repenser à son sourire enchanté quand je lui avais annoncé que j'acceptais d'avorter, et cette façon qu'il avait eue de me prendre dans ses bras et de m'embrasser le dessus de la tête avec une ferveur sans retenue.

Je m'assis sur le lit étroit et sortis le dossier « Sarah » de mon sac. Sarah était la seule personne à laquelle je supportais de penser à présent. La retrouver tenait pour moi de la mission sacrée, c'était l'unique façon de pouvoir marcher la tête haute, de dissiper la tristesse dans laquelle ma vie était plongée. La retrouver, oui, mais comment? Je n'avais trouvé ni Sarah Dufaure ni Sarah Starzynski dans l'annuaire. Cela aurait été trop facile. L'adresse inscrite sur les lettres de Jules n'existait plus. Alors, j'avais décidé de partir à la recherche des fils ou des petits-fils, les garçons qui se trouvaient avec Sarah sur la photo de Trouville : Gaspard et Nicolas Dufaure, qui devaient avoir maintenant entre soixante et soixante-dix ans.

Malheureusement Dufaure était un nom de famille assez répandu. Rien que dans la région d'Orléans, il y en avait des centaines. Et il faudrait les appeler un par un ! Je m'étais attelée à la tâche la semaine précédente, avais surfé des heures sur Internet, plongée dans les annuaires, n'arrêtant pas de passer des coups de fil pour n'aboutir qu'à des résultats décevants.

Mais ce matin, j'avais parlé à une certaine Nathalie Dufaure dont le numéro figurait dans l'annuaire parisien. Une voix jeune et gaie m'avait répondu. Je répétai pour la énième fois mon petit discours : « Mon nom est Julia Jarmond, je suis journaliste et je suis à la recherche d'une certaine Sarah Dufaure, née en 1932. Les seuls noms que j'ai pu trouver sont Gaspard et Nicolas Dufaure… » Elle m'avait interrompue : oui, Gaspard Dufaure était son grand-père. Il vivait à Aschères-le-Marché, tout près d'Orléans. Il était sur liste rouge. J'étais accrochée au combiné. Je retenais mon souffle. Je lui demandai alors si le nom de Sarah Dufaure lui disait quelque chose. La jeune fille se mit à rire. C'était un bon rire. Elle m'expliqua qu'étant née en 1982, elle ne savait pas grand-chose de l'enfance de son grand-père, et non, elle n'avait pas entendu parler de Sarah Dufaure. En tout cas, ça ne lui disait rien. Elle avait proposé d'appeler son grand-père si je le désirais, me prévenant que c'était un ours qui n'aimait guère le téléphone, mais qu'elle était prête à m'aider et à me rappeler quand elle l'aurait eu. Elle m'avait demandé mon téléphone. Puis avait dit : «Vous êtes américaine ? J'adore votre accent.»

J'avais attendu toute la journée qu'elle me rappelle. Rien. Je n'arrêtais pas de consulter mon portable, vérifiant que les batteries étaient chargées et qu'il était bien allumé. Rien. Peut-être Gaspard Dufaure ne souhaitait-il pas parler de Sarah avec une journaliste. Peut-être n'avais-je pas été suffisamment convaincante. Ou trop. Je n'aurais pas dû dire que j'étais journaliste. Amie de la famille serait mieux passé. Mais non, je ne pouvais pas dire ça. Ce n'était pas la vérité. Je ne pouvais pas mentir. Je ne le voulais pas.

Aschères-le-Marché était un petit village entre Orléans et Pithiviers, le camp jumeau de Beaune-la-Rolande, qui n'était pas loin non plus, comme l'indiquait la carte. Cela ne correspondait pas à l'ancienne adresse de Jules et Geneviève. Ce n'était donc pas l'endroit où Sarah avait passé dix années de sa vie.

Mon impatience grandissait. Devais-je rappeler Nathalie Dufaure ? Alors que j'hésitais, le téléphone sonna. Je me précipitai pour décrocher : «Allô ?» C'était mon mari qui m'appelait de Bruxelles. La déception mit mes nerfs à rude épreuve.

Je n'avais aucune envie de parler à Bertrand. Je n'avais rien à lui dire.

La nuit avait été brève et épuisante. À l'aube, une infirmière avec des airs de matrone était entrée, une chemise de nuit en papier bleu sous le bras. Elle me dit en souriant que c'était pour «l'opération». À cela s'ajoutaient un bonnet et des chaussons, dans la même matière. Elle précisa qu'elle reviendrait dans une demi-heure pour m'emmener jusqu'à la salle d'opération. Elle me rappela, toujours en souriant, que je ne devais ni boire ni manger, à cause de l'anesthésie. Elle referma doucement la porte en partant. Je me demandais combien de femmes elle réveillerait ce matin en affichant ce même sourire confit, combien de femmes enceintes sur le point de se faire arracher un bébé des entrailles. Comme moi.

J'enfilai docilement la chemise bleue. Le papier grattait. Il n'y avait rien d'autre à faire qu'à attendre. J'allumai la télé, zappai sur LCI et regardai distraitement. J'avais l'esprit vide. Dans un peu plus d'une heure, tout serait terminé. Étais-je vraiment prête? Capable de le supporter? Assez forte pour ça? Répondre à ces questions m'était impossible. Alors, je me contentai d'attendre, allongée sur le lit dans ma chemise chirurgicale, mon bonnet et mes chaussons. Attendre le moment de descendre en salle d'opération. Attendre de sombrer sous l'effet de l'anesthésie. Attendre que le chirurgien fasse son office. Ces gestes qu'il allait accomplir entre mes cuisses ouvertes… Je repoussai rapidement cette pensée en me concentrant sur une belle blonde aux ongles manucurés dont les bras balayaient très professionnellement une carte de France, couverte de petits soleils souriants. Je pensais à l'ultime séance chez le psy, la semaine dernière. Bertrand avait posé sa main sur mon genou. «Non, nous ne voulons pas de cet enfant. C'est une décision que nous avons prise tous les deux.» Je n'avais rien dit. Le psy s'était tourné vers moi. Avais-je acquiescé? Je ne m'en souvenais pas. Mais je me rappelais que je me sentais sonnée, comme hypnotisée. Puis, dans la voiture, Bertrand avait dit : «C'était la meilleure chose à faire, mon amour. Tu verras. Tout sera bientôt terminé.» Et il m'avait donné un baiser, chaud et passionné.

La blonde disparut, remplacée par un présentateur, au son familier du jingle info. «Aujourd'hui, 16 juillet 2002, sera célébré le soixantième anniversaire de la rafle du Vél d'Hiv, au cours de laquelle plusieurs milliers de familles juives furent arrêtées par la police française, heures sombres de l'histoire de la France.»

Je montai rapidement le son. Travelling dans la rue Nélaton. Je pensais à Sarah. Où qu'elle fût à présent, elle se souviendrait, en ce jour anniversaire. Elle n'avait pas besoin de ça pour se souvenir. Pour elle, comme pour toutes les familles qui avaient perdu un être cher, le 16 juillet ne pouvait être oublié, et ce matin, comme tous les autres, les paupières s'ouvriraient, avec leur poids de souffrance. J'aurais voulu lui dire, leur dire, à tous ceux-là, mais comment? Je me sentais impuissante, j'aurais voulu crier, hurler, à elle, à eux, à tous, que je savais, que je me souvenais et que je n'oublierais jamais.

On montrait quelques rescapés – dont certains que j'avais rencontrés en interview – devant la plaque de la rue Nélaton. Je me rendis soudain compte que je n'avais même pas regardé le dernier numéro de *Seine Scenes*, où était imprimé mon article. Il sortait aujourd'hui. Je décidai de laisser un message à Bamber pour qu'il me fasse parvenir une copie à la clinique. Je pris mon portable sans quitter la télé des yeux. Le visage grave de Franck Lévy apparut. Il parla de la commémoration, plus importante cette année, précisait-il. Un bip m'indiqua que j'avais des messages. Un de Bertrand, envoyé tard la nuit dernière, pour me dire «je t'aime».

Le suivant venait de Nathalie Dufaure. Elle était désolée d'avoir mis si longtemps à rappeler. Elle avait de bonnes nouvelles : son grand-père acceptait de me rencontrer et de me raconter toute l'histoire de Sarah Dufaure. Il avait eu l'air si enthousiaste que la curiosité de Nathalie avait été attisée. Sa voix animée couvrait celle, posée et égale, de Franck Lévy. «Si vous voulez, je peux vous conduire à Aschères demain jeudi, ça ne me pose aucun problème. J'ai tellement envie d'entendre ce que Papy a à dire. Rappelez-moi, s'il vous plaît, pour que nous fixions un rendez-vous.»

Mon cœur battait si fort que j'en avais presque mal. Le présentateur était de nouveau à l'écran et lançait un autre sujet. Il était trop tôt pour rappeler Nathalie Dufaure. Il faudrait que j'attende encore une ou deux heures. Mes pieds dansaient déjà dans leurs chaussons de papier. Toute l'histoire de Sarah Dufaure… Qu'allait me dire Gaspard Dufaure? Qu'allais-je apprendre?

On frappa à la porte. Je sursautai. L'infirmière et son sourire trop large me ramenèrent à la réalité.

«Il est l'heure, madame», dit-elle abruptement, toutes dents dehors.

J'entendis les roues du chariot couiner devant la porte.

Soudain, tout s'éclaira. Cela n'avait jamais été aussi clair, aussi simple.

Je me levai et lui dis tranquillement :

«Je suis désolée, j'ai changé d'avis.»

Je retirai mon bonnet de papier. Elle me regardait, éberluée.

«Mais madame…»

Je me débarrassai de la chemise en la déchirant. L'infirmière eut l'air choqué par ma nudité soudaine.

«Les chirurgiens vous attendent!»

«Je m'en moque, dis-je fermement. Je ne vais pas vous suivre. Je veux garder cet enfant.»

Elle eut une moue indignée.

«Je vais immédiatement chercher le médecin.»

Elle partit. J'entendais le flip-flap désapprobateur de ses sandales sur le linoléum. J'enfilai une robe en jean, sautai dans mes chaussures, saisis mon sac et quittai la chambre. Je dévalai l'escalier en faisant sursauter des infirmières portant des plateaux de petit déjeuner. J'avais oublié ma brosse à dents, mes serviettes, mon shampoing, mon savon, mon déodorant, ma crème de jour et mon maquillage dans la salle de bains, mais cela m'était complètement égal. Je traversai la réception pimpante et impeccable en courant. Égal! Égal! Complètement égal!

La rue était déserte. Les trottoirs de Paris luisaient, comme toujours à cette heure. Je hélai un taxi qui me conduisit à la maison.

16 juillet 2002.

Mon bébé. Mon bébé bien à l'abri en moi. J'avais envie de pleurer et de rire. Ce que je fis. Le chauffeur de taxi m'observait dans son rétroviseur, mais cela aussi m'était égal. J'allais avoir cet enfant.

Il devait y avoir plus de deux mille personnes massées le long du pont de Bir-Hakeim, d'après mon estimation grossière. Les survivants. Leurs familles. Les enfants, les petits-enfants. Les rabbins. Le maire de Paris. Le Premier ministre. Le ministre de la Défense. De nombreux hommes politiques. Des journalistes. Des photographes. Franck Lévy. Des milliers de fleurs, une tente qui prenait le vent, une tribune blanche. C'était un rassemblement impressionnant. Guillaume se tenait à mes côtés, le visage solennel et les yeux baissés.

Le souvenir de la vieille dame de la rue Nélaton me revint soudain. *Personne ne se souvient. Et pourquoi serait-ce le cas? Ce sont les jours les plus sombres de notre histoire.*

À cet instant, j'aurais voulu qu'elle soit là, qu'elle voie les centaines de visages recueillis et émus qui m'entouraient. Une belle femme d'âge mûr avec d'épais cheveux auburn chantait à la tribune. Sa voix pure couvrait le bruit de la circulation. Puis le Premier ministre Jean-Pierre Raffarin prit la parole.

«Il y a soixante ans, ici même, à Paris, mais aussi sur l'ensemble du territoire national, l'épouvantable tragédie se nouait. La marche vers l'horreur s'accélérait. Déjà, l'ombre de la Shoah enveloppait les innocents parqués au vélodrome d'Hiver... Cette année, comme chaque année, nous sommes réunis en ce lieu pour nous souvenir. Pour ne rien oublier des persécutions, de la traque et du destin brisé de tant de Juifs de France.»

Sur ma gauche, un vieil homme sortit son mouchoir et se moucha. Sans faire de bruit. Mon cœur était avec lui. Qui pleurait-il? Qui avait-il perdu? Tandis que le Premier ministre poursuivait son discours, je parcourais la foule du regard. Y avait-il quelqu'un ici qui avait connu et se souvenait de Sarah Starzynski? Et si elle était là? Là, maintenant? Était-elle accompagnée par un mari, un enfant, un petit-fils ou une petite-fille? Était-elle derrière moi? Devant? Je me concentrai sur toutes les femmes de plus de soixante-dix ans, détaillant les visages dignes et ridés pour retrouver les beaux yeux en amande. Mais j'étais gênée de me conduire ainsi au milieu de cette foule recueillie. Je baissai donc le regard. La voix du Premier ministre semblait gagner en force et en clarté, résonnant en tous.

«Oui, le Vél d'Hiv, Drancy, Compiègne et tous les camps de transit, ces antichambres de la mort, ont été organisés, gérés, gardés par des Français. Oui, le premier acte de la Shoah s'est joué ici, avec la complicité de l'État français.»

La foule écoutait le discours avec sérénité. Je l'observai tandis que le ministre poursuivait de la même voix puissante. Les visages étaient calmes, mais tous portaient cependant la marque du chagrin. Un chagrin que rien ne pouvait effacer. Le discours fut longuement applaudi. Les gens pleuraient et se prenaient dans les bras.

Toujours avec Guillaume, j'allai parler à Franck Lévy qui avait sous son bras un exemplaire de *Seine Scenes*. Il me salua chaleureusement et nous présenta à quelques journalistes. Nous partîmes peu de temps après. Je révélai à Guillaume que j'avais retrouvé le nom des anciens locataires de l'appartement des Tézac, et que, d'une certaine façon, cela m'avait rapprochée de mon beau-père qui portait un lourd secret depuis soixante ans. Je lui dis également que j'étais à la recherche de Sarah, la petite fille qui s'était échappée de Beaune-la-Rolande.

Une demi-heure plus tard, je devais retrouver Nathalie Dufaure devant la station de métro Pasteur. Elle m'emmenait à Orléans chez son grand-père. Guillaume m'embrassa et me souhaita bonne chance.

Je traversai l'avenue animée en me caressant le ventre. Si je n'avais pas quitté la clinique ce matin, je serais à cet instant en train de reprendre doucement conscience dans une douillette chambre abricot sous la bienveillante surveillance d'une infirmière tout sourires. On m'aurait apporté un succulent petit déjeuner – croissant, confiture et café au lait –, puis je serais rentrée seule chez moi, dans l'après-midi, pas tout à fait remise, une serviette hygiénique entre les cuisses et une douleur sourde dans le bas-ventre. La tête et le cœur vides.

Je n'avais pas de nouvelles de Bertrand. Est-ce que la clinique l'avait appelé pour le mettre au courant que j'étais partie avant l'intervention ? Je l'ignorais. Il était toujours à Bruxelles et ne rentrait que ce soir.

Je ne savais pas comment j'allais lui annoncer la nouvelle ni comment il la prendrait.

En descendant l'avenue Émile-Zola, inquiète d'être en retard à mon rendez-vous avec Nathalie Dufaure, je me demandais si ce que pensait ou ressentait Bertrand m'importait encore. Cette réflexion inconfortable m'effrayait.

Je rentrai d'Orléans en début de soirée. Dans l'appartement, il faisait chaud et étouffant. J'ouvris une fenêtre et me penchai au-dessus du bruyant boulevard Montparnasse. Imaginer que nous vivrions bientôt rue de Saintonge était étrange. Nous avions passé douze ans dans cet appartement. Zoë y avait toujours vécu. Ce serait notre dernier été ici. J'aimais bien cet endroit, le soleil qui pénétrait chaque après-midi dans le grand salon blanc, le Luxembourg tout proche, en bas de la rue Vavin, le confort d'habiter dans un des plus vivants arrondissements de Paris, où on sentait battre le cœur de la ville, sa pulsation rapide et excitante.

Je me débarrassai de mes sandales et m'allongeai sur le canapé beige et moelleux. Le poids de la journée me tomba dessus comme du plomb. Je fermai les yeux et fus immédiatement ramenée à la réalité par la sonnerie du téléphone. C'était ma sœur, qui m'appelait de son bureau dominant Central Park. Je l'imaginais travaillant, avec ses lunettes sur le bout du nez.

Je lui racontai brièvement comment je n'avais pas avorté.

«Oh, mon Dieu, soupira Charla. Tu ne l'as pas fait.

– Je n'ai pas pu. C'était tout simplement impossible.»

Je pouvais l'entendre sourire à l'autre bout du fil, de son large et irrésistible sourire.

«Merveilleuse petite fille courageuse, dit-elle. Je suis fière de toi, ma chérie.

– Bertrand n'est pas encore au courant. Il ne rentre que ce soir. Il pense que c'est fait.»

Petite pause transatlantique.

«Tu vas lui dire, n'est-ce pas?

– Bien sûr. Il faudra bien, je n'ai pas le choix.»

Après ce coup de fil, je restai allongée sur le canapé pendant un long moment, les mains croisées sur mon ventre comme pour le protéger. Petit à petit, je sentis mon énergie revenir.

Comme souvent, je pensai à Sarah Starzynski, à ce que je savais à présent. Je n'avais pas eu besoin d'enregistrer Gaspard Dufaure. Ni de prendre des notes. Tout était inscrit en moi.

C'était une petite maison coquette en banlieue d'Orléans, avec des parterres de fleurs bien entretenus et un vieux chien placide à la vue basse. Une petite dame âgée épluchait des légumes au-dessus de l'évier et me salua quand j'entrai.

Il y eut ensuite la voix bourrue de Gaspard Dufaure. D'une main où apparaissaient des veines bleues, il caressait la tête fripée de son chien.

« Mon frère et moi savions que quelque chose de grave s'était passé pendant la guerre. Mais nous étions très jeunes à l'époque, et nous ne nous rappelions rien. Ce n'est qu'après la mort de mes grands-parents que mon père me révéla que le vrai nom de Sarah Dufaure était Starzynski et qu'elle était juive. Mes grands-parents avaient toujours caché la vérité. Il y avait quelque chose de triste en Sarah. Elle n'était jamais joyeuse ou enthousiaste. Impassible. On nous avait dit qu'elle avait été adoptée par mes grands-parents parce que ses parents étaient morts pendant la guerre. C'est tout ce que nous savions. Mais nous sentions bien qu'elle était différente. Quand elle nous accompagnait à l'église, ses lèvres restaient scellées pendant le *Notre Père*. Elle ne priait ni ne communiait jamais. Elle se contentait de regarder droit devant elle avec une expression figée qui me faisait peur. Mes grands-parents se tournaient alors vers nous, souriants mais fermes, en nous demandant de la laisser tranquille. Mes parents agissaient de la même façon. Petit à petit, Sarah fit partie de notre vie. C'était la grande sœur que nous n'avions jamais eue. Elle est devenue une ravissante jeune fille mélancolique. Elle était très sérieuse et très mûre pour son âge. Après la guerre, nous sommes allés quelquefois à Paris, avec mes parents, mais Sarah n'a jamais voulu nous accompagner. Elle disait qu'elle détestait Paris, qu'elle ne voulait plus y mettre les pieds.

– Vous a-t-elle parlé de son frère ? De ses parents ? demandai-je.

– Jamais. C'est mon père qui m'a raconté pour son frère et tout le reste, il y a quarante ans. Quand je vivais avec elle, je ne savais pas. »

La voix aiguë de Nathalie Dufaure nous interrompit.

« Qu'est-il arrivé à son frère ? »

Gaspard Dufaure jeta un regard vers sa petite-fille, qui semblait fascinée par chaque mot qu'il prononçait. Puis il regarda sa femme qui n'avait pas dit un mot de toute la conversation, mais avait écouté avec tendresse.

« Je te raconterai une autre fois, Natou. C'est une histoire très triste. »

Il y eut un long silence.

« Monsieur Dufaure, dis-je, je cherche à savoir où est Sarah Starzynski maintenant. C'est pour ça que je suis là. Pouvez-vous m'aider ? »

Gaspard Dufaure se gratta la tête et me jeta un regard interrogateur.

« Ce que moi, j'aimerais bien savoir, mademoiselle Jarmond, dit-il avec un sourire, c'est pourquoi cela est si important pour vous. »

Le téléphone sonna à nouveau. C'était Zoë. Elle appelait de Long Island. Elle s'amusait bien, il faisait beau, elle bronzait, avait eu une nouvelle bicyclette, trouvait son cousin Cooper mignon, mais je lui manquais. Je lui répondis qu'elle me manquait aussi et que je serais près d'elle dans moins de dix jours. Puis elle baissa la voix et me demanda si j'avais avancé dans mes recherches sur Sarah Starzynski. Le sérieux avec lequel elle me posa cette question m'attendrit. Je lui dis que j'avais effectivement avancé et que bientôt, je lui en parlerais.

« Oh Maman, dis-moi, qu'as-tu appris de nouveau ? Je veux savoir ! Tout de suite !

– D'accord, dis-je, en me rendant à son enthousiasme. Aujourd'hui, j'ai rencontré un homme qui l'a bien connue quand elle était jeune. Il m'a dit que Sarah avait quitté la France en 1952 pour faire la nurse à New York.

– Tu veux dire qu'elle vit aux États-Unis ?

– C'est ce qu'il semble », dis-je.

Il y eut une pause.

« Comment vas-tu la trouver ici, Maman ? me demanda-t-elle d'une voix moins joyeuse. C'est bien plus grand que la France, les États-Unis.

– Dieu seul le sait, ma chérie», soupirai-je. Je l'embrassai chaleureusement, lui envoyai des «je t'aime» et raccrochai.

Ce que, moi, j'aimerais bien savoir, mademoiselle Jarmond, c'est pourquoi cela est si important pour vous. Sur le coup, j'étais décidée à dire la vérité à Gaspard Dufaure. Comment Sarah était arrivée dans ma vie, comment j'avais découvert son horrible secret, comment elle était liée à ma belle-famille. Enfin, comment (maintenant que je savais pour l'été 1942, le Vél d'Hiv, Beaune-la-Rolande, la mort du petit Michel dans l'appartement des Tézac) retrouver Sarah était devenu mon but, ma quête, quelque chose qui monopolisait toute ma volonté.

Gaspard Dufaure avait été étonné de mon entêtement. Pourquoi la retrouver, pour quoi faire? m'avait-il demandé, en hochant sa tête grisonnante. «Pour lui dire qu'elle compte pour nous et que nous n'avons pas oublié.» Ce fut ma réponse. Le «nous» le fit sourire. De qui s'agissait-il? De ma belle-famille, du peuple français? Légèrement irritée par son sourire narquois, j'avais rétorqué que c'était moi, tout simplement, moi et moi seule qui voulais lui dire à quel point j'étais désolée, que je n'avais pas oublié pour la rafle, le camp, pour Michel et le train pour Auschwitz qui avait emporté ses parents pour toujours. Comment, moi, une Américaine, pouvais-je être désolée? Mes compatriotes n'avaient-ils pas libéré la France en juin 1944? Il ne comprenait pas. Il me dit en riant que je n'avais aucune raison d'être désolée.

Je le regardai droit dans les yeux.

«Oui, je suis désolée. Désolée d'avoir quarante-cinq ans et d'en savoir si peu.»

S arah avait quitté la France à la fin de l'année 1952. Elle était partie pour l'Amérique.

«Pourquoi là-bas? avais-je demandé.

— Elle nous a dit qu'elle voulait vivre dans un pays qui n'avait pas été directement touché par l'Holocauste, comme l'avait été la France. Cela nous a fait de la peine à tous et particulièrement à mes grands-parents. Ils l'aimaient comme leur propre fille. Mais rien ne pouvait la faire changer d'avis. Elle est donc partie. Et n'est jamais revenue. En tout cas, pas à ma connaissance.

— Et là-bas, que lui est-il arrivé?» demandai-je avec la même ferveur et la même sincérité que Nathalie.

Gaspard Dufaure haussa les épaules et soupira profondément. Il s'était levé, suivi par son chien presque aveugle. Sa femme m'avait servi une autre tasse de café corsé. Leur petite-fille était restée muette, lovée dans le fauteuil, promenant un regard attendri sur son grand-père et moi. Je savais qu'elle se souviendrait de ce moment, qu'elle n'oublierait rien.

Gaspard Dufaure se rassit en grognant un peu et me tendit ma tasse. Il avait fait le tour de la pièce, regardé les vieilles photographies et les meubles fatigués. Il s'était gratté la tête en soupirant. J'attendais. Nathalie attendait. Enfin, il reprit la parole.

Ils n'avaient plus de nouvelles de Sarah depuis 1955.

« Elle a envoyé quelques lettres à mes grands-parents. Un an après son arrivée aux États-Unis, une carte postale nous apprit qu'elle s'était mariée. Je me souviens que mon père nous a dit qu'elle avait épousé un Yankee. » Gaspard sourit. « Nous étions très heureux pour elle. Mais après ça, plus d'appels, plus de courrier. Plus jamais. Mes grands-parents essayèrent de la localiser. Ils firent l'impossible pour la retrouver. Ils appelèrent à New York, écrivirent des lettres, envoyèrent des télégrammes. Ils essayèrent de trouver son mari. Rien. Sarah avait disparu. C'était terrible pour eux. Les années passaient et ils attendaient toujours un signe, un appel, une carte. Mais rien ne vint. Puis mon grand-père est mort dans les années soixante et quelques années plus tard, ce fut le tour de ma grand-mère. Je suis sûr qu'ils sont morts le cœur brisé.

— Vous savez que vos grands-parents ont droit au titre de Justes, lui dis-je.

— Qu'est-ce que ça veut dire?

— L'Institut Yad Vashem de Jérusalem donne ce titre aux non-Juifs qui ont sauvé des Juifs pendant la guerre. Cette distinction s'obtient aussi à titre posthume. »

Il s'éclaircit la gorge et détourna le regard.

« Trouvez-la. Le reste n'a pas d'importance. Je vous en prie, trouvez-la, mademoiselle Jarmond. Dites-lui qu'elle me manque. Qu'elle manque à mon frère Nicolas. Dites-lui que nous l'aimons et que nous l'embrassons. »

Avant que je parte, il me tendit une lettre.

« Ma grand-mère avait écrit cette lettre à mon père, après la guerre. Peut-être souhaiterez-vous y jeter un coup d'œil. Vous la ferez passer à Nathalie quand vous l'aurez lue. »

Une fois seule à la maison, je déchiffrai l'écriture d'autrefois. Je pleurais en lisant. Je réussis finalement à me calmer, essuyai mes larmes et me mouchai.

Puis j'appelai Édouard et lui lus la lettre. Je crois bien qu'il pleurait aussi, même si je sentais qu'il faisait tous les efforts possibles pour que je ne m'en rende pas compte. Il me remercia d'une voix étranglée et raccrocha.

8 septembre 1946.

Alain, mon fils chéri,

Quand Sarah est revenue la semaine dernière, après avoir passé l'été avec toi et Henriette, elle avait de bonnes joues roses… et un sourire. Jules et moi n'en revenions pas. C'était extraordinaire. Elle t'écrira elle-même pour te remercier, mais je tenais à te dire dès maintenant comme je te suis reconnaissante pour ton aide et ton hospitalité. Nous sortons de quatre années bien sombres, comme tu le sais. Quatre longues années d'Occupation, de peur, de privation. Pour nous et notre pays. Quatre années dont nous avons payé le prix, Jules et moi, mais surtout Sarah. Je crois qu'elle ne s'est jamais remise de ce qui s'est passé pendant l'été 1942, quand nous l'avons ramenée dans l'appartement de ses parents, dans le Marais. Ce jour-là, quelque chose en elle s'est définitivement brisé. Effondré.

Ce fut une période bien difficile et ton soutien nous a été précieux. Cacher Sarah pour qu'elle échappe à l'ennemi, la mettre à l'abri jusqu'à l'armistice fut un cauchemar permanent. Mais désormais, Sarah a une famille. Nous sommes devenus sa famille. Et tes fils, Gaspard et Nicolas, ses frères. C'est une Dufaure à présent. Elle porte notre nom.

Je sais cependant qu'elle n'oubliera jamais. Derrière le sourire et les joues roses, il reste quelque chose de dur en elle. Elle ne sera jamais une jeune fille de quatorze ans comme les autres. Elle est déjà une femme, une femme amère. Parfois, il me semble qu'elle est plus âgée que moi. Elle ne parle jamais de sa famille, de son frère. Mais je sais qu'ils sont toujours avec elle. Toujours. Elle va au cimetière chaque semaine, parfois plus souvent, se recueillir sur la tombe de son frère. Elle y va seule. Elle refuse que je l'accompagne. Parfois, je la suis ; juste pour m'assurer que tout va bien. Elle s'assoit devant la petite tombe et reste sans bouger. Elle peut rester là des heures en serrant entre ses doigts la clef de cuivre qu'elle porte toujours sur elle. La clef du placard où son pauvre petit frère est mort. Quand elle rentre, son visage est fermé, froid. Elle a du mal à parler, à entrer en contact avec moi. J'essaie de lui donner tout mon amour. Elle est la fille que je n'ai jamais eue.

Elle ne parle jamais de Beaune-la-Rolande. Si, par hasard, nous passons près du village, elle devient toute pâle. Elle tourne la tête et ferme les yeux. Je me demande si un jour, le monde saura pour tout ça. Si tout ce qui s'est passé ici apparaîtra au grand jour. Ou si cela restera pour toujours un secret, enterré dans le passé, un passé si trouble.

Depuis que la guerre est terminée, Jules a souvent été au Lutetia, parfois avec Sarah, pour savoir qui rentrait des camps. En espérant, toujours en espérant. Nous espérions tous, de toutes nos forces. Mais désormais nous savons. Ses parents ne rentreront pas. Ils sont morts à Auschwitz pendant le terrible été 1942.

Je me demande souvent combien d'enfants comme elle ont traversé cet enfer et survécu, et doivent maintenant continuer à vivre, sans les êtres qu'ils aimaient. Tant de souffrance et tant de peine. Sarah a dû tout abandonner : sa famille, son nom, sa religion. Nous n'en parlons jamais, mais je sais à quel point le vide est profond, combien tout cela est cruel. Sarah parle souvent de quitter ce pays, de tout recommencer ailleurs, loin de ce qu'elle a connu et subi. Elle est trop petite, trop fragile pour quitter encore la ferme, mais un jour viendra… Jules et moi devrons savoir la laisser partir.

Oui, la guerre est finie, enfin finie, mais pour ton père et moi, rien n'est plus pareil. Et plus rien ne sera jamais pareil. La paix a un goût amer. Et le futur est inquiétant. Les événements qui ont eu lieu ont changé la face du monde. Celle de la France aussi. Notre pays n'est pas encore remis de ces sombres années. Cela arrivera-t-il un jour ? Ce n'est plus la France que j'ai connue lorsque j'étais enfant. C'est une autre France que je ne reconnais pas. Je suis vieille désormais et je sais que les jours me sont comptés. Mais Sarah, Gaspard et Nicolas sont encore jeunes. Ils vont vivre dans cette nouvelle France. J'ai de la peine pour eux car j'ai peur de ce qui adviendra.

Mon cher fils, je ne voulais pas t'écrire une lettre triste, hélas, j'ai bien peur qu'elle en ait pris la tournure et tu m'en vois désolée. Le jardin a besoin d'entretien, les poules attendent d'être nourries, alors je dois te laisser. Je te remercie encore pour tout ce que tu as fait pour Sarah. Que Dieu vous bénisse, toi et Henriette, pour votre générosité, votre fidélité, et qu'Il bénisse vos enfants.

Ta mère qui t'aime,

Geneviève

Encore un appel. J'aurais dû éteindre mon portable. C'était Joshua. J'étais surprise. Il n'appelait jamais à une heure aussi tardive.

«Je viens de te voir aux infos, dit-il d'une voix traînante. Belle comme une image. Un peu pâle, mais très glamour.

– Les infos? Quelles infos?

– J'ai allumé la télé pour regarder le vingt heures de TF1 et je suis tombé sur ma Julia, juste sous le Premier ministre.

– Oh! dis-je, tu as vu la cérémonie du Vél d'Hiv.

– Bon discours, tu n'as pas trouvé?

– Oui, très bon.»

Il fit une pause. J'entendis le clic de son briquet. Il devait allumer une Marlboro Medium, celles qui ont un paquet argenté et qu'on ne trouve qu'aux États-Unis. Qu'avait-il donc à me demander? Il était habituellement plus brutal. Trop brutal.

«Que veux-tu, Joshua? demandai-je, méfiante.

– Rien, rien. J'appelais juste pour te dire que tu as fait du bon travail. Ton article sur le Vél d'Hiv fait du bruit. Je voulais que tu le saches. Les photos de Bamber sont aussi très réussies. Vous avez été une fine équipe.

– Oh, merci.»

Mais je le connaissais bien.

« Rien d'autre, tu es sûr ? ajoutai-je prudemment.

– Il y a un truc qui me chiffonne.

– Vas-y, je t'écoute.

– Il manque quelque chose, à mon avis. Tu as eu les survivants, les témoins, le vieux type de Beaune, etc., tout ça, c'est très bien. Vraiment très bien. Mais tu as oublié deux, trois points. Les policiers. La police française.

– Et alors ? » Il commençait à m'exaspérer. « Où veux-tu en venir avec la police française ?

– Ton article aurait été parfait si tu avais pu interviewer d'anciens flics ayant participé à la rafle. Si tu avais pu en retrouver quelques-uns, juste pour avoir l'autre son de cloche. Même s'ils sont très vieux aujourd'hui. Qu'ont dit ces hommes à leurs enfants ? Est-ce que leurs familles sont au courant ? »

Bien sûr, il avait raison. Ça ne m'était jamais venu à l'esprit. Mon exaspération se dissipa. Je ne trouvais rien à lui répondre. J'étais saisie.

« Julia, ne t'inquiète pas, tout va bien, dit Joshua en riant. Tu as fait du très bon travail. Peut-être ces policiers n'auraient-ils pas voulu te parler, de toute façon. Tu n'as pas dû trouver grand-chose sur eux dans tes recherches, n'est-ce pas ?

– En effet, dis-je. En y repensant, il n'y a même rien du tout, dans ce que j'ai lu, sur les sentiments de la police française dans cette affaire. Juste qu'ils faisaient leur travail.

– Leur travail, c'est ça », répéta Joshua. « Mais j'aurais bien aimé savoir comment ils avaient vécu avec ça. Comme j'aurais aimé avoir le témoignage de ceux qui ont conduit les trains de Drancy à Auschwitz. Savaient-ils ce qu'ils transportaient ? Croyaient-ils vraiment qu'il s'agissait de bétail ? Savaient-ils où ils conduisaient ces gens et ce qui allait leur arriver ? Et les conducteurs de bus ? Ignoraient-ils ce qu'ils faisaient ? »

Encore une fois, il avait raison. Je restai sans voix. Une bonne journaliste aurait creusé dans ces directions, levé les tabous. La police française, la SNCF, les transports parisiens.

J'avais été complètement obsédée par les enfants du Vél d'Hiv. Par une enfant en particulier.

« Ça va, Julia ?

– Ça ne peut pas aller mieux. »

Je mentais.

« Tu as besoin de repos, dit-il, péremptoire. Il est temps que tu prennes l'avion pour rejoindre ta terre natale.

– C'est exactement ce à quoi je pensais. »

Le dernier appel de la soirée provenait de Nathalie Dufaure. Elle semblait folle d'enthousiasme. J'imaginais son petit minois illuminé d'excitation, ses yeux bruns tout brillants.

«Julia! J'ai regardé tous les papiers de Papy et je l'ai trouvée. J'ai trouvé la carte de Sarah!

— La carte de Sarah? répétai-je, sans bien comprendre de quoi elle voulait parler.

— La carte postale qu'elle a envoyée pour annoncer qu'elle se mariait, son dernier courrier. Elle y donne le nom de son mari.»

Je saisis un stylo et cherchai un bout de papier, que je ne trouvai pas. Je pointai la bille sur ma main.

«Et le nom est...?

— Elle écrit qu'elle épouse un certain Richard J. Rainsferd.» Elle m'épela le nom. «La carte est datée du 15 mars 1955. Pas d'adresse. Rien à part ce que je viens de vous dire.

— Richard J. Rainsferd», répétai-je en inscrivant le nom en capitales sur ma peau.

Je remerciai Nathalie en promettant de la tenir au courant si j'en apprenais davantage, puis j'appelai Charla à Manhattan. Je tombai sur son assistante, Tina, qui me laissa en attente pendant un moment. Puis j'entendis la voix de ma sœur.

«Encore toi, choupette?»

J'allai droit au but.

«Comment peut-on retrouver quelqu'un aux États-Unis?

— Dans l'annuaire.

— C'est si facile?

— Il y a d'autres moyens, dit-elle, d'un air mystérieux.

— Pour quelqu'un qui aurait disparu en 1955?

— Tu as un numéro de Sécurité sociale, une plaque d'immatriculation ou une adresse?

— Rien du tout.»

Elle siffla entre ses dents.

«Ça va être coton. Peut-être même impossible. Je vais quand même essayer. J'ai des copains qui peuvent m'aider. Donne-moi le nom.»

À ce moment-là, j'entendis la porte d'entrée se refermer en claquant et le bruit de clefs jetées sur la table.

Mon mari, de retour de Bruxelles.

«Je te rappelle», murmurai-je à ma sœur avant de raccrocher.

Bertrand entra dans le salon. Il était pâle et tendu, il avait les traits tirés. Il s'approcha et me prit dans ses bras. Je sentis son menton se poser sur le haut de mon crâne.

Je devais lui parler sans attendre.

« Je ne l'ai pas fait. »

Il ne bougea pas d'un cil.

« Je sais, répondit-il. Le docteur m'a appelé. »

Je m'écartai.

« Je n'ai pas pu, Bertrand. »

Il eut un étrange sourire désespéré. Il se dirigea vers la fenêtre où, sur un plateau, se trouvaient les alcools et les digestifs. Il se servit un cognac et l'avala d'un trait en basculant la tête vers l'arrière. Je trouvai le geste laid, cependant il m'émut.

« Et alors, qu'est-ce qu'on fait maintenant ? » dit-il en reposant brutalement son verre.

Je tentai un sourire, mais le cœur n'y était pas. Bertrand s'assit sur le canapé, dénoua sa cravate et ouvrit les deux premiers boutons de sa chemise.

« Je ne peux me faire à l'idée d'avoir un enfant, Julia. Je t'avais prévenue. Tu n'as pas voulu m'entendre. »

Quelque chose dans sa voix m'incita à l'observer plus attentivement. Il avait l'air vulnérable, diminué. Pendant un quart de seconde, je vis le visage las d'Édouard Tézac, l'expression qu'il avait eue dans la voiture quand il m'avait raconté que Sarah était revenue.

« Je ne peux pas t'empêcher d'avoir cet enfant. Mais je veux que tu saches que je ne peux pas assumer ta décision. Cet enfant va me tuer. »

Je voulais lui montrer un peu de compassion, il avait l'air si perdu, mais le ressentiment m'envahit.

« Te tuer ? » répétai-je.

Bertrand se leva pour se servir un autre verre. Je détournai le regard. Je ne voulais pas le voir l'avaler.

« Tu n'as jamais entendu parler de la crise de la cinquantaine, mon amour ? Vous autres Américains adorez cette expression, *midlife crisis*. Tu étais tout entière dans ton boulot, avec tes amis, ta fille et tu n'as même pas remarqué ce que je traversais. À la vérité, tu t'en fous. N'ai-je pas raison ? »

Je le fixai, interloquée.

Il s'allongea lentement sur le canapé, les yeux tournés vers le plafond. Oui, ses mouvements étaient lents et précautionneux. Je ne l'avais jamais vu ainsi. La peau de son visage semblait ratatinée. Soudain, c'est un mari vieillissant que j'avais devant moi. Envolé le jeune Bertrand. Il avait pourtant toujours été insolemment jeune, dynamique, plein d'énergie. Le genre à ne pas pouvoir rester en place, toujours prêt à l'action, plein d'entrain, rapide, impatient. L'homme que je voyais était le fantôme de cet ancien lui-même. Quand avait eu lieu la métamorphose ? Comment avais-je pu ne pas m'en rendre compte ? Bertrand et son rire inouï. Ses blagues. Son audace. C'est votre mari ? murmuraient les gens, intimidés et admiratifs. Le Bertrand des dîners en ville, qui monopolisait les conversations sans que personne ne trouve à redire. Il était tellement fascinant. La façon qu'il avait de vous regarder, l'éclat puissant de ses yeux bleus et ce sourire en coin, diabolique…

Ce soir, il n'y avait rien de solide, rien de ferme en lui. On aurait dit qu'il avait lâché prise. Il était vautré là, mollement. Ses yeux étaient mélancoliques, ses paupières tombaient.

« Tu n'as jamais vu que je traversais une période difficile. Non, tu n'as rien vu. »

Sa voix était plate et monotone. Je m'assis à côté de lui et lui caressai la main. Difficile d'admettre que je n'avais rien remarqué. Comment lui avouer à quel point je me sentais coupable ?

« Pourquoi ne m'as-tu rien dit, Bertrand ? »

Les commissures de ses lèvres s'affaissèrent.

« J'ai essayé. Ça n'a pas marché.

– Pourquoi ? »

Son visage se durcit. Il laissa échapper un petit rire sec.

« Tu ne m'écoutes pas, Julia. »

Je savais qu'il avait raison. Je me souvenais de cette nuit affreuse, quand sa voix s'était brisée. Quand il m'avait fait part de sa plus grande peur, vieillir. Quand j'avais compris qu'il était fragile. Bien plus fragile que ce que j'imaginais. Je m'étais détournée. Ses révélations me dérangeaient. Cela m'avait mise mal à l'aise. Il s'en était rendu compte. Mais il n'avait pas osé me dire à quel point ma réaction lui avait fait mal.

Je restai assise près de lui sans rien dire, en lui tenant la main. L'ironie de la situation me frappa. Un mari déprimé. Un mariage en déroute. Un bébé à venir.

« Et si on sortait manger un bout au Select ou à la Rotonde ? dis-je doucement. On pourra discuter. »

Il se souleva du canapé.

« Une autre fois, peut-être. Je suis crevé. »

Je m'aperçus qu'il s'était souvent plaint d'être fatigué ces derniers mois. Trop fatigué pour aller au cinéma, pour aller courir au Luxembourg, trop fatigué pour emmener Zoë à Versailles le dimanche après-midi. Trop fatigué pour faire l'amour. Faire l'amour… C'était quand la dernière fois? Ceinture depuis des semaines. Je le regardai traverser la pièce d'un pas lourd. Il avait grossi. Ça non plus, je ne l'avais pas remarqué. Bertrand faisait si attention à son apparence. *Tu étais tout entière dans ton boulot, avec tes amis, ta fille et tu n'as même pas remarqué ce que je traversais. Tu ne m'écoutes pas, Julia.* Un sentiment de honte m'envahit brutalement. Étais-je, à ce point, incapable de faire face à la vérité? Bertrand n'avait plus fait partie de ma vie ces dernières semaines, même si nous partagions le même lit et vivions sous le même toit. Je ne lui avais rien dit de Sarah Starzynski. Ni de ce qui avait changé entre Édouard et moi. N'avais-je pas écarté Bertrand de tout ce qui était important pour moi? Je l'avais exclu de ma vie, et je portais son enfant. Quelle ironie!

Je l'entendis ouvrir le frigo et sortir quelque chose d'un papier aluminium. Il réapparut dans le salon avec une cuisse de poulet dans une main et l'alu dans l'autre.

«Juste une chose, Julia.

– Oui?

– Quand je t'ai dit que je ne me sentais pas prêt à avoir cet enfant, je le pensais. Tu as fait ton choix. Maintenant, voilà ma décision. J'ai besoin de temps à moi. J'ai besoin d'être seul. Toi et Zoë, vous vous installerez rue de Saintonge après l'été et moi, je trouverai quelque chose pas trop loin. Puis nous verrons comment les choses se passent. Peut-être que je me ferai à cette grossesse. Si ce n'est pas le cas, nous divorcerons.»

Ce qu'il me disait ne m'étonnait pas. Je m'y attendais depuis longtemps. Je me levai, rajustai ma robe, puis dis calmement:

«La seule chose qui compte maintenant, c'est Zoë. Quoi qu'il arrive, il faut que nous lui parlions, toi et moi. Il faut la préparer à tout ça. Nous devons faire les choses correctement.»

Il reposa la cuisse de poulet dans l'aluminium.

«Pourquoi es-tu si dure, Julia?» Il n'y avait pas de sarcasme dans sa voix, juste de l'amertume. «On dirait ta sœur.»

Je ne répondis pas et quittai le salon. J'allai dans la salle de bains et ouvris les robinets. Une pensée me frappa. N'avais-je pas déjà fait mon choix? Choisi le bébé contre Bertrand? Je n'avais pas été atteinte par son point de vue, ses peurs les plus intimes. Je n'avais pas redouté son départ, provisoire ou définitif. Bertrand ne disparaîtrait pas, de toute façon. Il était le père de ma fille et de l'enfant qui était encore dans mon ventre. Il ne sortirait jamais entièrement de ma vie.

Mais en me regardant dans le miroir, tandis que la vapeur emplissait peu à peu la pièce, faisant disparaître mon reflet dans le miroir, je sentis que tout avait changé de façon radicale. Aimais-je toujours Bertrand? Avais-je toujours besoin de lui? Comment pouvais-je désirer son enfant et plus le désirer, lui?

J'avais envie de pleurer, mais les larmes ne vinrent pas.

J'étais toujours dans mon bain quand il entra. Il tenait à la main le dossier «Sarah» que j'avais laissé dans mon sac.

«C'est quoi ça?» dit-il en brandissant la pochette rouge.

Surprise, j'eus un mouvement brusque qui fit déborder l'eau. Il était si troublé qu'il rougissait. Il s'assit sur le couvercle des toilettes. À tout autre moment, j'aurais ri du ridicule de sa position.

«Laisse-moi t'expliquer…»

Il leva la main.

«C'est plus fort que toi, hein? Tu ne peux pas t'empêcher de remuer le passé.»

Il parcourut le dossier, les lettres de Jules Dufaure à André Tézac et examina les photos de Sarah.

«Où as-tu eu tout ça? Qui te l'a donné?

— Ton père», dis-je tranquillement.

Il me regarda, interloqué.

«Qu'est-ce que mon père a à voir là-dedans?»

Je sortis de l'eau, attrapai une serviette et me séchai en lui tournant le dos. Je ne voulais pas qu'il me voie nue.

«C'est une longue histoire, Bertrand.

— Pourquoi ne laisses-tu pas le passé là où il est? C'était il y a soixante ans! C'est fini, oublié.»

Je me tournai vers lui.

«Non, ce n'est pas le cas. Il y a soixante ans, quelque chose s'est passé dans ta famille. Quelque chose que tu ignores. Toi et tes sœurs ne savez rien. Mamé non plus.»

Il m'écoutait la bouche ouverte, complètement sonné.

«Que s'est-il passé? Tu dois me le dire!»

Je lui pris le dossier et le serrai contre moi.

«Et toi, dis-moi pourquoi tu fouillais dans mon sac!»

Nous étions comme deux gamins qui se chamaillent à la récréation. Il leva les yeux au ciel.

«J'ai vu le dossier et je me suis demandé ce que c'était. Voilà tout.

— J'ai souvent des dossiers dans mon sac. Tu n'as jamais été curieux avant.

— Ce n'est pas la question. Dis-moi de quoi il s'agit. Tout de suite!»

Je fis non de la tête.

«Tu n'as qu'à appeler ton père. Dis-lui que tu es tombé "par hasard" sur le dossier et demande-lui de t'expliquer.

— Tu ne me fais pas confiance, c'est ça?»

Son visage s'effondra et j'eus soudain pitié de lui. Il avait l'air blessé et incrédule.

«Ton père m'a demandé de ne rien te dire», dis-je d'une voix douce.

Bertrand se leva lourdement et tendit le bras pour attraper la poignée de la porte. Il était abattu, effondré.

Il fit un pas en arrière pour me caresser la joue. Ses doigts étaient chauds sur mon visage.

«Julia, que nous est-il arrivé? Où en sommes-nous?»

Puis il sortit.

Je fondis en larmes sans chercher à me retenir. Il m'entendit sangloter, mais ne revint pas vers moi.

Pendant l'été 2002, sachant que Sarah avait quitté Paris pour New York cinquante ans auparavant, je me sentis attirée de l'autre côté de l'Atlantique comme un bout de métal par un aimant puissant. Je n'y tenais plus. J'étais impatiente de revoir Zoë comme de partir à la recherche de Richard J. Rainsferd. Je n'avais qu'une hâte. Embarquer dans cet avion.

Bertrand avait-il appelé son père pour savoir ce qui s'était passé dans l'appartement de la rue de Saintonge pendant la guerre? Il n'en avait pas reparlé, était resté cordial, mais distant. Je sentais que lui aussi avait hâte que je parte. Pour faire le point? Pour voir Amélie? Je l'ignorais. Cela m'était égal. C'était ce que je me disais en tout cas.

Quelques heures avant mon départ pour New York, j'appelai mon beau-père pour lui dire au revoir. Il ne fit pas mention d'une quelconque conversation avec Bertrand, et je ne lui posai pas la question.

«Pourquoi Sarah a-t-elle arrêté d'écrire aux Dufaure? me demanda Édouard. Que croyez-vous qu'il s'est passé, Julia?

– Je l'ignore, Édouard. Mais je vais faire de mon mieux pour le savoir.»

Ces zones d'ombre me hantaient jour et nuit. En embarquant, quelques heures plus tard, je me posais toujours la même question.

Sarah Starzynski était-elle vivante?

Ma sœur et ses beaux cheveux châtains, ses fossettes, ses magnifiques yeux bleus, sa silhouette athlétique, solide, si semblable à celle de notre mère. Les sœurs Jarmond. Dépassant d'une tête toutes les femmes de la famille Tézac. Qui avaient de grands sourires ennuyés, hypocrites, envieux. Pourquoi êtes-vous si grandes, vous, les Américaines? C'est à cause de votre alimentation, des vitamines, des hormones? Charla était encore plus grande que moi. Et ses grossesses n'avaient en rien alourdi sa ligne.

À l'instant où elle me vit à l'aéroport, Charla sut que quelque chose me préoccupait, qui n'avait rien à voir avec le bébé que j'avais décidé de garder ou avec mes problèmes de couple. En arrivant en ville, son téléphone se mit à sonner sans arrêt. Son assistante, son patron, ses clients, ses enfants, la baby-sitter, Ben, son ex-mari de Long Island, Barry, le nouveau, d'Atlanta où il était en voyage d'affaires... Des appels incessants. J'étais si contente de la voir que cela m'était égal. Le seul fait d'être près d'elle, de sentir nos épaules se toucher, me rendait heureuse.

Une fois dans l'impeccable cuisine chromée de sa maison de briques de la 81e Rue Est et après qu'elle se fut servi du vin blanc et qu'elle m'eut donné du jus de pommes (grossesse oblige!), je déballai toute l'histoire. Charla ne savait presque rien de la France. Elle ne parlait pas français, ou à peine. La seule autre langue qu'elle parlait couramment était l'espagnol. L'Occupation, ça ne lui disait pas grand-chose. Elle m'écoutait sans broncher lui expliquer la rafle, les camps, les trains pour la Pologne, Paris en juillet 1942, la rue de Saintonge, l'appartement, Sarah, Michel.

J'observais son beau visage pâlir d'horreur. Elle n'avait pas touché son verre. Elle portait sans arrêt ses mains à sa bouche, secouait la tête. Je lui racontai tout, jusqu'à la carte postale de Sarah, la dernière, celle de 1955, postée de New York.

Elle me dit alors, en prenant une petite gorgée de vin :

«Oh, mon Dieu! Tu es venue ici pour elle, c'est ça?»

Je fis oui de la tête.

«Par où diable vas-tu commencer?

– Le nom dont je voulais te parler, tu te souviens? Richard J. Rainsferd. C'est le nom de son mari.

– Rainsferd?»

Je le lui épelai.

Charla se leva d'un bond et prit le téléphone.

«Que fais-tu?» dis-je.

Elle leva la main pour me faire taire.

«Bonjour. Je cherche un certain Richard J. Rainsferd. Dans l'État de New York. C'est cela. R.A.I.N.S.F.E.R.D. Personne de ce nom? OK, vous pouvez vérifier dans le New Jersey, s'il vous plaît?…. Rien… Dans le Connecticut?…. Génial. Oui, merci. Une minute, je vous prie.»

Elle inscrivit quelque chose sur un bout de papier. Puis elle me le tendit, ravie et triomphale.

«On le tient!»

Incrédule, je lus le numéro et l'adresse.

Mr et Mrs J. Rainsferd. 2299 Shepaug Drive. Roxbury. Connecticut.

«Ça ne peut pas être eux, murmurai-je. Ce serait trop facile.

— Roxbury, dit Charla avec un sourire amusé, n'est-ce pas dans le comté de Litchfield? J'avais un petit copain dans ce coin. Tu étais déjà partie. Greg Tanner. Très mignon. Son père était docteur. Joli endroit, Roxbury. À environ cent quatre-vingts kilomètres de Manhattan.»

J'étais abasourdie. Je n'arrivais pas à croire que retrouver Sarah serait aussi facile, aussi rapide. Je venais à peine de me poser. Je n'avais même pas encore parlé à ma fille. Et je savais déjà où habitait Sarah. Elle était donc toujours en vie. Cela semblait impossible, irréel.

«Écoute, dis-je, comment être sûre que c'est elle?»

Charla était assise devant la table, occupée à allumer son ordinateur portable. Elle fouilla dans son sac pour trouver ses lunettes, puis les posa sur le bout de son nez.

«On va le savoir tout de suite.»

Je vins me placer derrière elle tandis que ses doigts couraient sur le clavier.

«Mais que fais-tu maintenant?

— On se calme!» lança-t-elle en continuant de taper. En regardant par-dessus son épaule, je vis qu'elle était sur Internet.

Sur l'écran, on pouvait lire : «Bienvenue à Roxbury, Connecticut. Manifestations, réunions, contacts, immobilier.»

«C'est exactement ce qu'il nous faut», dit Charla en scrutant l'écran. Puis elle me prit rapidement le petit bout de papier, saisit son téléphone et composa le numéro.

Ça allait trop vite pour moi. Je me sentais emportée dans une tempête.

«Charla! Attends! Tu ne sais même pas ce que tu vas dire, pour l'amour de Dieu!»

Elle couvrit le combiné avec sa main et ses yeux bleus se froncèrent au-dessus de la monture de ses lunettes.

«Tu me fais confiance, oui ou non?»

Elle avait sa voix d'avocate, grave et contrôlée. Je n'avais pas le choix. Il fallait la laisser faire. Je me sentais impuissante, affolée. Je me levai et fis les cent pas dans la cuisine, en tripotant le plan de travail et l'électroménager.

Quand j'osai de nouveau lever les yeux vers elle, elle était tout sourires.

« Tu devrais peut-être prendre un peu de vin. Et n'aie pas peur, mon numéro est masqué. » D'un doigt, elle me fit signe de me taire. « Oui, bonsoir, vous êtes Mrs Rainsferd ? »

Sa voix nasillarde me fit sourire. Elle avait toujours été douée pour les imitations.

« Oh, je suis désolée… Elle est sortie ? »

Mrs Rainsferd n'était pas chez elle. C'est qu'il existait bien une Mrs Rainsferd. Je continuais d'écouter, incrédule.

« Oui, euh, c'est de la part de Sharon Burstall de la bibliothèque du Mémorial de South Street. Je voulais savoir si elle avait envie de venir à notre réunion d'été qui aura lieu le 2 août… Oh, je vois. Je suis désolée, madame. Hmm, oui. Excusez-moi encore pour le dérangement, madame. Merci, au revoir. »

Elle raccrocha et me regarda avec un sourire satisfait.

« Alors ? m'étranglai-je.

— La femme que j'ai eue au téléphone est l'infirmière de Mr Rainsferd. Il est malade, grabataire. Il a besoin de beaucoup de soins. L'infirmière vient tous les après-midi.

— Et Mrs Rainsferd ? demandai-je avec impatience.

— Elle doit rentrer d'une minute à l'autre. »

J'eus un moment d'hésitation.

« Qu'est-ce que je fais ? J'y vais ? »

Ma sœur éclata de rire.

« D'après toi ? »

J'y étais. 2299 Shepaug Drive. Je coupai le moteur et attendis dans la voiture, les mains moites sagement posées sur les genoux.

De là où je me trouvais, je voyais la maison, derrière les deux piliers de pierre de l'entrée. C'était une propriété de style colonial, datant probablement de la fin des années trente. Moins impressionnante que les énormes demeures à des millions de dollars que j'avais vues en chemin, mais plus raffinée et plus harmonieuse.

En remontant la Route 67, j'avais été frappée par la beauté intacte et bucolique du comté de Lichtfield : des collines douces, des petites rivières, une végétation luxuriante même en plein cœur de l'été. J'avais oublié à quel point les étés étaient brûlants en Nouvelle-Angleterre. Malgré la puissance de l'air conditionné, j'étouffais. Si seulement j'avais pensé à prendre une bouteille d'eau minérale avec moi ! Ma gorge était sèche comme du parchemin.

Charla m'avait dit que les habitants de Roxbury étaient des gens aisés. C'était une ville à la mode où, depuis longtemps, et sans interruption, les artistes avaient aimé s'installer. Des peintres, des écrivains, des stars de cinéma. Il y en avait beaucoup dans le coin, apparemment. Je me demandais ce qu'avait fait Richard Rainsferd dans la vie. Avait-il toujours habité ici ? Ou avait-il quitté Manhattan avec Sarah à l'âge de la retraite ? Avaient-ils eu des enfants ? Combien ? Je comptai les fenêtres de la maison à travers le pare-brise. Il devait y avoir deux ou trois chambres, à moins que l'arrière de la maison soit plus grand que je ne l'imaginais. S'ils avaient des enfants, ceux-ci devaient avoir mon âge. Peut-être avaient-ils aussi des petits-enfants. Je haussai le cou pour voir si des voitures étaient garées devant la maison. Je ne parvins à distinguer qu'un garage séparé.

Je jetai un coup d'œil à ma montre. Un peu plus de quatorze heures. Il ne m'avait fallu que quelques heures pour venir de Manhattan. Charla m'avait prêté sa Volvo, qui était aussi impeccable que sa cuisine. Si seulement elle m'avait accompagnée ! Mais elle avait des rendez-vous qu'elle ne pouvait annuler. « Tu vas très bien t'en tirer, *sister* », avait-elle dit en me jetant les clefs de la voiture. « Tiens-moi au courant, d'accord ? »

Dans la Volvo, mon inquiétude augmentait avec la chaleur, de plus en plus étouffante. Que pourrais-je bien dire à Sarah Starzynski ? Mais ce n'était plus son nom. Ni Starzynski ni Dufaure. Elle était désormais Mrs Rainsferd et ce, depuis cinquante ans. Sortir de la voiture et sonner à la porte me paraissait au-dessus de mes forces. *Bonjour, Mrs Rainsferd, vous ne me connaissez pas, je m'appelle Julia Jarmond, je voulais vous parler de la rue de Saintonge, de ce qui s'est passé avec la famille Tézac, et…*

C'était maladroit, ça sonnait faux. Que faisais-je ici ? Pourquoi étais-je venue jusque-là ? J'aurais dû lui écrire une lettre et attendre qu'elle me réponde. C'était ridicule d'avoir fait le chemin jusqu'ici. Oui, c'était une idée vraiment ridicule. Qu'espérais-je ? Qu'elle m'accueille les bras ouverts, m'offre du thé et me dise en murmurant : « Bien sûr que je pardonne aux Tézac » ? Idée folle. Surréaliste. J'étais venue pour rien. Il valait mieux que je parte, et tout de suite.

J'étais prête à enclencher la marche arrière et à reprendre la route quand une voix me fit sursauter.

« Vous cherchez quelqu'un ? »

Je me retournai sur mon siège moite de transpiration et découvris une femme à la peau hâlée de trente, trente-cinq ans. Elle avait les cheveux bruns et courts, une silhouette trapue.

« Je cherche Mrs Rainsferd, mais je ne suis pas sûre que ce soit la bonne adresse… »

La femme sourit.

« C'est bien la bonne adresse. Mais ma mère est sortie faire des courses. Elle sera là dans vingt minutes. Je m'appelle Ornella Harris. Je vis dans la maison d'à côté. »

J'avais devant moi la fille de Sarah. La fille de Sarah Starzynski.

Je tentai de garder mon calme et souris poliment.

« Je m'appelle Julia Jarmond.

— Ravie, dit-elle. Puis-je vous aider ? »

Je cherchai désespérément quelque chose à dire.

« J'espérais rencontrer votre mère. J'aurais dû téléphoner avant, mais comme je passais par là, j'ai pensé que je pouvais juste la saluer…

— Vous êtes une amie de Maman ?

— Pas exactement. J'ai rencontré un de ses cousins récemment, et il m'a dit qu'elle habitait ici… »

Le visage d'Ornella s'éclaira.

« Oh, vous avez probablement rencontré Lorenzo. C'était en Europe ? »

J'étais perdue mais faisais tout pour ne pas le montrer. Qui pouvait bien être ce Lorenzo ?

« Exactement, c'était à Paris. »

Elle gloussa.

« C'est quelque chose, l'oncle Lorenzo. Maman l'adore. Il ne vient pas nous voir souvent, mais elle l'appelle presque tous les jours… Vous voulez entrer pour prendre un thé glacé ou autre chose ? Il fait une chaleur infernale dehors. Comme ça, vous serez plus à l'aise pour attendre Maman. On entendra la voiture arriver.

— Je ne veux pas vous déranger…

— Mes enfants sont sortis faire du bateau sur le lac Lillinonah avec leur père, alors je vous en prie, ne soyez pas gênée!»

Je sortis de la voiture, de plus en plus nerveuse, et suivis Ornella sous le patio de la maison voisine, construite dans le même style que celle des Rainsferd. La pelouse était jonchée de jouets en plastique, Frisbees, Barbie sans tête, Lego. J'étais assise à l'ombre du patio. Il faisait frais. J'imaginais Sarah regardant jouer ses petits-enfants. Elle devait venir les voir tous les jours, puisqu'ils étaient voisins.

Ornella me tendit un grand verre de thé glacé que j'acceptai de bon cœur. Nous sirotâmes en silence.

«Vous habitez dans la région? finit-elle par me demander.

— Non, je vis en France, à Paris. J'ai épousé un Français.

— Paris? Wouaw! Belle ville, n'est-ce pas?

— C'est vrai, mais je suis heureuse d'être de nouveau chez moi. Ma sœur vit à Manhattan et mes parents à Boston. Je suis venue passer l'été avec eux.»

Le téléphone sonna. Ornella alla répondre. Elle murmura quelques mots à voix basse et revint s'asseoir avec moi dans le patio.

«C'était Mildred, dit-elle.

— Mildred?

— L'infirmière qui s'occupe de mon père.»

La femme que Charla avait eue au téléphone hier et qui avait parlé d'un homme âgé et grabataire.

«Votre père va mieux? tentai-je.

— Non. Son cancer est très avancé. Il ne s'en sortira pas. Il ne peut déjà plus parler, il est inconscient.

— Je suis désolée, murmurai-je.

— Dieu merci, Maman est très forte. C'est elle qui me soutient dans ce drame, et pas le contraire. Elle est merveilleuse. Mon mari aussi, Eric. Je ne sais pas comment je ferais sans eux.»

Le gravier crissa sous les roues d'une voiture.

«C'est Maman!» dit Ornella.

J'entendis la portière claquer, des bruits de pas. Puis une voix aiguë et douce passa par-dessus la haie.

«Nella! Nella!»

Il y avait un imperceptible accent étranger dans cette voix.

«J'arrive, Maman.»

Mon cœur sautait dans ma poitrine. Je portai la main à mon sternum pour me calmer. Je suivais les hanches solides d'Ornella sur la pelouse, à demi évanouie tant j'étais nerveuse et agitée.

J'allais rencontrer Sarah Starzynski. J'allais la voir en vrai et de mes propres yeux. Dieu seul savait ce que je trouverais à lui dire.

J'étais juste à côté d'Ornella, mais sa voix me faisait l'effet d'un son lointain.

«Maman, je te présente Julia Jarmond, une amie d'oncle Lorenzo. Elle vient de Paris et passait par Roxbury…»

La femme se dirigea vers moi en souriant, dans une robe rouge qui lui arrivait aux chevilles. Elle avait une bonne cinquantaine d'années et la même corpulence que sa fille : des épaules rondes, des cuisses rebondies, des bras généreux. Des cheveux poivre et sel, remontés en chignon, une peau hâlée et des yeux de jais.

Des yeux de jais.

Ce n'était pas Sarah Starzynski.

« **A**lors, comme ça, vous êtes oune amie dé Lorenzo, si? Ravie dé vous rencontrer!»

Pur accent italien, ça ne faisait aucun doute. Tout dans cette femme était italien.

«Je suis désolée, vraiment...» dis-je en reculant, confuse.

Ornella et sa mère me regardaient étonnées. Leurs sourires s'évanouirent.

«Vous n'êtes pas la Mrs Rainsferd que je cherche.

– Comment ça? dit Ornella.

– Je cherche Sarah Rainsferd, dis-je. Je me suis trompée.»

La mère d'Ornella soupira et me tapota la main.

«Je vous en prie, ne vous excusez pas. Ça peut arriver.

– Je vais partir maintenant, murmurai-je, rougissante. Je suis désolée de vous avoir fait perdre votre temps.»

Je regagnai la voiture en tremblant. J'étais terriblement déçue et gênée.

«Attendez! Miss, attendez!»

C'était la voix claire de Mrs Rainsferd. Je m'arrêtai. Elle vint vers moi et posa sa main rondelette sur mon épaule.

«Vous né vous êtes pas trompée, Miss.»

Je plissai le front.

«Que voulez-vous dire?

– La Française, Sarah, c'était la prémière femme dé mon mari.

– Savez-vous où je peux la trouver?»

Elle me tapota gentiment l'épaule et ses yeux de jais s'emplirent de tristesse.

«Ma chérie, elle est morte. En 1972. Jé souis désolée dé vous dire ça.»

Je mis une éternité à entendre ce qu'elle venait de me dire. La tête me tournait, peut-être à cause du soleil qui frappait fort.

«Nella! De l'eau, vite!»

Mrs Rainsferd me prit par le bras et me conduisit sous le patio. Elle me fit asseoir sur un banc de bois, me donna de l'eau que je bus d'un trait en claquant des dents sur le bord du verre.

«Jé souis vraiment désolée dé vous avoir annoncé cette mauvaise nouvelle, croyez-moi.

– Comment est-elle morte? dis-je, la voix brisée.

– Dans un accident de voiture. Richard et Sarah vivaient déjà à Roxbury, depuis le début des années soixante. La voiture de Sarah a dérapé sur une plaque de verglas et s'est écrasée contre un arbre. Les routes sont très dangereuses ici en hiver. Elle est morte sur le coup.»

J'étais incapable de dire le moindre mot. Je me sentais dévastée.

«Vous êtes bouleversée, ma pauvre petite», murmura-t-elle en me caressant la joue de façon maternelle et vigoureuse.

Je marmonnais en remuant la tête. Je me sentais lessivée. J'étais une coquille vide. La perspective de devoir refaire le long trajet jusqu'à New York me donnait envie de hurler. Et après... Qu'allais-je dire à Édouard, et à Gaspard? Comment leur dire? Elle est morte, tout simplement, comme ça? Et il n'y a plus rien à faire?

Elle était morte. Morte à quarante ans. Partie. Morte. Disparue.

Sarah était morte. Je ne lui parlerais jamais. Je ne pourrais jamais lui dire que nous étions désolés, qu'Édouard était désolé, que la famille Tézac n'avait pas été indifférente ni complice. Je ne pourrais jamais lui dire qu'elle avait tant manqué à Gaspard et à Nicolas Dufaure, qu'ils pensaient chaleureusement, affectueusement à elle. Il était trop tard. Trente ans trop tard.

«Jé né l'ai jamais rencontrée, dit Mrs Rainsferd. J'ai fait la connaissance dé Richard quelques années plus tard. C'était un homme triste. Et leur fils…»

Je relevai la tête.

«Leur fils?

– Oui, William. Vous connaissez William?

– Le fils de Sarah?

– Oui, le fils de Sarah.

– Mon demi-frère», dit Ornella.

Mon espoir se réveilla.

«Non, je ne le connais pas. Dites-moi ce que vous savez.

– Pauvre *bambino*, il avait seulement douze ans quand sa mère est morte, vous voyez. Le petit garçon a eu lé cœur brisé. Je l'ai élevé comme mon propre enfant. Je lui ai appris à aimer l'Italie. Et il a épousé une Italienne, de mon village natal.»

Elle rayonnait de fierté.

«Est-ce qu'il vit à Roxbury?» demandai-je.

Elle sourit en me caressant à nouveau la joue.

«*Mamma mia*, non, William vit en Italie. Il a quitté Roxbury en 1980. Il avait vingt ans. Il a épousé Francesca en 1985. Il a deux ravissantes filles. Il vient de temps en temps voir son père, et moi et Nella, mais pas très souvent. Il déteste cet endroit. Ça lui rappelle le décès de sa mère.»

Je me sentis mieux soudain. J'avais moins chaud, la sensation d'étouffement avait cessé. Je respirais plus aisément.

«Mrs Rainsferd… commençai-je.

– Je vous en prie, appelez-moi Mara.

– Mara, j'ai besoin de parler à William. Je dois le rencontrer. C'est très important. Pouvez-vous me donner son adresse en Italie?»

La ligne était mauvaise et j'entendais à peine la voix de Joshua. «Tu as besoin d'une avance? dit-il. En plein milieu de l'été?

– Oui! criai-je, agacée par son ton dubitatif.

– Combien?»

Je le lui dis.

«Hé, que se passe-t-il, Julia? Ton cher mari serait-il devenu radin?»

Je soupirai, excédée.

«Tu me la donnes ou pas, Joshua? C'est important.

– Bien sûr, c'est bon. C'est la première fois que tu me demandes une avance. J'espère que tu n'as pas de soucis.

– Non. Mais j'ai besoin de faire un voyage. C'est tout. Et vite.

– Oh», dit-il. Je sentais que sa curiosité s'aiguisait. «Et où vas-tu?

– J'emmène ma fille en Toscane. Je t'expliquerai plus tard.»

Je lui dis ça d'un ton neutre et définitif. Il comprit que ce n'était pas la peine d'insister. Mais je sentais qu'il était vexé, même à l'autre bout de l'Atlantique. Il m'assura que l'avance serait sur mon compte au plus tard cet après-midi. Je le remerciai et raccrochai.

Je restai pensive, le menton posé sur les mains. Si je parlais de mon projet à Bertrand, il me ferait une scène. Il rendrait tout compliqué, difficile. Je ne voulais pas affronter ça. Je pouvais peut-être le dire à Édouard… Non, c'était trop tôt. Je devais d'abord trouver William

Rainsferd. J'avais son adresse, je le trouverais facilement. Que lui dire, c'était une autre histoire.

Il fallait aussi penser à Zoë. Comment réagirait-elle si j'interrompais ses vacances à Long Island? Et qu'elle n'aille pas à Nahant, chez ses grands-parents? Cela m'avait d'abord inquiétée. Cependant, j'étais sûre qu'elle n'en ferait pas toute une histoire. Elle n'était jamais allée en Italie. Et je pouvais la mettre dans le secret, lui dire la vérité, que nous allions rendre visite au fils de Sarah Starzynski.

Restaient mes parents. Que leur dire? Par où commencer? Ils m'attendaient aussi, à Nahant, après Long Island. Que diable allais-je bien pouvoir inventer?

«C'est ça», dit Charla d'une voix traînante, après que je lui eus raconté ce que je comptais faire, «c'est ça, et maintenant une fuite en Toscane avec Zoë, à la recherche d'un inconnu, tout ça pour lui présenter des excuses soixante ans après?»

Son ton ironique m'agaçait.

«Et alors, quel est le problème?»

Elle soupira. Nous étions assises dans la grande pièce qui donnait sur la rue et lui servait de bureau, au deuxième étage de la maison. Son mari ne rentrerait que ce soir. Dans la cuisine, le dîner était prêt. Nous l'avions préparé ensemble. Charla adorait les couleurs vives, comme Zoë. Son bureau était un joyeux mélange de vert pistache, de rouge rubis et d'orange lumineux. La première fois que je l'avais vu, j'avais presque eu mal à la tête, mais j'avais fini par m'habituer, et même par trouver cela très exotique. J'avais tendance à préférer les tons neutres, le brun, le beige, le blanc ou le gris, même pour m'habiller. Charla et Zoë osaient les couleurs vives et les portaient à merveille. J'enviais et j'admirais leur audace.

«Calme-toi un peu, grande sœur. Je te rappelle que tu es enceinte. Je ne suis pas sûre que ce voyage soit la meilleure chose à faire en ce moment.»

Je ne répondis rien. Elle avait marqué un point. Elle se leva pour mettre un disque. Un vieux Carly Simon. *You're so Vain.* Avec Mick Jagger qui geignait dans les chœurs.

Puis elle se retourna vers moi.

« Es-tu si pressée de retrouver ce type ? Je veux dire, ça ne peut pas attendre ? »

Elle marqua un autre point.

« Charla, ce n'est pas si simple. Et non, je ne peux pas attendre. C'est trop important. Je ne peux pas t'expliquer. Mais c'est la chose la plus importante de ma vie, aujourd'hui. Avec le bébé. »

Elle soupira encore une fois.

« Cette chanson de Carly Simon me rappelle ton mari. *You're so vain, I betcha think this song is about you...* »

Je laissai échapper un petit rire ironique.

« Que vas-tu dire aux parents ? » demanda-t-elle. « Comment vas-tu leur expliquer que tu ne vas pas à Nahant ? Et pour le bébé, que vas-tu dire ?

— Dieu seul le sait.

— Réfléchis bien, alors. Penses-y à deux fois.

— C'est ce que je fais, ce que j'ai fait. »

Elle se plaça derrière moi et me massa les épaules.

« Ça veut dire que tu as déjà tout organisé ?

— Eh oui !

— Rapide, hein ? »

Son massage me faisait du bien, me détendait. Je promenais mon regard dans le bureau plein de couleurs de Charla, sur sa table de travail couverte de dossiers et de livres, sur les rideaux rubis en coton léger qui volaient dans la brise. La maison était un havre de paix quand ses enfants n'étaient pas là.

« Et où habite ce type ?

– D'abord, ce type, comme tu dis, a un nom. Il s'appelle William Rainsferd et il vit à Lucca.

– C'est où, ça?

– C'est un petit village entre Pise et Florence.

– Que fait-il dans la vie?

– J'ai regardé sur Internet, mais sa belle-mère me l'a dit de toute façon. Il est critique culinaire et sa femme est sculpteur. Ils ont deux enfants.

– Quel âge a-t-il?

– Tu es flic ou quoi? Il est né en 1959.

– Et toi, tu vas débarquer dans sa vie et tout bouleverser!»

Je repoussai ses mains, exaspérée.

«Bien sûr que non! Je veux juste qu'il connaisse l'autre côté de l'histoire. Je veux être sûre qu'il sache que personne n'a oublié ce qui s'est passé.»

Charla eut un sourire narquois.

«C'est probablement son cas. Sa mère a porté cette histoire toute sa vie… Peut-être qu'il ne tient pas à ce qu'on le lui rappelle.»

Une porte claqua en bas.

«Y a quelqu'un? La jolie dame et sa sœur de Parisss?»

On monta l'escalier.

C'était Barry, mon beau-frère. Le visage de Charla s'éclaira. Ils étaient très amoureux. J'étais heureuse pour eux. Après un divorce difficile et douloureux, elle avait retrouvé le bonheur.

En les voyant s'embrasser, je pensai à Bertrand. Qu'allait-il advenir de notre mariage? Comment les choses tourneraient-elles? Est-ce que tout s'arrangerait? J'essayai de ne plus y penser en suivant Charla et Barry en bas.

Une fois couchée, ce qu'avait dit Charla à propos de William Rainsferd me revint. *Peut-être qu'il ne tient pas à ce qu'on le lui rappelle.* Je me retournai presque toute la nuit sans trouver le sommeil.

Le lendemain matin, je me rassurai en me disant que je saurais vite si William Rainsferd avait un problème avec le passé. J'allais le voir et lui parler.

Deux jours plus tard, Zoë et moi prenions l'avion pour Paris, puis un autre pour Florence.

William Rainsferd passait toujours l'été à Lucca, c'est ce que Mara m'avait dit en me donnant son adresse. Et Mara l'avait aussi appelé pour le prévenir que je cherchais à le contacter.

William Rainsferd savait donc qu'une certaine Julia Jarmond allait l'appeler. Rien de plus.

L'été toscan n'avait rien à voir avec celui de la Nouvelle-Angleterre. Il était absolument sec. En sortant de l'aéroport de Florence avec Zoë, qui traînait le pas, je mesurai à quel point la chaleur était terrible. Je crus que j'allais me flétrir d'un coup, me déshydrater en une seconde. Je mettais tout sur le compte de ma grossesse, cela me rassurait. Je me disais qu'en temps normal, je ne me serais pas sentie si fatiguée, si assoiffée. Le décalage horaire n'arrangeait rien. Le soleil me rongeait, me dévorait la peau, les yeux, malgré mon chapeau de paille et mes lunettes noires.

J'avais loué une voiture, une petite Fiat qui ne payait pas de mine et qui nous attendait au beau milieu d'un parking en plein soleil. L'air conditionné était plutôt faiblard. En quittant la place de parking, j'eus un doute. Allais-je pouvoir tenir le coup jusqu'à Lucca ? Je rêvais d'une pièce obscure et fraîche où m'endormir dans de confortables draps blancs. L'enthousiasme de Zoë m'aidait à tenir. Elle ne s'arrêtait jamais de parler, me faisait remarquer à quel point le ciel était bleu, sans nuage, s'extasiait devant les cyprès sur le bord de l'autoroute, les plantations d'oliviers, les vieilles maisons en ruine au sommet des collines. « On arrive à Montecatini », dit-elle avec sérieux, en regardant dans le guide. « Célèbre pour son spa luxueux et son vin. »

Zoë lisait ce qui était écrit sur Lucca pendant que je conduisais. C'était l'une des rares villes médiévales à avoir conservé ses remparts, qui encerclaient un centre-ville intact et interdit à la circulation. Il y avait beaucoup de choses à voir, la cathédrale, l'église San Michele, la tour Guinigui, le musée Puccini, le Palazzo Mansi... Je lui souriais, amusée par l'implication qu'elle y mettait. Elle se tourna vers moi.

«Je suppose que nous n'aurons pas vraiment le temps de visiter... On est là pour le travail, c'est ça?

– Oui, c'est ça», acquiesçai-je.

Zoë avait localisé l'adresse de William Rainsferd sur la carte. C'était tout près de la via Fillungo, l'artère principale de la ville, une longue rue piétonne où j'avais réservé dans une petite maison d'hôtes, la Casa Giovanna.

Nous arrivions à Lucca. C'était un labyrinthe de rues circulaires et il fallait que je me concentre car la conduite dans ce pays était des plus anarchiques. Les voitures surgissaient sans prévenir, s'arrêtaient de la même façon, tournaient sans mettre leurs clignotants. Pire qu'à Paris! Je sentais l'irritation monter, ainsi qu'une petite crispation dans mon estomac que je n'aimais pas. C'était comme si j'allais avoir mes règles. Peut-être ce que j'avais mangé dans l'avion ne passait-il pas bien? Et si c'était plus grave? Une inquiétude me traversa.

Charla avait raison. J'étais folle de faire le voyage jusqu'ici dans mon état. J'étais à moins de trois mois de grossesse, le moment le plus délicat. J'aurais pu attendre. William Rainsferd non plus n'était pas à six mois près.

Mais en voyant le visage de Zoë, sa joie et son enthousiasme, si beaux, si incandescents, je ne regrettais rien. Elle ne savait pas encore pour son père et moi. Elle était encore préservée, ignorante de nos projets. Ce serait pour elle un été inoubliable.

Et en garant la Fiat dans un des parkings gratuits qui se trouvaient près des remparts, je savais que je ferais tout pour que ce voyage soit le plus merveilleux possible pour elle.

Je dis à Zoë que j'avais besoin de me reposer pendant un moment. Tandis qu'elle bavardait dans le hall avec l'aimable Giovanna, une femme bien en chair à la voix sensuelle, je prenais une douche fraîche, puis m'allongeais sur le lit. Ma douleur au bas-ventre se calma peu à peu.

Nous avions des chambres jumelles. Elles étaient petites, situées au dernier étage de l'imposante bâtisse ancienne, mais très confortables. Je pensais sans cesse à la réaction de ma mère quand je lui avais annoncé, de chez Charla, que je ne venais pas à Nahant et que je ramenais Zoë en Europe. Je savais, à la façon qu'elle avait eu de faire des pauses et de s'éclaircir la voix, qu'elle était inquiète. Elle avait fini par me demander si tout allait bien. J'avais répondu le plus gaiement possible que tout allait pour le mieux, que j'avais l'occasion de visiter Florence avec Zoë et que je reviendrais plus tard aux États-Unis pour les voir, elle et Papa. «Mais tu viens d'arriver! Et tu n'as passé que quelques jours avec ta sœur! avait-elle protesté. Et pourquoi interrompre ainsi les vacances de Zoë? Je ne comprends pas. Et toi qui disais que les États-Unis te manquaient… Ce départ me semble tellement précipité.»

Je m'étais sentie coupable. Mais comment leur expliquer toute l'histoire au téléphone? Un jour, je leur raconterais. Mais pas

282

maintenant. Allongée sur le dessus-de-lit rose pâle où persistait un léger parfum de lavande, la culpabilité ne m'avait pas encore quittée. Je n'avais pas dit non plus à ma mère, pour ma grossesse. Ni à Zoë. J'avais hâte de leur annoncer, à mon père aussi. Mais quelque chose me retenait. Une sorte de superstition bizarre, une peur bien ancrée que je n'avais jamais ressentie auparavant. Ces derniers mois, ma vie semblait avoir imperceptiblement changé de direction.

Était-ce à cause de Sarah, de la rue de Saintonge? Ou l'effet du temps qui passe? Je n'aurais su dire. Ce que je savais, c'est que j'avais la sensation de sortir d'un brouillard doux et protecteur qui avait duré bien longtemps. À présent, mes sens étaient aigus, vifs. Plus de brouillard. Rien de mollement doux. Il n'y avait que des faits. Trouver cet homme. Lui dire que les Tézac et les Dufaure n'avaient jamais oublié sa mère.

J'avais hâte de rencontrer William. Il était là, tout près, dans cette ville, peut-être même se promenait-il, en ce moment, via Fillungo. Allongée dans ma petite chambre où montaient, par la fenêtre ouverte, des bribes de conversation, des rires, des pétarades de Vespa, la sonnette d'un vélo, je me sentais proche de Sarah, plus proche que jamais. J'allais rencontrer son fils, la chair de sa chair, le sang de son sang. Je ne serais jamais aussi proche de la petite fille à l'étoile jaune.

Tends la main, prends le téléphone et appelle-le. C'est simple. Facile. Pourtant, j'étais incapable de le faire. Je fixai le vieux téléphone noir, impuissante, et soupirai de désespoir et d'irritation. Je remis à plus tard, me sentant idiote et presque honteuse. Je me rendis compte que j'étais tellement obsédée par le fils de Sarah que je n'avais pas regardé Lucca, son charme, sa beauté. J'avais suivi Zoë en somnambule, tandis qu'elle évoluait dans le réseau inextricable de ruelles sinueuses comme si elle avait toujours vécu ici. Je n'avais rien vu de Lucca car seul William Rainsferd comptait pour moi. Pourtant, j'étais incapable de l'appeler.

Zoë entra et s'assit au bord du lit.

«Ça va ?

– Je me suis bien reposée», répondis-je.

Elle inspecta mon visage de ses yeux noisette.

«Je pense que tu devrais te reposer encore, Maman.»

Je fronçai les sourcils.

«Ai-je l'air si fatigué ?»

Elle hocha la tête.

«Repose-toi, Maman. Giovanna m'a donné quelque chose à manger. Ne te soucie pas de moi. Je m'occupe de tout.»

Je ne pus m'empêcher de sourire devant tant de sérieux. Arrivée à la porte, elle se retourna.

«Maman…

– Oui, mon cœur ?

– Est-ce que Papa sait que nous sommes ici ?»

Je n'avais encore rien dit à Bertrand. Il serait fou de rage quand il l'apprendrait, j'en étais sûre.

«Non, il ne sait pas, ma chérie.»

Elle tripota le bouton de porte.

«Papa et toi, vous vous êtes disputés ?»

Inutile de mentir à des yeux si clairs et si solennels.

«Oui. Papa n'est pas d'accord pour que je cherche à en savoir plus sur Sarah. Il ne serait pas content s'il apprenait que nous sommes là.

– Je sais que grand-père est au courant.»

Je m'assis, surprise.

«Tu as parlé à ton grand-père de tout ça ?»

Elle fit oui de la tête.

«Tu sais, il s'intéresse beaucoup à Sarah. Je l'ai appelé de Long Island et je lui ai dit que nous venions ici pour rencontrer son fils. Je pensais que tu finirais par l'appeler aussi, mais j'étais tellement excitée que je n'ai pas pu tenir ma langue.

– Et qu'a-t-il dit ?» demandai-je, stupéfaite par la franchise de cette enfant.

«Qu'on avait bien raison d'y aller et qu'il dirait la même chose à Papa si jamais Papa faisait des histoires. Il a dit aussi que tu étais une personne merveilleuse.

– Édouard a dit ça ?

– Oui, il a dit ça.»

J'étais à la fois déconcertée et touchée.

«Grand-père a dit autre chose. Il a ajouté que tu devais y aller doucement et m'a demandé de faire attention à ce que tu ne te fatigues pas trop.»

Donc Édouard savait. Il savait que j'étais enceinte. Il avait dû parler à Bertrand. La conversation avait dû être longue entre le père et le fils. Désormais Bertrand était probablement au courant de tout ce qui s'était passé dans l'appartement de la rue de Saintonge pendant l'été 1942.

La voix de Zoë me tira de mes pensées.

«Pourquoi n'appelles-tu pas William, Maman ? Il faut prendre rendez-vous.

– Tu as raison, ma chérie.»

Je pris le bout de papier où était inscrit le numéro, avec l'écriture de Mara, et le composai sur le cadran désuet du téléphone. Mon cœur battait à tout rompre. Je trouvais la situation irréelle. J'étais en train d'appeler le fils de Sarah.

Il y eut quelques sonneries puis le ronronnement d'un répondeur. Une voix de femme donnait le message en italien. Je raccrochai vite, je me sentais bête.

«Ça, c'est vraiment idiot, remarqua Zoë. Ne jamais raccrocher quand on tombe sur un répondeur. Tu me l'as répété des centaines de fois.»

Je recommençai, amusée de la voir s'agacer contre moi comme une adulte. Cette fois, j'attendis le bip. Mon message était parfait, sans hésitation, comme si j'avais passé des jours à répéter.

«Bonjour, je suis Julia Jarmond. Je vous appelle de la part de Mara Rainsferd. Ma fille et moi-même sommes à Lucca, à la Casa Giovanna, sur la via Fillungo. Nous restons quelques jours. J'attends de vos nouvelles. Merci. Au revoir.»

Je replaçai le combiné sur son socle noir, à la fois soulagée et déçue.

«Bien, dit Zoë. Maintenant, continue de te reposer. Je te vois tout à l'heure.»

Elle déposa un baiser sur mon front et quitta la chambre.

Nous prîmes notre dîner dans un drôle de petit restaurant, derrière l'hôtel, près de l'*anfiteatro*, une large place encadrée de maisons anciennes et qui servait aux joutes médiévales il y a plusieurs siècles. Ma sieste m'avait remise d'aplomb et je prenais plaisir à la parade des touristes, des habitants de Lucca, des vendeurs de rue, des enfants, des pigeons. Je découvrais à quel point les Italiens aimaient les enfants. Les serveurs, les commerçants, appelaient Zoë *principessa*, lui faisaient la fête, lui souriaient, lui pinçaient les oreilles, le nez, caressaient ses cheveux. Cela me rendait nerveuse au début, mais elle s'amusait tellement. J'aimais la voir faire des efforts passionnés pour parler un italien rudimentaire : «*Sono francese e americana, mi chiamo Zoë.*» La chaleur était tombée, laissant arriver un peu d'air frais. Mais je savais que nous étoufferions malgré tout dans nos petites chambres du dernier étage, au-dessus de la rue. Les Italiens, comme les Français, n'étaient pas très au point sur l'air conditionné. Je n'aurais pas dit non à du bon air glacé ce soir.

Quand nous rentrâmes à la Casa Giovanna, épuisées par le décalage horaire, nous trouvâmes une note punaisée sur la porte. «*Per favore telefonare William Rainsferd.*»

Je restai devant la porte, comme foudroyée. Zoë poussa un cri de joie.

«On rappelle maintenant? dis-je.

– Ben, oui, il est juste neuf heures moins le quart, dit Zoë.

– OK», dis-je en ouvrant la porte d'une main tremblante. Le combiné collé à l'oreille, je composai le numéro pour la troisième fois de la journée. Je tombai encore une fois sur le répondeur. «Ne raccroche pas, parle», me murmura Zoë. Après le bip, je balbutiai mon nom, hésitai, sur le point de raccrocher, quand une voix masculine me dit : «Allô?»

L'accent était américain. C'était lui.

«Bonsoir, dis-je, c'est Julia Jarmond.

– Bonsoir, dit-il, je suis en train de dîner.

– Oh, je suis désolée…

– Ce n'est pas grave. Voulez-vous que nous nous voyions demain avant le déjeuner?

– Très bien, dis-je.

– Il y a un très beau café sur les remparts, juste après le Palazzo Mansi. On se retrouve à cet endroit à midi?

– Parfait, dis-je. Hum… et comment nous reconnaîtrons-nous?»

Il éclata de rire.

«Ne vous inquiétez pas. Lucca est une petite ville. Je vous repérerai sans aucun problème.»

Il y eut un silence.

«Au revoir», dit-il. Puis il raccrocha.

Le lendemain matin, j'eus de nouveau mal au ventre. Une douleur légère, mais qui ne me quittait pas. Je décidai de l'ignorer. Si j'avais toujours mal après le déjeuner, je demanderais à Giovanna d'appeler un docteur. Sur le chemin du café, je réfléchissais à la manière dont j'amènerais le sujet avec William. Je ne m'en étais pas préoccupée et j'avais eu tort. J'allais réveiller des souvenirs tristes et douloureux. Peut-être ne voulait-il pas du tout parler de sa mère. Peut-être avait-il tiré un trait. N'avait-il pas refait sa vie ici, loin de Roxbury et de la rue de Saintonge ? Une vie paisible, provinciale. Et voilà que j'allais ramener le passé. Et ses morts.

Zoë et moi avions découvert qu'on pouvait marcher au sommet des remparts qui entouraient la vieille ville. Ils possédaient un large chemin de ronde, planté d'une allée de châtaigniers. Nous avancions en nous faufilant entre les vagues incessantes de joggers, de promeneurs, de cyclistes, de rollers, de mères avec leurs enfants, de vieillards qui parlaient fort, d'adolescents en trottinette, de touristes.

Le café se trouvait un peu plus loin, à l'ombre des arbres. Plus nous approchions, plus ma tête devenait légère, presque vide. Il n'y avait personne en terrasse, à l'exception d'un couple d'une cinquantaine d'années qui mangeait une glace et de touristes allemands, plongés dans une carte. Je baissai mon chapeau sur mes yeux et lissai ma jupe froissée.

Quand il prononça mon nom, j'étais en train de lire le menu à Zoë.

« Julia Jarmond ? »

Je levai les yeux et découvris un homme grand et bien bâti, d'une quarantaine d'années. Il s'assit en face de nous.

« Bonjour », dit Zoë.

Je n'arrivais pas à ouvrir la bouche. Je le fixais, muette. Dans ses cheveux blond foncé couraient quelques cheveux gris. Son front commençait à se dégarnir. Sa mâchoire était carrée. Son nez, fort et beau.

« Bonjour, dit-il à Zoë. Tu devrais essayer le tiramisu. Tu vas adorer. »

Puis il retira ses lunettes de soleil et les posa sur sa tête. Il avait les yeux de sa mère. Turquoise et en amande. Il sourit.

« Alors, vous êtes journaliste ? À Paris, d'après ce que j'ai vu sur Internet ? »

Je me mis à tousser nerveusement en tripotant ma montre.

« Moi aussi, j'ai regardé. Votre dernier livre a l'air fabuleux, *Festins toscans*. »

William Rainsferd soupira en se tapotant le ventre.

« Ah ! Ce livre m'a valu cinq kilos de trop que je n'ai jamais réussi à perdre. »

J'eus un grand sourire. Passer de ce sujet agréable et léger à ce qui me préoccupait ne serait pas facile. Zoë me regarda fixement comme pour me rappeler à l'ordre.

« Merci beaucoup d'être venu... J'apprécie vraiment... »

Ma voix sonnait faux.

« Je vous en prie », dit-il avec un sourire, puis il claqua des doigts pour appeler le garçon.

Nous commandâmes un tiramisu et un Coca pour Zoë, et deux cappuccinos.

« C'est la première fois que vous venez à Lucca ? » demanda-t-il.

Je hochai la tête. Le garçon se pencha vers nous. William Rainsferd lui donna la commande dans un italien rapide et coulant. Ils se mirent à rire tous les deux.

« Je viens souvent dans ce café, expliqua-t-il. J'aime bien y traîner. Même quand il fait chaud comme aujourd'hui. »

Zoë se lança dans la dégustation de son tiramisu en faisant claquer sa cuillère contre les bords de son ramequin dans le silence qui s'était installé entre nous.

« Que puis-je faire pour vous ? demanda-t-il gaiement. Mara m'a dit qu'il s'agissait de ma mère. »

Je remerciai intérieurement Mara. Elle me facilitait les choses.

« J'ignorais que votre mère était morte, dis-je. Je suis désolée.

– C'est bon », dit-il en haussant les épaules. Il mit du sucre dans son café. « Cela fait longtemps maintenant. J'étais encore un enfant. Vous la connaissiez ? Vous m'avez l'air un peu jeune pour ça.

– Non, je n'ai jamais rencontré votre mère. Il se trouve que je vais emménager dans l'appartement où elle vivait pendant la guerre. Rue de Saintonge, à Paris. Et je connais des gens qui ont été proches d'elle. C'est pour ça que je suis ici et que je voulais vous voir. »

Il posa sa tasse de café et me regarda tranquillement. Ses yeux étaient calmes et pensifs.

Sous la table, Zoë posa une main moite sur mon genou nu. Je suivis du regard un couple de cyclistes. La chaleur était écrasante. J'inspirai un bon coup.

« Je ne sais pas par où commencer, bégayai-je. Je me doute que remuer tout cela est sans doute douloureux pour vous, mais je dois le faire. Ma belle-famille, les Tézac, ont fait la connaissance de votre mère rue de Saintonge, en 1942. »

Je pensais que le nom «Tézac» lui dirait quelque chose, mais il ne parut pas tiquer. La rue de Saintonge n'avait pas eu plus d'effet.

«Après ce qui s'est passé, je veux parler des événements tragiques de juillet 1942, de la mort de votre oncle, je tenais à vous dire que la famille Tézac n'a jamais oublié votre mère. Particulièrement mon beau-père, qui y pense chaque jour de sa vie.»

Il y eut un silence. Les yeux de William Rainsferd se plissèrent.

«Je suis désolée, ajoutai-je précipitamment, je savais que ce serait pénible pour vous, excusez-moi.»

Quand il se mit finalement à parler, il le fit d'une voix étrange, presque étouffée.

«Que voulez-vous dire par "événements tragiques"?

— Eh bien, la rafle du Vél d'Hiv... balbutiai-je. Les familles juives regroupées à Paris en juillet 42...

— Continuez.

— Et les camps... Les familles envoyées de Drancy à Auschwitz...»

William Rainsferd déploya ses mains et secoua la tête.

«Je suis désolé, je ne vois pas ce que ça a à voir avec ma mère.»

Zoë et moi échangeâmes un regard gêné.

Une minute passa, sans un mot. Je me sentais très mal à l'aise.

«Vous avez parlé de la mort de mon oncle? dit-il enfin.

— Oui... Michel. Le petit frère de votre mère. Ça s'est passé rue de Saintonge.»

Encore un silence.

«Michel? Ma mère n'a jamais eu un frère du nom de Michel. Et je n'ai jamais entendu parler de la rue de Saintonge. Je pense que nous ne parlons pas de la même personne.

— Le prénom de votre mère est bien Sarah? balbutiai-je, troublée.

— Oui, c'est exact. Sarah Dufaure.

« – Oui, Sarah Dufaure, c'est bien elle, dis-je avec empressement. Ou plutôt, Sarah Starzynski. »

J'avais espéré que ses yeux s'éclaireraient.

« Pardon ? dit-il, le sourcil relevé. Sarah qui ?

– Starzynski. Le nom de jeune fille de votre mère. »

William Rainsferd me regarda en relevant le menton.

« Le nom de jeune fille de ma mère était Dufaure. »

Il y eut comme un signal d'alarme qui résonna dans ma tête. Quelque chose n'allait pas. Il ne savait rien.

Il était encore temps de partir, de se sauver avant de mettre en pièces la vie tranquille de cet homme.

J'affichai un sourire allègre, murmurai quelque chose à propos d'une erreur et donnai le signal du départ en demandant à Zoë de laisser là son dessert. Je prétextai que je ne voulais pas lui faire davantage perdre son temps, que j'étais navrée. Puis je me levai. Il fit de même.

« Je crois que vous vous êtes trompée de Sarah, dit-il en souriant. Ne vous en faites pas pour moi, passez un bon séjour à Lucca. J'ai été ravi de vous rencontrer, quoi qu'il en soit. »

Avant que j'aie pu dire un mot, Zoë mit la main dans mon sac et en sortit quelque chose qu'elle posa sur la table.

William Rainsferd regarda la photographie de la petite fille à l'étoile jaune.

« Est-ce votre mère ? » demanda Zoë de sa petite voix.

C'était comme si tout s'était tu autour de nous. Plus un bruit sur le chemin de ronde. Même les oiseaux semblaient avoir cessé leurs gazouillis. Ne restait que la chaleur. Et le silence.

« Mon Dieu ! » dit-il.

Il retomba lourdement sur sa chaise.

La photographie était posée sur la table. William Rainsferd passait d'elle à moi, encore et encore. Il lut la légende au dos plusieurs fois, incrédule.

« On dirait vraiment ma mère enfant. Je ne peux pas le nier. »

Zoë et moi restions muettes.

« Je ne comprends pas. Ce n'est pas possible. Ça ne peut pas être elle. »

Il frottait ses mains l'une contre l'autre, nerveusement. Je remarquai qu'il portait une alliance en argent et qu'il avait des doigts longs et fins.

« L'étoile… » Il secouait la tête sans arrêt. « Cette étoile sur sa poitrine… »

Comment imaginer que cet homme ne connaissait rien du passé de sa mère ? Qu'il ne savait pas qu'elle était juive ? Était-il possible que Sarah n'ait jamais rien dit aux Rainsferd ?

En voyant son visage perplexe, son angoisse, je fus sûre de la réponse. Elle n'avait rien dit. Elle n'avait jamais parlé de son enfance, de ses origines, de sa religion. Elle avait totalement rompu avec son terrible passé.

J'aurais voulu être loin. Loin de cette ville, de ce pays, de l'incompréhension de cet homme. Comment avais-je pu être aussi inconsciente? J'aurais dû m'en douter. Mais pas une fois, je n'avais pensé que Sarah avait gardé tout cela secret. Sa souffrance avait été trop grande. C'est pour cela qu'elle avait cessé d'écrire aux Dufaure. Qu'elle n'avait rien dit à son fils sur sa véritable identité. Elle avait voulu repartir de zéro en Amérique.

Et moi, l'étrangère, je révélais l'âpre vérité à cet homme qui n'avait rien demandé. Je jouais maladroitement les porteuses de mauvaises nouvelles.

William Rainsferd poussa la photo vers moi. Sa bouche avait une expression sarcastique.

«Pourquoi êtes-vous venue jusqu'ici en fait?» murmura-t-il.

J'avais la gorge sèche.

«Pour me dire que le nom de ma mère n'était pas son nom? Qu'elle avait été victime d'une tragédie? C'est pour ça que vous êtes ici?»

Mes jambes tremblaient sous la table. Je ne m'attendais pas à cette réaction. Je pensais affronter du chagrin, de la peine, mais pas ça. Pas cette colère.

«Je croyais que vous saviez. Je suis venue parce que ma famille n'a jamais oublié ce qui s'est passé en 42. C'est pour ça que je suis là.»

Il secoua la tête et passa des doigts nerveux dans ses cheveux. Ses lunettes de soleil tombèrent sur la table.

«Non, dit-il dans un souffle. Non, non, non. Ce n'est pas possible. Ma mère était française. Son nom était Dufaure. Elle était née à Orléans. Elle avait perdu ses parents pendant la guerre. Elle n'avait pas de frère. Elle n'avait pas de famille. Elle n'a jamais vécu à Paris, dans cette rue de Saintonge. Cette petite fille juive, ce ne peut pas être elle. Vous vous trompez sur toute la ligne.

– Je vous en prie, dis-je doucement, laissez-moi vous expliquer, laissez-moi vous raconter toute l'histoire...»

Il avança ses mains vers moi comme pour me faire disparaître.

«Je ne veux rien savoir. Gardez votre "histoire" pour vous.»

Je ressentis à nouveau la douleur familière qui pulsait dans mes entrailles, tenace et précise.

«S'il vous plaît, dis-je faiblement. S'il vous plaît, écoutez-moi.»

William Rainsferd s'était levé d'un mouvement rapide et souple, étonnant pour un homme de sa corpulence. Il baissa les yeux vers moi, son visage était sombre.

«Que ce soit bien clair. Je ne veux plus jamais vous voir. Ni entendre encore parler de tout ça. Et par pitié, ne me rappelez pas.»

Puis il disparut.

Zoë et moi le cherchâmes du regard. Tout ça pour rien. Ce voyage, tous ces efforts. Pour rien. Pour finir dans un cul-de-sac. Je n'arrivais pas à croire que l'histoire de Sarah se terminait là, si rapidement. Je ne m'en remettrais pas.

Nous restâmes assises un moment, sans rien dire. Puis je fus prise de frissons malgré la chaleur et payai rapidement. Zoë restait muette. Elle avait l'air abasourdie.

Je me levai, la lassitude entravant chacun de mes mouvements. Et maintenant? Où aller? Rentrer à Paris? Retourner chez Charla?

Marcher m'était pénible. Mes pieds pesaient comme du plomb. J'entendis Zoë m'appeler, mais je ne me retournai pas. Je voulais rentrer à l'hôtel, vite. Pour réfléchir. Pour me remettre. Pour appeler ma sœur. Et Édouard. Et Gaspard.

La voix de Zoë était de plus en plus forte, nerveuse. Que voulait-elle? Qu'avait-elle à gémir de la sorte? Je remarquai que des passants me dévisageaient. Je me retournai vers ma fille, exaspérée, pour lui demander de se dépêcher.

Elle se précipita vers moi et m'attrapa la main. Elle était toute pâle.

«Maman… murmura-t-elle d'une voix à peine audible.

– Quoi ? Qu'y a-t-il ? » dis-je sèchement.

Elle montra mes jambes du doigt et se mit à japper comme un chiot.

Je baissai la tête. Ma jupe blanche était maculée de sang. La chaise où je m'étais assise était tachée d'une demi-lune écarlate. Le long de mes cuisses, le sang ruisselait en abondance.

« Tu t'es fait mal, Maman ? » s'étrangla Zoë.

Je me pris le ventre.

« Le bébé », dis-je, horrifiée.

Zoë me regarda fixement.

« Le bébé ? » Elle hurlait, les doigts plantés dans mon bras. « Maman, quel bébé ? De quoi parles-tu ? »

Son visage s'éloigna à toute allure. Mes jambes flanchèrent. Mon menton frappa le sol sec et brûlant.

Puis le silence régna. Et l'obscurité.

J'ouvris les yeux sur le visage de Zoë, à quelques centimètres du mien. Je sentais l'odeur typique de l'hôpital. C'était une petite chambre verte. J'avais une perfusion dans l'avant-bras. Une femme en blouse blanche remplissait une courbe de température.

«Maman... murmura Zoë en me pressant la main. Maman, tout va bien. Ne t'inquiète pas.»

La jeune femme s'approcha, sourit et caressa la tête de Zoë.

«Ça va aller, *signora*, dit-elle, dans un anglais étonnamment correct. Vous avez perdu beaucoup de sang, mais vous allez bien maintenant.»

Ma voix sortit comme un grognement.

«Et le bébé?

– Le bébé va bien. Nous avons fait une échographie. Il y a eu un problème avec le placenta. Il faut vous reposer maintenant. Rester couchée pendant un moment.»

Elle quitta la chambre en refermant doucement la porte derrière elle.

«Merde alors, tu m'as foutu une de ces trouilles, dit Zoë. Je sais que je dis des gros mots, mais je pense que tu ne me gronderas pas aujourd'hui.»

Je l'attirai à moi en la serrant aussi fort que je pouvais malgré la perfusion.

« Maman, pourquoi tu ne m'as rien dit pour le bébé ?

– J'allais le faire, ma chérie. »

Elle leva les yeux vers moi.

« C'est à cause de ce bébé que Papa et toi vous vous disputez ?

– Oui.

– Tu veux ce bébé et Papa n'en veut pas, c'est ça ?

– Quelque chose comme ça. »

Elle me caressa la main tendrement.

« Papa arrive.

– Oh, mon Dieu ! » dis-je.

Bertrand, ici. Bertrand, comme point final à tous ces bouleversements.

« Je l'ai appelé, dit Zoë. Il sera là dans quelques heures. »

Des larmes emplirent mes yeux et finirent par couler le long de mes joues.

« Maman, ne pleure pas », me supplia Zoë, en essuyant frénétiquement mon visage avec ses mains. « Tout va bien, tout va bien maintenant. »

Je souris pour la rassurer, mais avec lassitude. Le monde me semblait vide, creux. L'image de William Rainsferd disparaissant en me disant *Je ne veux plus jamais vous voir, ni entendre encore parler de tout ça, et par pitié ne me rappelez pas*, me revenait sans cesse, ses épaules voûtées, la crispation de sa bouche.

Les jours, les semaines, les mois à venir, s'étiraient devant moi comme une masse grise et morne. Je ne m'étais jamais sentie si découragée, si perdue. Comme si on m'avait dévorée jusqu'à la moelle. Que me restait-il ? Un bébé dont mon futur ex-mari ne voulait pas entendre parler et que j'élèverais seule. Une fille bientôt adolescente et qui ne serait peut-être plus la merveilleuse petite fille qu'elle était encore. C'était comme si, tout à coup, je n'avais plus rien à attendre, rien qui me pousse à continuer d'avancer.

Bertrand arriva, calme, efficace, tendre. Je me laissai faire, l'écoutai parler au médecin, le regardai rassurer Zoë de quelques coups d'œil chaleureux. Il s'occupa de tous les détails. Je devais rester à l'hôpital jusqu'à l'arrêt complet de l'hémorragie. Puis rentrer à Paris et me tenir tranquille jusqu'à l'automne, jusqu'à mon cinquième mois de grossesse. Bertrand ne mentionna jamais Sarah. Ne posa aucune question. Je me retirai donc dans un silence confortable. Je ne voulais pas parler d'elle.

Je me sentais de plus en plus comme une petite vieille, baladée ici et là, comme on faisait avec Mamé dans les frontières familières de sa «maison». J'avais droit aux mêmes sourires tranquilles, à la même bienveillance rance. Il y avait une certaine facilité à laisser ainsi prendre sa vie en charge. Je n'avais plus envie de me battre. Sauf pour cet enfant.

Cet enfant que Bertrand avait également omis de mentionner.

Quand l'avion se posa à Paris quelques semaines plus tard, j'eus la sensation qu'une année entière s'était écoulée. J'étais toujours triste et fatiguée. Je pensais à William Rainsferd tous les jours. Plusieurs fois, je faillis l'appeler ou lui écrire. Je voulais lui expliquer, lui dire je ne sais quoi, que j'étais désolée, mais je renonçais toujours.

Les jours passaient avec indifférence. L'été céda la place à l'automne. Je restais au lit, je lisais, j'écrivais mes articles sur mon ordinateur portable, appelais Joshua, Bamber, Alessandra, ma famille et mes amis. Ma chambre était devenue mon bureau. Cela m'avait paru compliqué au début, mais tout fonctionna bien finalement. Mes amies Isabelle, Holly et Susannah venaient chacune à leur tour me préparer à déjeuner. Une fois par semaine, une de mes belles-sœurs passait faire les courses chez Inno ou Franprix avec Zoë. La ronde et sensuelle Cécile préparait des crêpes moelleuses dégoulinantes de beurre, tandis que la chic et anguleuse Laure composait des salades de régime exotiques, étonnamment savoureuses. Ma belle-mère venait de temps en temps, mais m'envoyait sa femme de ménage, la dynamique et très parfumée Mme Leclère, qui passait l'aspirateur avec une telle débauche d'énergie que la voir me donnait des contractions. Mes parents vinrent pendant une semaine. Ils couchaient dans leur petit hôtel préféré, rue Delambre, fous de joie à l'idée d'être à nouveau grands-parents.

Édouard se présentait tous les vendredis avec un bouquet de roses. Il s'asseyait dans le fauteuil qui se trouvait près de mon lit et me demandait, encore et encore, de lui raconter la conversation que j'avais eue avec William, à Lucca. Il m'écoutait en secouant la tête et en soupirant. Disait sans cesse qu'il aurait dû prévoir la réaction de William, que c'était fou que ni lui ni moi n'ayons imaginé qu'il ignorait tout, que Sarah n'avait jamais parlé. «Ne peut-on vraiment pas l'appeler? disait-il, les yeux plein d'espoir. Et si je l'appelais pour lui expliquer?» Puis il me regardait en marmonnant : «Non, bien sûr, je ne peux pas faire ça. C'est stupide. Je suis ridicule.»

Je demandai à mon médecin si je pouvais organiser une petite fête si je restais allongée sur le canapé du salon. Elle me le permit à la condition que je promette de ne rien porter de lourd et de rester à l'horizontale, à la Récamier. Ce soir de fin d'été, Gaspard et Nicolas Dufaure firent la connaissance d'Édouard. J'avais également invité Nathalie Dufaure, et Guillaume. Ce fut un moment émouvant, magique. La rencontre de trois hommes âgés qui avaient une inoubliable petite fille en commun. Je les regardais échanger les photos de Sarah, les lettres. Gaspard et Nicolas posèrent des questions à propos de William, Nathalie écoutait attentivement en aidant Zoë à faire passer la boisson et la nourriture.

Nicolas – copie conforme de Gaspard en plus jeune, même visage rond, mêmes cheveux blancs clairsemés – raconta la relation particulière qu'il avait eue avec Sarah, comment il la taquinait parce que son silence lui faisait de la peine, et comment toute réaction, un haussement d'épaules, une insulte ou un coup de pied, était pour lui une victoire, parce que Sarah sortait enfin de son enfermement. Il raconta aussi sa première fois à la mer, à Trouville, au début des années cinquante. Devant l'océan, elle était restée émerveillée, avait étendu les bras de ravissement, puis avait couru jusqu'à l'eau sur ses jambes maigrelettes et agiles, et s'était jetée contre les grandes vagues bleues et fraîches, en poussant des petits cris de joie. Ils l'avaient rejointe en braillant aussi fort qu'elle, entraînés par l'enthousiasme de cette nouvelle Sarah qu'ils n'avaient jamais vue ainsi.

« Elle était belle, se souvenait Nicolas, une belle fille de dix-huit ans, resplendissante de vie et d'énergie, et ce jour-là, pour la première fois, j'ai senti qu'il y avait encore du bonheur en elle, de l'espoir aussi. »

Deux ans plus tard, Sarah disparaissait de la vie des Dufaure pour toujours, emportant son secret en Amérique. Vingt ans plus tard, elle était morte. Que s'était-il passé pendant ces vingt années ? Son mariage, la naissance de son fils… Avait-elle été heureuse à Roxbury ? Seul William possédait les réponses. Seul William pourrait nous dire. Je croisai le regard d'Édouard. Il pensait à la même chose que moi.

J'entendis la clef tourner dans la serrure. C'était Bertrand. Il entra dans le salon, hâlé, beau, dans un puissant sillage d'*Habit rouge*. Il arborait un sourire jovial. Il serra les mains avec une élégance nonchalante. La chanson de Carly Simon, dont Charla disait qu'elle lui rappelait Bertrand, me revint : *You walked into the party like you were walking on to a yacht*. Oui, il arrivait à la fête comme il serait monté sur un yacht.

Bertrand avait décidé de retarder notre emménagement rue de Saintonge à cause de ma grossesse difficile. Dans cette vie nouvelle et étrange à laquelle je n'arrivais pas à me faire, il était présent physiquement, amical et efficace, mais spirituellement, il était totalement absent. Il voyageait plus qu'à l'ordinaire, rentrait tard, partait tôt. Nous partagions toujours le même lit, mais ce n'était plus un lit conjugal. Le mur de Berlin le séparait en deux.

Zoë avait l'air de bien encaisser la situation. Elle parlait souvent du bébé, disait combien c'était important pour elle et à quel point elle était excitée. Elle avait fait du shopping avec ma mère pendant le séjour de mes parents à Paris. Toutes les deux avaient été prises d'une fièvre acheteuse chez Bonpoint, la boutique outrageusement chère de vêtements pour bébés de la rue de l'Université.

La plupart des gens réagirent comme ma fille – mes parents, ma sœur, ma belle-famille et Mamé : ils étaient tout excités par cette prochaine naissance. Même Joshua, tristement célèbre pour son mépris envers les bébés et les arrêts maladie, semblait y porter de l'intérêt. « Je ne savais pas qu'on pouvait avoir des enfants à cet âge-là », avait-il dit d'un ton narquois. Personne ne parlait jamais de la crise que traversait mon mariage. Personne ne semblait avoir vu ce qui se passait entre Bertrand et moi. Croyaient-ils tous secrètement qu'après l'accouchement, Bertrand reprendrait ses esprits et qu'il accueillerait le bébé à bras ouverts ?

Je compris que Bertrand et moi nous étions enfermés dans un profond mutisme. Nous ne nous parlions pas, nous n'avions rien à nous dire. Nous attendions la naissance. Nous verrions bien alors. Alors viendrait le temps des décisions.

Un matin, je sentis le bébé bouger profondément à l'intérieur de moi et donner de petits coups de pied. Je voulais qu'il sorte, je voulais le prendre dans mes bras. Je détestais ce repos forcé, cet état de léthargie silencieuse, cette attente. Je me sentais prise au piège. Je voulais que l'hiver soit déjà là, que la nouvelle année arrive et avec elle, le temps de la naissance de mon enfant.

Je détestais les étés finissants, la chaleur moins forte de jour en jour, cette impression que le temps passait avec une lenteur de tortue. Je détestais le mot français qui décrivait le début du mois de septembre, le retour des vacances et le commencement de l'année scolaire : la *rentrée*, mot qu'on entendait en boucle à la radio, la télé, qui envahissait les journaux. Je détestais qu'on me demande comment je comptais appeler le bébé. Grâce à l'amniocentèse, on connaissait son sexe, mais je n'avais pas voulu qu'on me le dise. Le bébé n'avait pas encore de nom. Ce qui ne voulait pas dire que je ne me sentais pas prête.

Je barrais les jours sur le calendrier. Octobre arriva. Mon ventre s'était joliment arrondi. Je pouvais désormais me lever, retourner au bureau, passer prendre Zoë à l'école, aller au cinéma avec Isabelle, retrouver Guillaume au Select pour le déjeuner.

Mais bien que mes journées soient plus remplies, plus occupées, le vide et la douleur persistaient.

William Rainsferd. Son visage. Ses yeux. L'expression qu'il avait eue en regardant la photo de la petite fille à l'étoile jaune. *Mon Dieu.* Sa voix quand il avait dit ces mots.

À quoi ressemblait sa vie désormais? Avait-il tout effacé dès le moment où il nous avait tourné le dos? Avait-il tout oublié une fois rentré chez lui?

Ou les choses étaient-elles différentes? Vivait-il un enfer à cause de ce que je lui avais raconté? Mes révélations avaient-elles changé sa vie? Sa mère lui était soudain devenue étrangère, quelqu'un avec un passé dont il ignorait tout.

Je me demandais s'il en avait parlé à sa femme, à ses filles. S'il avait parlé de cette Américaine apparue à Lucca avec sa fille et qui lui avait montré une photo en lui disant que sa mère était juive, qu'elle avait été victime d'une rafle pendant la guerre, qu'elle avait souffert, perdu un frère, des parents, dont il n'avait jamais entendu parler.

Je me demandais s'il avait fait des recherches sur le Vél d'Hiv, s'il avait lu des articles, des livres sur les événements de juillet 1942 en plein cœur de Paris.

Se réveillait-il la nuit en pensant à sa mère, à son passé, en se demandant si ce que je lui avais révélé était vrai, en méditant sur ce qui était resté secret, non dit, dans l'ombre?

L'appartement de la rue de Saintonge était quasiment prêt. Bertrand avait tout organisé pour que Zoë et moi y emménagions après la naissance du bébé, en février. Tout avait changé et c'était très beau. Son équipe avait fait du bon travail. L'empreinte de Mamé avait disparu, et j'imaginais que l'appartement était maintenant différent de celui qu'avait connu Sarah.

Cependant, en me promenant dans ces pièces vides à la peinture encore fraîche, dans la cuisine, le bureau, je me demandais comment je pourrais supporter de vivre dans ce lieu. Là où le petit frère de Sarah était mort. Le placard secret n'existait plus, il avait été détruit quand on avait abattu une cloison pour rassembler deux chambres. Pourtant, cela ne changeait rien pour moi.

C'était là que tout s'était passé. Je ne pouvais effacer cela de mon esprit. Je n'avais pas raconté à ma fille la tragédie qui avait eu lieu entre ces murs, mais elle le sentait d'une manière qui lui était particulière, dans l'émotion et l'intuition.

Par un matin humide de novembre, je me rendis à l'appartement pour faire le point sur les rideaux, les papiers peints, les tapis. Isabelle avait été d'une aide précieuse. Elle m'avait accompagnée dans les boutiques et les magasins de décoration. Pour le plus grand plaisir de Zoë, j'avais décidé de laisser tomber les tons neutres que j'affectionnais par le passé, et d'oser de nouvelles couleurs plus audacieuses. Bertrand avait signifié son indifférence d'un geste de la main : «C'est comme vous voulez, c'est votre maison, après tout.» Zoë avait voulu une chambre citron vert et lilas. Cela ressemblait tellement aux goûts de Charla que je ne pus m'empêcher de sourire.

Un régiment de catalogues m'attendait sur le parquet verni. J'étais en train de les feuilleter consciencieusement quand mon téléphone sonna. Je reconnus le numéro. C'était la maison de retraite de Mamé. Mamé avait été fatiguée ces derniers temps, irritable, parfois insupportable. On avait du mal à lui arracher un sourire, même Zoë n'y arrivait pas. Elle montrait de l'impatience avec tout le monde. Lui rendre visite, en ce moment, tenait de la corvée.

«Mademoiselle Jarmond? C'est Véronique, de la maison de retraite. Je dois vous annoncer de mauvaises nouvelles. Mme Tézac ne va pas bien, elle a eu une attaque.»

Je me redressai, sous le choc.

«Une attaque?

— Elle va un peu mieux, c'est le Dr Roche qui s'en occupe maintenant, mais il faudrait que vous veniez. Nous avons prévenu votre beau-père. Mais nous n'arrivons pas à joindre votre mari.»

Je raccrochai en proie à un sentiment de trouble et de panique. Dehors, la pluie tapait sur les carreaux. Où était Bertrand? Je composai son numéro et tombai sur sa messagerie. Dans ses bureaux, près de la Madeleine, personne ne semblait savoir où il pouvait être, même pas Antoine à qui je dis que je me trouvais rue de Saintonge et demandai, s'il l'avait en ligne, de dire à Bertrand de m'appeler le plus vite possible. C'était très urgent.

«Mon Dieu, c'est le bébé? balbutia-t-il.

— Non, Antoine, ce n'est pas le bébé, c'est sa grand-mère», répondis-je. Puis je raccrochai.

Je jetai un coup d'œil dehors. La pluie tombait comme un grand rideau gris et luisant. J'allais être trempée. Oh non! Et après tout, peu importait. Mamé. Merveilleuse Mamé, Mamé chérie. Ma Mamé. Non, Mamé ne pouvait pas nous quitter maintenant, j'avais besoin d'elle. C'était trop tôt. Je n'étais pas prête. Je ne serais jamais prête à la voir mourir d'ailleurs. Je regardai autour de moi, ce salon où je l'avais rencontrée pour la première fois. Et à nouveau, je me sentis submergée par le poids des événements qui avaient eu lieu ici et qui revenaient sans cesse me hanter.

Je décidai d'appeler Cécile et Laure pour m'assurer qu'elles étaient prévenues et en chemin pour la maison de retraite. Laure me répondit en femme pressée qu'elle était déjà dans sa voiture et qu'elle me verrait là-bas. Cécile avait l'air plus émue, fragile, les larmes perçaient dans sa voix.

« Oh, Julia, je ne supporte pas l'idée que Mamé... Tu sais... C'est trop affreux... »

Je lui dis que je n'arrivais pas à joindre Bertrand. Elle eut l'air surprise.

« Mais je viens de lui parler, dit-elle.

— Tu l'as eu sur son portable?

— Non, répondit-elle d'une voix hésitante.

— Au bureau alors?

— Il vient me chercher dans une minute pour m'emmener à la maison de retraite.

— Je n'ai pas réussi à lui parler.

— Ah bon? dit-elle prudemment. Je vois. »

Je compris. La colère me prit.

« Il est chez Amélie, c'est ça?

— Amélie? répéta-t-elle, sans conviction.

— Oh, arrête, Cécile. Tu sais très bien de quoi je parle.

— C'est l'interphone, je te laisse, c'est Bertrand. »

Elle raccrocha. Je restai au milieu du salon, mon téléphone à la main comme si je tenais un revolver. J'appuyai mon front contre la fenêtre. C'était froid. J'avais envie de gifler Bertrand. Ce n'était pas son histoire à rebondissements avec Amélie qui me mettait dans cet état, mais le fait que ses sœurs aient le numéro de cette femme et sachent comment le joindre dans un cas d'urgence comme celui-ci, alors que moi, je ne savais pas. Le fait que même si notre mariage était moribond, il aurait pu avoir le courage de me dire qu'il la voyait toujours. Comme d'habitude, j'étais la dernière au courant. L'éternelle figure vaudevillesque de la femme trompée.

Je restai ainsi un moment, sans bouger. Je sentais le bébé me donner des coups de pied. J'hésitais entre le rire et les larmes.

Tenais-je encore à Bertrand, était-ce pour cela que j'avais si mal ? Ou était-ce juste ma fierté blessée ? Amélie et son glamour parisien, son côté femme parfaite, son appartement si absolument moderne sur le Trocadéro, ses enfants bien élevés qui disaient toujours bonjour à la dame, son parfum capiteux qui s'accrochait aux cheveux et aux vêtements de Bertrand. S'il l'aimait et qu'il ne m'aimait plus, pourquoi avait-il peur de me le dire ? Redoutait-il de me faire du mal ? De faire du mal à Zoë ? Qu'est-ce qui lui faisait si peur ? Quand comprendrait-il que ce n'était pas son infidélité que je trouvais insupportable, mais sa lâcheté ?

J'allai dans la cuisine. J'avais la bouche sèche. Je me penchai au-dessus du lavabo et bus directement au robinet, mon ventre encombrant frottant contre le rebord. Je jetai de nouveau un coup d'œil à l'extérieur. La pluie semblait s'être calmée. J'enfilai mon imperméable, attrapai mon sac à main et me dirigeai vers la porte.

Quelqu'un cogna. Trois coups brefs.

Ce devait être Bertrand. J'étais amère. Antoine ou Cécile avait dû lui dire de m'appeler ou de passer.

Cécile attendait probablement en bas, dans la voiture. J'imaginais son embarras. Le silence tendu, plein de nervosité qui prendrait place dès que je monterais dans l'Audi.

J'étais bien décidée à leur montrer de quel bois je me chauffais. Je n'avais pas l'intention de jouer les gentilles épouses timides à la française. J'allais demander à Bertrand de me dire la vérité dorénavant.

J'ouvris brutalement la porte.

Mais l'homme qui m'attendait sur le seuil n'était pas Bertrand.

Je reconnus immédiatement la taille, les épaules larges, les cheveux blond cendré, encore foncés par la pluie et plaqués contre son crâne.

William Rainsferd.

Je fis un pas en arrière.

« Je vous dérange ? dit-il.

– Non », mentis-je.

Que diable faisait-il ici ? Que voulait-il ?

Nous nous regardâmes droit dans les yeux. Son visage avait changé depuis la dernière fois. Il semblait plus émacié, hagard. Ce n'était plus le gourmet avenant et bronzé.

« Je dois vous parler. C'est urgent. Je suis désolé, je ne trouvais pas votre numéro. Alors je suis venu ici. Comme vous n'étiez pas là hier soir, je me suis dit que je reviendrais ce matin.

– Comment avez-vous eu l'adresse ? demandai-je, troublée. Nous ne sommes pas encore dans l'annuaire, nous n'avons pas déménagé. »

Il sortit une enveloppe de sa veste.

« L'adresse était là. La rue dont vous m'aviez parlé à Lucca. Rue de Saintonge.

– Je ne comprends pas. »

Il me tendit l'enveloppe. Elle était vieille, déchirée dans les coins. Rien n'était écrit dessus.

«Ouvrez-la», dit-il.

À l'intérieur se trouvaient un mince carnet très abîmé, un dessin à moitié effacé et une longue clef de cuivre. Elle tomba sur le plancher et William se pencha pour la ramasser. Il la déposa dans sa paume pour me la montrer.

«C'est quoi tout ça? demandai-je, méfiante.

– Quand vous avez quitté Lucca, j'étais en état de choc. Je ne pouvais chasser cette photo de mon esprit. J'y pensais sans arrêt.

– Oui? dis-je le cœur battant.

– J'ai pris l'avion pour Roxbury pour voir mon père. Il est très malade, je crois que vous êtes au courant. Cancer. Il ne peut plus parler. J'ai trouvé cette enveloppe dans son bureau. Il l'avait gardée là, toutes ces années. Il ne me l'avait jamais montrée.

– Pourquoi êtes-vous là?» murmurai-je.

Il y avait de la souffrance dans son regard, de la souffrance et de la peur.

«Parce que je veux que vous me disiez ce qui s'est passé. Ce qui est arrivé à ma mère lorsqu'elle était enfant. Je dois tout savoir. Vous êtes la seule à pouvoir m'aider.»

Je regardai la clef. Puis le dessin. Un portrait maladroit d'un petit garçon avec des cheveux blonds et bouclés, qui semblait être assis dans un placard, avec un livre sur les genoux et un nounours à ses côtés. Au dos, une légende : «Michel, 26, rue de Saintonge.» Je feuilletai le carnet. Aucune date. Des phrases courtes écrites sous forme de poèmes, en français, difficiles à déchiffrer. Quelques mots me sautèrent au visage : *le camp, la clef, ne jamais oublier, mourir.*

«L'avez-vous lu? demandai-je.

– J'ai essayé. Mais je ne parle pas très bien français. Je ne comprends que des bribes.»

Dans ma poche, le téléphone sonna. Cela nous fit sursauter. C'était Édouard.

«Où êtes-vous, Julia? dit-il d'une voix douce. Elle est très mal. Elle veut vous voir.

– J'arrive», répondis-je.

William Rainsferd m'interrogea du regard.

«Vous devez partir?

– Oui, une urgence familiale. La grand-mère de mon mari. Elle a eu une attaque.

– Je suis désolé.»

Il hésita, puis posa la main sur mon épaule.

«Quand puis-je vous voir pour que nous parlions?»

J'ouvris la porte, me tournai vers lui, regardai la main posée sur mon épaule. C'était étrange, émouvant, de le voir sur le seuil de cet appartement, à l'endroit même qui avait causé tant de souffrance à sa mère, tant de peine, étrange et émouvant de me dire qu'il ignorait encore ce qui s'était passé, ce qui était arrivé à sa famille, à ses grands-parents, à son oncle.

«Venez avec moi, dis-je. Je veux vous présenter quelqu'un.»

Mamé. Son visage fatigué et ridé. Elle semblait endormie. Je lui parlais sans être sûre qu'elle m'entendait. Puis je sentis ses doigts serrer mon poignet. Elle s'y accrochait fort. Elle savait que j'étais là.

Derrière moi, la famille Tézac entourait le lit. Bertrand, sa mère, Colette, Édouard, Laure et Cécile. Et dans le couloir, William Rainsferd, qui hésitait à entrer. Bertrand l'avait observé une ou deux fois, intrigué. Il pensait probablement que c'était mon petit ami. En d'autres circonstances, j'aurais trouvé cela amusant. Édouard le dévisageait aussi, avec curiosité et inquiétude, allant de lui à moi avec insistance.

Ce ne fut qu'en sortant de la maison de retraite que je pris le bras de mon beau-père. Le Dr Roche venait de nous annoncer que l'état de Mamé était stable, mais qu'elle restait faible. Il ne se prononçait pas sur l'avenir. Nous devions cependant nous préparer au pire, selon lui. Nous convaincre que la fin était proche.

«Cela me rend si triste, Édouard», murmurai-je.

Il me caressa la joue.

«Ma mère vous aime beaucoup, Julia. Elle vous aime tendrement.»

Bertrand apparut, le visage sombre. En le voyant, je pensai soudain à Amélie. J'avais envie d'être blessante, de le piquer au vif, mais je laissai tomber. Après tout, nous aurions le temps d'en parler plus tard. C'était sans importance maintenant. Seule Mamé comptait, et la haute silhouette qui m'attendait dans le couloir.

« Julia, dit Édouard en regardant par-dessus son épaule, qui est cet homme ?

– C'est le fils de Sarah. »

Intimidé, Édouard le fixa pendant quelques minutes.

« C'est vous qui l'avez appelé ?

– Non. Il a découvert des papiers que son père avait cachés toute sa vie. Un carnet ayant appartenu à Sarah. Il est ici parce qu'il veut connaître toute l'histoire. Il est arrivé aujourd'hui.

– Je voudrais lui parler », dit Édouard.

J'allai chercher William et lui dis que mon beau-père souhaitait le rencontrer. Il me suivit. Il dépassait tout le monde d'une tête, Bertrand, Édouard, Colette et les deux filles.

Édouard Tézac leva les yeux vers lui. Son visage avait un air serein, posé, mais ses yeux étaient humides.

Ils se serrèrent la main. Ce fut un moment fort et silencieux. Tout le monde se tut.

« Le fils de Sarah Starzynski », murmura Édouard.

Je vis Colette, Cécile et Laure le regarder avec une politesse pleine d'incompréhension. Elles ne comprenaient pas ce qui se passait. Seul Bertrand était au courant. Lui seul connaissait toute l'histoire depuis qu'il avait découvert le dossier « Sarah », bien qu'il n'ait jamais voulu en parler avec moi. Même après avoir rencontré les Dufaure dans notre appartement, quelques mois auparavant, il n'avait eu aucune question.

Édouard s'éclaircit la gorge. Les deux hommes se tenaient toujours la main. Il s'adressa à William en anglais. Un anglais correct, mais avec un fort accent français.

«Je suis Édouard Tézac. Je vous rencontre dans un moment difficile. Ma mère est en train de mourir.

— Je suis désolé, dit William.

— Julia vous expliquera. Mais à propos de votre mère, Sarah…»

Édouard s'interrompit. Sa voix se brisait. Sa femme et ses filles le regardaient, étonnées.

«De quoi parle-t-il? murmura Colette, préoccupée. Qui est cette Sarah?

— C'est quelque chose qui s'est passé il y a soixante ans», dit Édouard, luttant pour retrouver sa voix.

J'avais beaucoup de mal à me retenir de lui passer un bras autour des épaules. Édouard prit une grande inspiration et, retrouvant quelques couleurs, il adressa à William un petit sourire timide que je ne lui avais jamais vu.

«Je n'oublierai jamais votre mère. Jamais.»

Son visage se contracta et le sourire disparut. La souffrance et la tristesse l'empêchaient de respirer, comme ce jour où il m'avait tout raconté.

Le silence devint lourd, insupportable. Colette et ses filles étaient de plus en plus intriguées.

«C'est un tel soulagement pour moi que de pouvoir vous dire ces choses après tant d'années.

— Je vous remercie, monsieur», dit William à voix basse. Lui aussi était pâle. «J'en sais si peu. Je suis venu ici pour comprendre. Ma mère souffrait et je veux savoir pourquoi.

— Nous avons fait ce que nous pouvions pour elle, dit Édouard. Ça, je peux vous en assurer, Julia vous racontera. Elle vous expliquera. Vous dira toute l'histoire de votre mère. Elle vous racontera ce que mon père a fait pour elle. Au revoir.»

Il recula. Il avait soudain l'air d'un vieillard blême et rabougri. Bertrand avait un regard à la fois curieux et détaché. C'était sans doute la première fois qu'il voyait une telle émotion chez son père. Je me demandais ce qu'il ressentait.

Édouard sortit, avec sa femme et ses filles qui le bombardaient de questions. Son fils suivait un peu en arrière, les mains dans les poches, silencieux. Édouard dirait-il la vérité à Colette, à leurs filles ? Probablement. J'imaginais le choc que ce serait pour elles.

William Rainsferd et moi restâmes seuls dans le hall de la maison de retraite. Dehors, dans la rue de Courcelles, il pleuvait toujours.

« Vous voulez prendre un café ? » dit-il.

Il avait un beau sourire.

Nous marchâmes dans le crachin jusqu'au café le plus proche. Nous commandâmes deux expressos. Pendant un moment, nous restâmes assis sans rien nous dire.

Puis il me demanda :

« Êtes-vous proche de cette vieille dame ?

— Oui, dis-je. Très proche.

— Je vois que vous attendez un enfant. »

Je tapotai mon ventre rebondi.

« L'accouchement est prévu en février. »

Enfin, il me dit lentement :

« Racontez-moi l'histoire de ma mère.

— Cela ne va pas être facile.

— Oui, mais j'ai besoin de l'entendre. S'il vous plaît, Julia. »

Je commençai dans un murmure, lentement, ne le regardant qu'à de rares occasions. En déroulant l'histoire de Sarah, je pensais à Édouard. Il devait faire la même chose que moi, assis dans son élégant salon vieux rose de la rue de l'Université, raconter la même histoire à sa femme et à ses filles, à son fils. La rafle. Le Vél d'Hiv. Le camp. La fuite. Le retour de la petite fille. L'enfant mort dans le placard. Deux familles liées par la mort et un secret. Deux familles liées par le chagrin. Une partie de moi désirait que cet homme connaisse la vérité. Une autre voulait le protéger, le mettre à l'abri d'une réalité émoussée par le temps. Lui éviter l'image atroce d'une petite fille dans la souffrance. Sa douleur, ce qu'elle avait perdu. Qui deviendrait sa douleur à lui, un intense sentiment de perte. Plus je parlais, plus je lui donnais des détails, plus je répondais à ses questions, plus je sentais que mes mots le transperçaient comme des épées.

Quand j'eus terminé, je levai les yeux vers lui. Son visage, ses lèvres, avaient pâli. Il sortit le carnet de son enveloppe et me le tendit sans dire un mot. La petite clef de cuivre était posée sur la table entre nous deux.

Je tenais le carnet entre les mains. D'un regard, il m'incita à l'ouvrir.

Je lus silencieusement la première phrase. Puis je continuai à voix haute, en traduisant directement le français dans notre langue maternelle. Je n'allais pas très vite. L'écriture, fine et penchée, était difficile à lire.

Où es-tu, mon petit Michel? Mon beau Michel.
Où es-tu maintenant?
Te souviens-tu de moi?
Moi, Sarah, ta sœur.
Celle qui n'est jamais revenue. Celle qui t'a abandonné dans ce placard.
Celle qui croyait que tu étais à l'abri.

Michel.
Les années ont passé et j'ai toujours la clef.

La clef de notre cachette.

Je l'ai gardée, jour après jour. Et jour après jour, je l'ai caressée en me souvenant de toi.

Elle ne m'a pas quittée depuis ce 16 juillet 1942.

Personne ne le sait. Personne ne sait pour la clef, pour toi.

Toi, dans le placard.

Et Maman. Et Papa.

Et le camp.

Et l'été 1942.

Personne ne sait qui je suis vraiment.

Michel.

Pas un jour ne passe sans que je pense à toi.

Sans que je me souvienne du 26, rue de Saintonge.

Je porte le poids de ta mort comme je porterais un enfant.

Je le porterai jusqu'à ma mort.

Parfois, je voudrais m'en aller.

Le poids de ta mort m'est trop insupportable.

Comme l'est celui de la mort de Maman et de Papa.

Je revois les wagons de bestiaux les emportant vers la mort.

J'entends le train. Je l'entends depuis trente ans.

Je ne supporte plus le poids de mon passé.

Pourtant, je ne me résous pas à me débarrasser de la clef de ton placard.

C'est la seule chose concrète qui me lie à toi, avec ta tombe.

Michel.

Comment prétendre être ce que je ne suis pas?

Comment leur faire croire que je suis une autre femme?

Non, je ne peux oublier.

Le vélodrome.

Le camp.

Le train.

Jules et Geneviève.

Alain et Henriette.

Nicolas et Gaspard.

Mon enfant n'efface rien. Je l'aime. Il est mon fils.

Mon époux ignore qui je suis vraiment.

Quelle est mon histoire.

Mais je ne peux pas oublier.

Venir dans ce pays était une erreur.

Je pensais que tout serait différent, que je pourrais être différente. Je pensais tout laisser en arrière.

Ce n'est pas le cas.

On les a emmenés à Auschwitz. On les a tués.

Mon frère ? Mort dans un placard.

Il ne me reste rien.

Je pensais qu'il me resterait quelque chose. J'avais tort.

Un enfant et un époux ne sont pas assez.

Ils ne savent rien.

Ils ne savent pas qui je suis.

Ils ne sauront jamais.

Michel.

Dans mes rêves, tu viens me chercher.

Tu me prends par la main et tu m'emportes.

Cette vie est trop dure à supporter.

Je regarde la clef et je voudrais remonter le temps et que tu sois là.

Je voudrais que reviennent ces jours d'innocence et d'insouciance d'avant la guerre.

Je sais que mes blessures ne se refermeront jamais.

J'espère que mon fils me pardonnera.
Il ne saura jamais.
Personne ne saura jamais.

Zakhor, Al Tichkah. Souviens-toi. N'oublie jamais.

Ce café était un endroit bruyant et plein de vie. Pourtant, autour de nous s'était formée comme une bulle de silence absolu.

Je reposai le carnet, dévastée par ce que nous venions d'y apprendre.

«Elle s'est suicidée, dit platement William. Ce n'était pas un accident. Elle s'est jetée volontairement contre un arbre.»

Je restai silencieuse, incapable de prononcer le moindre mot. Que dire?

J'aurais voulu lui prendre la main, mais quelque chose me retenait. Je respirai profondément. Mais les mots ne venaient toujours pas.

La clef de cuivre était posée sur la table, témoin muet du passé, de la mort de Michel. Je sentis que William se refermait comme il l'avait fait à Lucca quand il avait avancé les mains pour me repousser. Il ne bougeait pas, mais je sentais clairement qu'il se retirait. Encore une fois, je résistai à l'envie impérieuse de le toucher, de le prendre dans mes bras. Pourquoi avais-je la sensation d'avoir tant à partager avec cet homme? D'une certaine façon, il n'était pas un étranger pour moi, et ce qui était encore plus bizarre, je pensais que je n'étais pas non plus une étrangère pour lui. Qu'est-ce qui nous avait rapprochés? Ma quête, ma soif de vérité, ma compassion pour sa mère?

Il ne savait rien de moi, il ignorait tout de mon mariage en péril, de ce qui avait failli être une fausse couche à Lucca, de mon travail, de ma vie. Et moi, que savais-je de lui, de sa femme, de ses enfants, de sa carrière? Son présent restait un mystère. Mais son passé, le passé de sa mère m'avaient été révélés comme on marche dans le noir avec une simple torche. Je désirais plus que tout montrer à cet homme à quel point tout cela comptait pour moi, à quel point ce qui était arrivé à sa mère avait changé ma vie.

« Merci, finit-il par dire. Merci de m'avoir tout raconté. »

Sa voix était étrange, empruntée. Je m'aperçus que j'aurais voulu le voir s'effondrer, pleurer, montrer quelque émotion. Pourquoi? Sans aucun doute parce que j'avais moi-même besoin de me libérer, de pleurer pour évacuer la douleur, le chagrin, le vide, besoin de partager avec lui mes sentiments, dans une communion intime et singulière.

Il se leva pour partir, en ramassant le carnet et la clef. Je ne supportai pas l'idée qu'il s'en aille si vite. S'il partait maintenant, j'étais convaincue que je ne le reverrais plus jamais. Il ne voudrait plus me voir ou me parler. Je perdrais mon dernier lien avec Sarah. Je le perdrais. Et pour Dieu sait quelle raison obscure, William Rainsferd était la seule personne avec qui je désirais être en ce moment.

Il avait dû lire dans mes pensées, car je le vis hésiter. Il se pencha vers moi.

« Je vais aller dans ces endroits, dit-il. Beaune-la-Rolande et rue Nélaton.

– Je peux vous accompagner si vous voulez. »

Ses yeux me fixèrent un moment. Je perçus encore une fois la complexité de ce que je lui inspirais, entre ressentiment et gratitude.

« Non, je préfère y aller seul. Mais j'apprécierais que vous me donniez les adresses des frères Dufaure. J'aimerais les rencontrer.

– Bien sûr », répondis-je, en ouvrant mon agenda et en notant les coordonnées des Dufaure sur un bout de papier.

Soudain, il retomba lourdement sur sa chaise.

«J'aurais besoin d'un verre, dit-il.

– Bien sûr, bien sûr.»

J'appelai le garçon et commandai du vin pour nous deux.

Tandis que nous buvions en silence, je remarquai combien je me sentais à l'aise en sa compagnie. Deux Américains autour d'un verre. Nous ne ressentions pas le besoin de parler et ce silence n'était pas gênant. Mais je savais qu'après sa dernière gorgée, il partirait.

Ce moment arriva.

«Merci, Julia, merci pour tout.»

Il ne dit pas : *restons en contact, envoyons-nous des mails, parlons-nous au téléphone de temps en temps.* Non, il ne dit rien de tout ça. Et je pouvais entendre ce que disait son silence : *ne m'appelez pas, ne cherchez pas à me contacter, s'il vous plaît, je dois reconsidérer toute mon existence, j'ai besoin de temps et de silence, de paix. Je dois trouver qui je suis désormais.*

Je le vis partir sous la pluie, sa haute silhouette s'évanouissant dans l'animation de la rue.

Je croisai les mains sur mon ventre, envahie de solitude.

Quand je rentrai ce soir-là, toute la famille Tézac m'attendait, avec Bertrand et Zoë, assis dans notre salon. Je perçus immédiatement à quel point l'atmosphère était tendue.

On aurait dit qu'ils s'étaient séparés en deux groupes : Édouard, Zoë et Cécile, ceux qui étaient de mon côté, qui approuvaient ce que j'avais fait, et les «anti», Colette et Laure.

Bertrand restait étrangement silencieux. Son visage était lugubre, sa bouche tombante. Il ne me regardait pas.

Colette explosa. Comment avais-je pu faire une chose pareille? Rechercher cette famille, contacter cet homme, qui, en réalité, ignorait tout du passé de sa mère.

«Le pauvre homme, répéta ma belle-sœur en frissonnant. Maintenant, il sait qui était réellement sa mère, qu'elle était juive, que sa famille entière a été exterminée en Pologne, que son oncle est mort de faim. Julia aurait dû le laisser en paix.»

D'un bond, Édouard se mit debout et leva les bras au ciel.

«Mon Dieu! gronda-t-il. Qu'est-ce que c'est que cette famille!» Zoë vint se blottir sous mon bras. «Julia a agi courageusement, ce qu'elle a fait est d'une grande générosité, continua-t-il, tout tremblant de colère. Elle voulait être sûre que la famille de cette petite fille était au courant et savait qu'elle compatissait. Qu'elle était au courant que mon père s'en souciait assez pour faire en sorte que Sarah Starzynski soit accueillie par une famille d'adoption où elle était aimée.

– Oh, Papa, je t'en prie, l'interrompit Laure. Ce qu'a fait Julia était lamentable. Faire revivre le passé n'est jamais une bonne idée, surtout en ce qui concerne cette guerre. Personne ne veut s'en souvenir ou y penser. »

Elle ne me regardait pas, mais je sentais tout le poids de son animosité envers moi. Je lisais facilement en elle. J'avais agi en pure Américaine. Je ne savais pas ce qu'était le respect du passé. Je n'avais pas la moindre idée de ce qu'était un secret de famille. Je n'avais aucune éducation. Pas de sensibilité. Une Américaine grossière et sans éducation : *l'Américaine avec ses gros sabots.*

« Je ne suis pas d'accord ! s'écria Cécile d'une voix tremblante. Je te remercie de m'avoir raconté ce qui s'est passé, père. C'est une histoire horrible, ce pauvre petit garçon mort dans l'appartement, la petite sœur qui revient. Je crois que Julia a eu raison de contacter cette famille. Après tout, nous n'avons rien fait dont nous puissions avoir honte. »

« Peut-être ! dit Colette en se pinçant les lèvres, mais si Julia ne s'était pas montrée si curieuse, Édouard ne nous aurait probablement jamais rien dit, n'est-ce pas, Édouard ? »

Édouard regarda sa femme dans les yeux. Son visage était empreint de froideur, sa voix également.

« Colette, mon père m'a fait jurer de ne jamais révéler ce qui était arrivé. J'ai respecté cette promesse, et ce fut extrêmement difficile, pendant soixante ans. Mais aujourd'hui, je suis heureux que vous sachiez. Maintenant, je peux partager cela avec ma famille, même si je m'aperçois que cela dérange certains d'entre vous.

– Dieu merci, Mamé n'est au courant de rien », soupira Colette, en replaçant ses cheveux blonds cendrés.

«Oh, Mamé sait tout», lança Zoë d'une petite voix aiguë.

Ses joues s'empourprèrent, mais elle ne baissa pas les yeux.

«Elle-même m'a raconté ce qui est arrivé. Je ne savais pas pour le petit garçon, j'imagine que Maman n'aurait pas aimé qu'elle me raconte cette partie de l'histoire. Mais Mamé m'a tout dit.»

Zoë continua.

«Elle sait depuis le début, depuis que la concierge lui a appris que Sarah était revenue. Elle a dit aussi que grand-père faisait des tas de cauchemars où il y avait un enfant mort dans sa chambre. Elle m'a dit que c'était horrible de savoir et de ne pas pouvoir en parler avec son mari, son fils et plus tard, avec sa famille. Elle a dit que cela avait changé mon arrière-grand-père, que cela l'avait atteint d'une façon dont il ne pouvait pas parler, même à elle.»

Je me tournai vers mon beau-père. Il ne quittait pas Zoë des yeux, abasourdi.

«Elle savait? Toutes ces années, elle savait?»

Zoë fit oui de la tête.

«Mamé m'a dit que c'était un terrible secret à porter, qu'elle ne cessait de penser à cette petite fille et qu'elle était heureuse que je le partage désormais. Elle a dit que nous aurions dû en parler bien plus tôt, que nous aurions dû faire ce qu'a fait Maman, que nous n'aurions pas dû attendre. Nous aurions dû retrouver la famille de cette petite fille. Nous avons eu tort de garder tout cela enfoui. Voilà ce qu'elle m'a dit. Juste avant son attaque.»

Il y eut un long silence douloureux.

Zoë se leva en regardant tour à tour Colette, Édouard, ses tantes et son père. Moi, enfin.

«Je veux vous dire autre chose», ajouta-t-elle, en passant adroitement du français à un anglais très fortement américain. «Je me fiche de ce que certains vont penser. Je me fiche que vous pensiez que Maman a eu tort, ou que ce qu'elle a fait était une idiotie. Moi, je suis fière de ce qu'elle a accompli. Je suis fière qu'elle ait retrouvé William et qu'elle lui ait tout dit. Vous n'avez aucune idée de ce que cela représentait pour elle, de la volonté qu'il lui a fallu. Et vous savez quoi ? Quand je serai grande, je veux être comme elle. Je veux devenir une mère dont mes enfants soient fiers. Bonne nuit. »

Elle fit une drôle de petite révérence et sortit en refermant doucement la porte.

Nous restâmes silencieux un long moment. Le visage de Colette se figeait à vue d'œil. Laure vérifiait son maquillage dans un miroir de poche. Cécile semblait pétrifiée.

Bertrand n'avait pas dit un mot. Il se tenait face à la fenêtre, les mains croisées dans le dos. Pas une fois il ne m'avait regardée. Ni moi ni personne d'autre.

Édouard se leva et vint déposer une caresse sur mes cheveux, avec une tendresse très paternelle. Ses yeux bleu pâle clignèrent en me regardant, puis il murmura dans le creux de mon oreille :

« Tu as fait ce qu'il fallait. Tu as bien fait. »

Mais, plus tard dans la soirée, seule dans mon lit, incapable de lire, de penser, de faire quoi que ce soit à part regarder le plafond, je me posais encore des questions.

Je pensais à William. Je ne savais pas où il était mais j'étais sûr qu'il essayait de rassembler toutes les pièces du puzzle, les vieilles et les nouvelles.

Je pensais à la famille Tézac qui, pour une fois, avait dû sortir de sa coquille, se parler, mettre au grand jour un sombre et triste secret. Je pensais à Bertrand me tournant le dos.

Tu as fait ce qu'il fallait. Tu as bien fait.

Était-ce Édouard qui avait raison ? Je n'arrivais pas à en être sûre.

Zoë poussa la porte et se glissa dans mon lit. Elle se blottit contre moi comme un petit chiot, me prit la main et y déposa un long baiser, puis cala la tête sur mon épaule.

On entendait la rumeur de la circulation sur le boulevard Montparnasse. Il était tard. Bertrand était sans doute avec Amélie. Il était si loin de moi, comme un étranger. Comme quelqu'un que je connaîtrais à peine.

Deux familles, j'avais réuni deux familles, au moins pour aujourd'hui. Deux familles qui ne seraient plus jamais les mêmes.

Avais-je bien fait ?

Je ne savais que penser.

Zoë s'endormit à mes côtés. Son souffle lent me chatouillait le cou. Je pensais à l'enfant qui naîtrait bientôt et une sorte de paix m'envahit. Un sentiment de sérénité qui m'apaisa pendant un moment. Mais la douleur et la tristesse étaient toujours là.

« **Z**oë! hurlai-je. Pour l'amour de Dieu, ne lâche pas la main de ta sœur. Elle va tomber et se briser le cou!»

Ma fille aux jambes de sauterelle râla.

«Tu es complètement parano comme mère!»

Elle attrapa le bras grassouillet de sa sœur et la remit d'aplomb sur son tricycle. Ses petites jambes pédalaient furieusement sur le chemin tandis que Zoë courait derrière. Mon bébé gazouillait de plaisir, en tournant la tête pour vérifier que j'étais bien en train de la regarder, avec cet air de vanité qu'on peut avoir à deux ans.

Central Park et les premières promesses du printemps… C'était si bon! J'étirai mes jambes en inclinant mon visage vers le soleil.

L'homme qui se tenait à mes côtés me caressa les joues.

Neil. Mon petit ami. À peine plus âgé que moi. Avocat. Divorcé. Habitant le quartier de Flat Iron avec ses fils adolescents. C'était ma sœur qui me l'avait présenté. Je l'aimais bien. Je n'étais pas amoureuse, mais j'appréciais sa compagnie. Il était intelligent et cultivé. Il n'avait aucune intention de m'épouser, Dieu merci, et voyait mes filles seulement de temps en temps.

J'avais eu quelques aventures depuis que nous étions ici. Rien de sérieux. Rien d'important. Zoë les appelait mes chevaliers servants, Charla, mes *beaux*, à la sudiste. Avant Neil, il y avait eu Peter.

Peter avait une galerie d'art, une calvitie au sommet du crâne qui l'ennuyait beaucoup et un loft glacial à Tribeca. Tous étaient des Américains d'âge mûr, assez typiquement ennuyeux. Polis, honnêtes et méticuleux. Ils avaient de bons jobs, une bonne éducation, étaient cultivés et la plupart du temps divorcés. Ils venaient me chercher, me déposaient, m'offraient leur bras ou leur parapluie. Ils m'emmenaient déjeuner au Met, au Moma, à l'Opéra, au New York City Ballet, voir des spectacles sur Broadway, dîner… Et dans leur lit parfois. Je me laissais faire sans envie. Le sexe n'était plus pour moi qu'un passage obligé. Un acte mécanique et ennuyeux. Dans ce domaine aussi, quelque chose avait disparu. La passion. L'excitation. La chaleur. Disparues et envolées.

J'avais la sensation que quelqu'un – moi ? – passait le film de ma vie en accéléré. J'étais un Charlie Chaplin de théâtre de marionnettes, qui faisait tout à un drôle de rythme précipité, comme si agir autrement m'était impossible. J'arborais le sourire imperturbable de la fille contente de sa nouvelle vie. Parfois, Charla m'observait en douce et disait : «Eh, tout va bien ?» Ma réponse était toujours la même : «Oh, oui, bien sûr, tout va bien.» Charla n'avait pas l'air convaincue, mais elle laissait tomber pendant un moment. Ma mère faisait la même chose, cherchant je ne sais quoi dans mon visage quand elle me demandait, avec une moue inquiète : «Tout va bien, ma chérie ?»

Je chassais mes angoisses avec un sourire insouciant.

Un beau matin frais comme il n'y en a qu'à New York. Un air vif et un ciel bleu sans nuage. La ligne des gratte-ciel surplombant la cime des arbres. La masse claire du Dakota, en face de nous, devant lequel John Lennon avait trouvé la mort. L'odeur de hot-dogs et de bretzels portée par la brise.

Je caressai le genou de Neil, les yeux fermés. La chaleur du soleil augmentait peu à peu. New York et son terrible climat contrasté. Des étés de plomb. Des hivers de glace. Et la lumière tombant sur la ville, dure, éclatante, argentée, lumière que j'avais appris à aimer. Paris, sa grisaille et son crachin, me paraissait un autre monde.

J'ouvris les yeux sur mes filles en train de sautiller. Zoë semblait être devenue adolescente en une nuit. C'était désormais une jeune fille qu'on remarquait. Elle était aussi grande que moi. Sa silhouette était élancée et musclée. Elle ressemblait à Charla et à Bertrand, elle avait hérité de leur classe naturelle, de leur allure, de leur pouvoir de séduction, et ce mélange puissant et flamboyant de Jarmond et de Tézac me ravissait.

La petite, c'était autre chose. Plus douce, plus ronde, plus fragile. Elle avait besoin de câlins, de baisers, de tout un tas d'attentions que Zoë ne réclamait pas à son âge. Était-ce à cause de l'absence de son père? À cause de ce départ pour New York peu après sa naissance? Je l'ignorais et ne cherchais pas vraiment de réponses à ces questions.

Après tant d'années passées à Paris, ce retour aux États-Unis avait été singulier. Et l'était encore, parfois. Je ne me sentais pas tout à fait chez moi. Je me demandais combien de temps cela prendrait. Mais je l'avais fait, j'étais partie. Ça n'avait pas été une décision facile.

Le bébé était né deux mois avant terme, juste après Noël, dans la panique et la douleur. Aux urgences de Saint-Vincent-de-Paul, j'eus droit à une césarienne géante. Bertrand était là, tendu et ému malgré lui. Une petite fille parfaite. Avait-il été déçu? Moi, je ne l'étais pas. Cette enfant était si importante pour moi. Je m'étais battue pour elle. Je n'avais pas baissé les bras. Elle était ma victoire.

Peu après la naissance et juste avant d'emménager rue de Saintonge, Bertrand prit son courage à deux mains pour m'avouer, enfin, qu'il aimait Amélie et voulait vivre avec elle dans son appartement du Trocadéro. Il déclara qu'il ne voulait plus mentir, ni à moi ni à Zoë, qu'il faudrait divorcer, que cela serait simple et rapide. C'est à ce moment-là, en l'écoutant s'emmêler dans son interminable confession, alors qu'il faisait les cent pas les mains derrière le dos, les yeux rivés sur le plancher, que pour la première fois, l'idée de retourner en Amérique m'était venue. J'écoutai Bertrand jusqu'au bout. Il avait l'air lessivé, vidé, mais c'était fait. Il s'était montré honnête avec moi, enfin. Avec lui-même aussi. J'avais alors regardé mon sensuel et bel époux et l'avais remercié. Il eut l'air surpris. Il s'attendait à une réaction plus violente ou plus amère. Des cris, des insultes, des histoires à n'en plus finir. Le bébé, que je tenais dans mes bras, avait gémi en agitant ses petits poings.

« Il n'y aura pas de dispute. Je ne crierai pas. Je ne t'insulterai pas. Ça te va?

— Ça me va », dit-il. Puis il nous embrassa, le bébé et moi.

Il se comportait comme s'il était déjà sorti de ma vie, comme s'il avait déjà quitté la maison.

Cette nuit-là, chaque fois que je me levai pour nourrir mon insatiable bébé, je pensais à l'Amérique. Boston? Non, je détestais l'idée de revenir dans le passé, dans la ville de mon enfance.

Puis j'eus le déclic.

New York. Zoë, le bébé et moi pourrions nous installer à New York. Charla y habitait et mes parents ne vivaient pas très loin. New York. Pourquoi pas? Je ne connaissais pas bien cette ville, après tout, je n'y avais jamais vraiment vécu, si ce n'était pendant mes courtes visites à ma sœur.

New York. Peut-être la seule ville qui pouvait rivaliser avec Paris, justement parce qu'elle en était radicalement différente. Plus j'y pensais, plus l'idée se concrétisait en moi. Je n'en parlai cependant pas à mes amis. Je savais qu'Hervé, Christophe, Guillaume, Susannah, Holly, Jan et Isabelle n'aimeraient pas l'idée de me voir partir. Mais je savais aussi qu'ils le comprendraient et l'accepteraient.

Puis Mamé était morte. Son agonie avait été longue, depuis son attaque de novembre. Elle n'avait plus jamais été capable de parler, bien qu'elle soit revenue à la conscience. On l'avait déplacée dans l'unité de soins intensifs de l'hôpital Cochin. Je m'attendais à l'imminence de sa mort et croyais y être préparée, mais ce fut un choc.

Après les funérailles dans le triste petit cimetière de Bourgogne, Zoë vint me dire :

« Maman, faut-il vraiment aller vivre rue de Saintonge?

– Je pense que c'est ce que souhaite ton père.

– Mais toi, est-ce que tu veux aller vivre là-bas?

– Non, répondis-je en toute sincérité. Pas depuis que je sais ce qui s'y est passé.

– Moi non plus. »

Puis elle ajouta :

« Mais où allons-nous habiter alors ? »

Ma réponse fut légère, amusée, joyeuse. Je m'attendais tant à ce que Zoë ne soit pas d'accord.

« Eh bien, que dirais-tu de New York ? »

C'était passé comme une lettre à la poste avec Zoë. Ce fut une autre histoire avec Bertrand, que notre décision ne réjouissait pas. Il n'aimait pas l'idée que sa fille vive si loin de lui. Mais Zoë lui rétorqua fermement que sa décision était prise. Elle lui promit de rentrer tous les deux mois pour le voir, ajoutant que s'il le désirait, il pouvait prendre l'avion pour venir lui rendre visite, ainsi qu'au bébé. J'expliquai à Bertrand que rien n'était encore sûr, que ce déménagement n'était pas définitif. Que ce n'était pas «pour toujours». Juste pour quelques années, une ou deux, pas plus. Le temps que Zoë intègre son côté américain. Le temps que je me remette, que je puisse envisager de redémarrer une vie nouvelle. Il habitait désormais chez Amélie. Ensemble, ils formaient ce que l'on appelle un couple officiel. Les enfants d'Amélie étaient presque des adultes et ne vivaient plus sous le toit de leur mère ou faisaient des séjours réguliers chez leur père. Était-ce la perspective de pouvoir vivre sa nouvelle vie sans la responsabilité quotidienne d'aucun enfant ? Toujours est-il qu'il finit par accepter. Les préparatifs de notre départ pouvaient commencer.

Nous restâmes quelque temps chez Charla, qui m'aidait dans mes recherches. Nous finîmes par trouver un «appartement de deux chambres, avec vue et *doorman*» sur la 86e Rue Ouest, entre

Amsterdam et Columbus. C'était une sous-location, l'appartement était celui d'une de ses amies partie vivre à Los Angeles. L'immeuble était plein de familles, divorcées ou non. Une vraie ruche, bruyante, grouillante de bébés, de jeunes enfants, de vélos, de poussettes, de trottinettes. L'appartement était confortable et cosy, pourtant, là aussi, il manquait quelque chose. Quoi ? Je n'aurais su le dire.

Grâce à Joshua, j'avais trouvé une place de correspondante pour un site Internet français en vue. Je travaillais à la maison et j'utilisais toujours les services de Bamber quand j'avais besoin de clichés de Paris.

Zoë allait au Trinity College, à deux *blocks* de notre immeuble. «Maman, je ne m'intégrerai jamais, tout le monde m'appelle la "Frenchy"!» Elle se plaignait. Mais cela me faisait sourire.

Les New-Yorkais me fascinaient. Leur pas décidé, leur humour, leur familiarité amicale. Mes voisins me disaient bonjour dans l'ascenseur, ils m'avaient offert des fleurs et des bonbons pour les filles quand nous avions emménagé, ils plaisantaient de bon cœur avec le *doorman*. Je n'avais plus l'habitude. Je m'étais faite à la mauvaise humeur parisienne, à cette façon de vivre sur le même palier en se disant à peine bonjour.

Mais le plus ironique, c'était que malgré tout ça, malgré le joyeux tourbillon de ma vie nouvelle, Paris me manquait. La tour Eiffel me manquait, surtout son scintillement de nuit qui, toutes les heures, la transformait en séductrice endiamantée. Les sirènes hurlantes des casernes de pompiers, chaque premier mercredi du mois, à midi pile, me manquaient. Comme le marché du samedi sur le boulevard Edgar Quinet, où le vendeur de fruits et légumes m'appelait «ma p'tite dame» alors que j'étais sans doute sa cliente la plus grande. Moi aussi, d'une certaine manière, j'étais une «Frenchy», malgré mon sang américain.

Quitter Paris n'avait pas été aussi facile que je l'imaginais. New York, son énergie, ses jets de vapeur sortant des grilles du chauffage urbain, son gigantisme, ses ponts, ses gratte-ciel, ses embouteillages monstres, ce n'était pas chez moi. Mes amis parisiens me manquaient, même si je m'en étais fait de très bons ici. Édouard, dont j'étais devenue si proche et qui m'écrivait tous les mois, me manquait. La façon de draguer des Français me manquait, ce regard qui «déshabillait», selon l'expression de Holly. J'en avais pris l'habitude. À Manhattan, il n'y avait plus que les interpellations joyeuses des conducteurs de bus : «Yo! la belle plante!» pour Zoë et «Yo! la belle blonde!» pour moi, sinon j'avais la sensation d'être devenue invisible. Je me demandais pourquoi ma vie me paraissait si vide. Comme si elle avait été dévastée par un ouragan. Comme si elle était un puits sans fond.

Quant à mes nuits….

Vides et ennuyeuses, même celles que je partageais avec Neil. Je les passais principalement à écouter, allongée sur mon lit, chacun des sons de cette grande métropole vibrante, en laissant venir à moi les images de ma vie, comme une marée sur le sable.

S arah.

Elle ne me quittait jamais. Elle m'avait changée pour toujours. Son histoire, sa souffrance, je les portais en moi. J'avais la sensation de l'avoir connue. De l'avoir connue enfant, puis jeune fille, puis mère de famille de quarante ans, suicidée contre un tronc d'arbre sur une route verglacée de Nouvelle-Angleterre. Je voyais précisément son visage. Ses yeux verts en amande. La forme de son crâne. Sa façon de se tenir. Ses mains. Son très rare sourire. Oui, je la connaissais. J'aurais pu sans problème la reconnaître dans la foule, si elle avait été encore en vie.

Zoë était futée. Elle m'avait prise la main dans le sac.

En train de chercher des renseignements sur William Rainsferd, sur le net.

Je ne l'avais pas entendue revenir de l'école. C'était un après-midi d'hiver. Elle s'était glissée sans bruit dans mon dos.

« Ça dure depuis longtemps ? » avait-elle demandé, sur le ton de la mère qui découvre que son adolescent fume de l'herbe.

Rougissante, je dus admettre que je prenais des nouvelles depuis près d'un an.

« Et ? » insista-t-elle, les bras croisés, en fronçant le sourcil.

« On dirait qu'il a quitté Lucca.

« – Oh… Et où est-il maintenant ?

– Il est ici, aux États-Unis, depuis quelques mois. »

Je n'avais pas pu soutenir son regard. Je m'étais levée et dirigée vers la fenêtre, jetant un œil dans l'avenue d'Amsterdam.

« Il est à New York ? »

Sa voix s'était adoucie. Elle vint se placer derrière moi et posa sa jolie tête sur mon épaule.

Je fis oui de la tête. Je n'osai pas lui dire combien j'étais excitée à l'idée de le croiser ici, à quel point je trouvais surprenant que nous soyons tous les deux dans la même ville, deux ans après notre première rencontre. Je me souvenais que son père était new-yorkais. Il avait probablement passé son enfance dans cette ville.

L'annuaire indiquait une adresse dans le Village. À quinze minutes à peine en métro. Et pendant des jours, des semaines, j'avais hésité à l'appeler. Après tout, il n'avait jamais essayé de me contacter à Paris et n'avait plus donné de nouvelles.

Mon excitation retomba un peu au fil du temps. Je n'avais pas eu le courage de l'appeler. Mais je pensais toujours à lui. Chaque jour. En silence et en secret. Je me disais que nous nous rencontrerions par hasard, dans Central Park, dans un grand magasin, un bar, un restaurant. Sa femme et ses enfants l'avaient-elles accompagné ? Pourquoi était-il revenu aux États-Unis, comme je l'avais fait moi-même ? Que s'était-il passé ?

« Tu l'as contacté ? demanda Zoë.

– Non.

– Tu vas le faire ?

– Je n'en sais rien, Zoë. »

Je me mis à pleurer sans bruit.

« Oh, Maman, je t'en prie », soupira-t-elle.

J'essuyai farouchement mes larmes. Je me sentais stupide.

«Maman, il sait que tu habites ici. J'en suis sûre même. Lui aussi a dû te pister sur Internet. Alors lui aussi sait où tu travailles et où tu habites.»

Je n'avais jamais pensé à cela. William me suivant à la trace sur Internet, cherchant mon adresse. Se pouvait-il que Zoë ait raison? Savait-il que je vivais moi aussi à New York, dans l'Upper West Side? Pensait-il à moi parfois? Et si cela arrivait, que ressentait-il?

«Il faut que tu laisses tomber, Maman. Laisse tout ça derrière toi. Appelle Neil, voyez-vous plus souvent, accroche-toi à ta nouvelle vie.»

Je me tournai vers elle et lui dis d'une voix forte et dure :

«Je ne peux pas, Zoë. J'ai besoin de savoir si ce que j'ai fait l'a aidé. Je dois le savoir. Est-ce trop demander? Est-ce vraiment impossible?»

Le bébé se mit à pleurer dans la pièce d'à côté. J'avais interrompu sa sieste. Zoë alla le chercher et revint avec sa petite sœur dodue et pleurnicharde.

Puis elle me caressa les cheveux au-dessus des boucles du nourrisson.

«Je crois que tu ne sauras jamais, Maman. Il ne sera jamais prêt à te le dire. Tu as bouleversé sa vie. Tu as tout mis par terre, souviens-toi. Il est probable qu'il n'a aucune intention de te revoir.»

Je lui pris le bébé et le serrai fort contre moi, pour sentir sa chaleur et sa rondeur. Zoë avait raison. Il fallait que je tourne la page, que je m'en tienne à cette vie nouvelle.

Comment, c'était une autre histoire.

J'occupais mon temps au maximum. Je n'avais pas une minute à moi. Il y avait Zoë, sa sœur, Neil, mes parents, mes neveux, mon boulot et la succession sans fin des fêtes auxquelles Charla et son mari m'invitaient et où je me rendais sans savoir si j'en avais envie. J'avais rencontré plus de monde en deux ans dans ce milieu cosmopolite si plaisant que pendant tout mon séjour parisien.

J'avais quitté Paris pour de bon, mais à chaque fois que j'y retournais, à cause de mon travail ou pour rendre visite à mes amis ou à Édouard, je me retrouvais toujours dans le Marais, c'était plus fort que moi. Rue des Rosiers, rue du Roi-de-Sicile, rue des Écouffes, rue de Saintonge, rue de Bretagne, je me promenais avec des yeux différents, des yeux pleins de la mémoire des lieux, des événements de 1942, même si tout cela avait largement précédé ma naissance.

J'aurais voulu savoir qui habitait rue de Saintonge à présent, qui regardait par la fenêtre donnant sur la cour envahie de verdure, qui caressait le marbre de la cheminée. Je me demandais si les nouveaux propriétaires pouvaient imaginer qu'un petit garçon y était mort dans un placard et que la vie d'une petite fille avait changé pour toujours ce jour-là.

Mes rêves aussi me ramenaient dans le Marais. Vers les atrocités du passé, dont je n'avais pas été témoin mais que je vivais avec tant de réalité qu'il me fallait rallumer la lumière pour que le cauchemar s'évanouisse.

C'était pendant ces nuits sans sommeil, seule dans mon lit, lassée des conversations mondaines, la bouche sèche à cause de ce verre de trop que je n'aurais jamais dû boire, que l'ancienne douleur revenait me hanter.

Ses yeux. Son visage quand je lui avais lu la lettre de Sarah. Tout revenait, me pénétrait et me privait de repos.

La voix de Zoë me ramena dans Central Park, dans ce magnifique printemps où la main de Neil était posée sur mon genou.

«Maman, le petit monstre veut une glace.

– Pas question, dis-je. Pas de glace.»

À ces mots, la petite se jeta la tête la première sur la pelouse et se mit à hurler.

«Ça promet!» lança Neil d'un air songeur.

Le mois de janvier 2005 me ramena, encore et encore, à Sarah et à William. La célébration des soixante ans de la libération d'Auschwitz avait fait la une des journaux dans le monde entier. Il semblait qu'on n'avait jamais autant prononcé le mot «Shoah».

Chaque fois que je l'entendais, mes pensées allaient vers elle et lui, pleines de douleur. En regardant la cérémonie à la télévision, je me demandais si William, lui aussi, pensait à moi en entendant ce mot, en voyant les images atroces du passé en noir et blanc osciller sur l'écran, les corps décharnés et sans vie entassés, innombrables, les fours crématoires, les cendres, en regardant l'horreur qui avait eu lieu.

Sa famille était morte dans cet endroit hideux. Les parents de sa mère. Il ne pouvait pas ne pas y penser. Avec Zoë et Charla à mes côtés, je regardai à l'écran la neige recouvrir le camp, les barbelés, le lugubre mirador. Et la foule, les discours, les prières, les bougies. Les soldats russes et leur pas étrange qui semblait presque une danse.

Puis il y eut la vision inoubliable de la nuit tombant sur le camp et des rails qui s'illuminaient peu à peu, éclairant l'obscurité dans un mélange poignant et aigu de douleur et de souvenir.

C'est arrivé un après-midi de mai. Un appel que je n'attendais pas.

J'étais assise à mon bureau où je me débattais avec mon ordinateur récalcitrant. J'ai décroché en prononçant un «allô» que je savais sec.

«Bonjour. C'est William Rainsferd.»

Je me redressai d'un coup, le cœur battant mais essayant de garder mon calme.

William Rainsferd.

Je restai muette, accrochée au combiné comme à une bouée.

«Vous êtes toujours là, Julia?»

J'avalai ma salive.

«Oui, j'ai juste des problèmes avec mon ordinateur. Comment allez-vous, William?

– Ça va», dit-il.

Il y eut un bref silence, mais sans tension perceptible.

«Ça faisait longtemps.»

Mon intervention sonnait un peu vide.

«Oui, c'est vrai», dit-il.

Il y eut encore un silence.

«Je vois que vous êtes une vraie New-Yorkaise à présent. J'ai trouvé vos coordonnées dans l'annuaire.»

Zoë avait donc raison.

« Et si on se voyait ?

– Aujourd'hui ? dis-je.

– Si vous le pouvez, c'est parfait. »

Le bébé dormait dans la chambre d'à côté. Elle avait été à la crèche le matin. Mais pourquoi ne pas l'emmener avec moi, après tout ? Même si je savais qu'interrompre sa sieste provoquerait un drame.

« Je peux m'arranger.

– Très bien. Je vous rejoins dans votre quartier. Vous connaissez un endroit où nous pourrions aller ?

– Vous voyez le Café Mozart ? Au croisement de la soixante-dixième Rue Ouest et de Broadway ?

– Je vois. Parfait. Disons dans une demi-heure ? »

Quand je raccrochai, mon cœur battait si vite que je pouvais à peine respirer. J'allai réveiller mon petit monstre, ignorai ses protestations, attrapai la poussette et sortis.

Il était déjà là quand j'arrivai. Je le vis d'abord de dos, mais reconnus immédiatement les épaules puissantes, les cheveux épais et argentés où ne subsistait plus une trace de blond. Il lisait le journal. Et comme s'il avait senti mes yeux se poser sur lui, il se retourna au moment où je m'approchais. Il se leva et il y eut un moment embarrassant où nous restâmes sans savoir si nous devions nous embrasser ou nous serrer la main. Il se mit à rire, moi aussi, puis, finalement, il me serra dans ses bras, bien fort, si fort que mon menton heurta ses clavicules. Il passa la main dans mon dos et se pencha vers la petite.

« Quelle jolie princesse ! » dit-il d'une voix charmeuse.

Elle lui tendit très solennellement sa girafe en caoutchouc préférée.

« Et c'est quoi ton nom ? demanda-t-il.

— Lucy, répondit-elle en zozotant.

— Ça, c'est le nom de sa girafe… » commençai-je, mais William jouait déjà avec et les pouet-pouet couvrirent ma voix, à la plus grande joie de la petite.

Nous nous installâmes à une table et je laissai ma fille dans sa poussette. William étudiait la carte.

« Vous avez déjà pris le cheesecake Amadeus ? me demanda-t-il en levant un sourcil.

— Oui, il est diabolique ! »

Mon commentaire le fit sourire.

«Vous êtes resplendissante, Julia. New York vous va bien au teint.»

Je rougis comme une adolescente, sûre que Zoë aurait levé les yeux au ciel si elle m'avait vue.

Puis son portable se mit à sonner. Il répondit. Je savais à son expression qu'il s'agissait d'une femme. Sa femme? L'une de ses filles? Il avait l'air gêné de parler devant moi. Alors, je me penchai vers ma fille et jouai avec la girafe.

«Désolé, c'était ma petite amie.

– Oh.»

Il avait senti mon incompréhension. Il précisa dans un rire :

«Je suis divorcé maintenant, Julia.»

Il dit cela en me regardant droit dans les yeux. Son visage devint plus grave.

«Vous savez, après ce que vous m'avez dit, tout a changé.»

Enfin. Enfin, il me confiait ce que je voulais savoir. S'il y avait eu un après, des conséquences.

Je ne savais trop que dire. J'avais peur qu'il se taise si je l'interrompais. Je m'agitai autour de ma fille, lui tendant un biberon d'eau, prenant garde à ce qu'elle ne s'en mette pas partout, jouant de la serviette.

La serveuse arriva pour prendre les commandes. Deux cheesecakes Amadeus, deux cafés et un pancake pour la petite.

«Tout s'est effondré. C'était l'enfer. Une année terrible.»

Il se tut. Nous regardions autour de nous. Il y avait du monde. C'était un café bruyant, plein de lumière et de musique classique. La petite nous souriait en gloussant et en brandissant sa girafe. La serveuse revint avec nos gâteaux.

«Et maintenant, vous allez mieux? tentai-je.

– Oui, esquissa-t-il. Oui, ça va mieux. Mais ça m'a pris du temps pour m'habituer à cette nouvelle vie, pour comprendre et accepter l'histoire de ma mère, pour assumer la douleur. Parfois, je me laisse submerger. Mais je m'accroche. Je lutte. Il y a aussi deux ou trois choses indispensables que j'ai faites.

– Comme quoi?» demandai-je, en donnant le pancake par petits bouts à ma fille.

«J'ai compris que je ne pouvais pas porter seul toute cette histoire. Je me sentais isolé, brisé. Ma femme ne comprenait pas ce que je traversais. Et je ne parvenais pas à lui expliquer. Il n'y avait aucune communication entre nous. J'ai emmené mes filles à Auschwitz, l'année dernière, juste avant les commémorations. J'avais besoin qu'elles sachent ce qui était arrivé à leurs arrière-grands-parents. Ce n'était pas facile, mais c'était le seul moyen que j'avais trouvé. Leur montrer Auschwitz. Ce fut un voyage émouvant et plein de larmes, mais je me sentais enfin en paix car mes filles avaient compris.»

Son visage était triste et pensif.

Je le laissai parler tout en essuyant la bouche de ma fille et en lui donnant à boire.

«La dernière chose que j'ai faite, c'était en janvier. Je suis retourné à Paris. Il y a un nouveau Mémorial de la Shoah dans le Marais, vous êtes au courant, je suppose.» C'était le cas et j'avais eu dans l'idée de m'y rendre lors de mon prochain voyage. «Chirac l'a inauguré fin janvier. À l'entrée se trouve un mur couvert de noms. C'est une gigantesque pierre grise où sont gravés 76 000 patronymes. Le nom de chaque juif déporté de France.»

Ses doigts jouaient sur le rebord de sa tasse. J'avais du mal à le regarder dans les yeux.

«J'ai cherché leurs noms et je les ai trouvés. Wladyslaw et Rywka Starzynski. Mes grands-parents. J'ai ressenti alors la même paix qu'à Auschwitz. La même douleur. Et un sentiment de reconnaissance aussi. Ils étaient là, on ne les avait pas oubliés. La France ne les avait pas oubliés et les honorait. Des gens pleuraient devant le mur. Des gens âgés, des jeunes, des gens de mon âge, qui touchaient la pierre en pleurant.»

Il s'arrêta et inspira par la bouche. Je gardai les yeux fixés sur la tasse, sur ses doigts. La girafe couina, mais nous l'entendîmes à peine.

«Chirac a fait un discours, que je n'ai bien sûr pas compris. J'ai lu la traduction sur Internet par la suite. Un beau discours. Invitant les gens à se souvenir de la responsabilité de la France dans les événements du Vél d'Hiv. Chirac a prononcé les mêmes mots d'hébreu que ma mère à la fin de sa lettre. *Zakhor, Al Tichkah.* Souviens-toi. N'oublie jamais.»

Il se pencha pour prendre une grande enveloppe kraft dans son sac à dos. Il me la tendit.

«Ce sont des photos d'elle. Je voulais que vous les voyiez. J'ai compris soudain que j'ignorais qui était ma mère. Je savais de quoi elle avait l'air, je connaissais son visage, son sourire, mais je ne savais rien de l'individu qu'elle était à l'intérieur.»

J'essuyai le sirop d'érable qui me collait aux doigts. Il y avait une photo de Sarah le jour de son mariage. Grande, fine, avec son sourire discret et ses yeux mystérieux. Sarah berçant William quand il était bébé. Sarah tenant le petit William par la main. Sarah à trente ans, dans une robe de bal vert émeraude. Enfin, Sarah juste avant sa mort, en gros plan et en couleur. Je remarquai ses cheveux gris. Prématurément gris, mais cela lui allait bien, curieusement. Des cheveux gris comme ceux de William aujourd'hui.

«Je me souviens d'elle comme d'une personne silencieuse, grande et mince, mais silencieuse, tellement silencieuse», dit William tandis que je sentais mon émotion grandir photo après photo. «Elle riait rarement, mais elle avait beaucoup d'intensité, et c'était une mère aimante. Personne n'a pensé au suicide quand elle est morte. Jamais. Pas même Papa. Je suppose qu'il n'avait pas lu son carnet. Personne ne l'avait lu. Il a dû le trouver longtemps après sa disparition. Nous pensions tous qu'il s'agissait d'un accident. Personne ne savait qui était réellement ma mère. Moi-même, je ne le savais pas. Et c'est ça, le plus dur à vivre, cette ignorance. Ce qui l'a conduite à la mort, ce jour froid et neigeux. Ce qui a fait qu'elle a pris cette décision. Pourquoi nous n'avons jamais rien su de son passé. Pourquoi elle n'a rien dit à mon père. Pourquoi elle a gardé sa souffrance, toute sa souffrance, pour elle seule.

– Ces photos sont très belles, dis-je finalement. Merci de me les avoir apportées. »

Je m'interrompis.

« Il y a quelque chose que je voudrais vous demander, dis-je avec un sourire timide.

– Allez-y.

– J'ai l'impression d'avoir détruit votre vie. Vous ne m'en voulez pas ? »

Il sourit.

« Oubliez cette sombre pensée, Julia. J'avais juste besoin de comprendre. De rassembler les pièces du puzzle. Cela a pris du temps. C'est pour ça que vous n'avez pas eu de mes nouvelles. »

J'étais soulagée.

« Mais je savais où vous joindre. Je n'ai jamais perdu votre trace. » *Maman, il sait où tu vis à présent. Il a cherché sur Internet lui aussi. Il sait où tu travailles et où tu habites.* « Quand avez-vous déménagé à New York, exactement ? demanda-t-il.

– Un peu après la naissance du bébé, au printemps 2003.

– Pourquoi avez-vous quitté Paris ? J'espère que je ne suis pas trop indiscret... »

J'eus un sourire contrit.

« Je venais de rompre et d'accoucher. Je n'arrivais pas à me faire à l'idée de vivre rue de Saintonge après tout ce qui s'y était passé. J'ai eu envie de revenir aux États-Unis. Voilà.

353

— Et comment cela s'est-il passé?

— Nous sommes restées quelque temps chez ma sœur, dans l'Upper East Side, puis elle m'a trouvé une sous-location par une amie à elle. Mon ex-patron, lui, m'a dégotté un super job. Et vous?

— C'est à peu près la même histoire. Je ne pouvais plus vivre à Lucca. Et avec ma femme...» Sa voix s'évanouit. Il esquissa un au revoir. «Enfant, j'habitais ici. Avant Roxbury. L'idée m'a trotté dans la tête pendant un moment. J'ai fini par m'y installer. Je suis d'abord resté chez un de mes plus vieux amis, à Brooklyn, puis j'ai trouvé quelque chose dans le Village. Je suis toujours critique gastronomique.»

Son portable sonna. La petite amie, encore une fois. Je détournai la tête pour lui laisser un peu d'intimité. Il raccrocha vite.

«Elle est légèrement possessive, dit-il d'un air penaud. Je ferais mieux de couper mon téléphone.»

Il farfouilla les touches.

«Vous êtes ensemble depuis combien de temps?

— Quelques mois. Et vous? Vous avez quelqu'un?

— Oui.» Je pensai au sourire courtois et terne de Neil. À ses gestes méticuleux. Au sexe routinier. Je faillis ajouter que c'était une histoire sans importance, que je n'avais pas envie d'être seule, que c'était insupportable parce que alors, chaque soir, je pensais à lui, William, et à sa mère. Tous les soirs sans exception depuis deux ans et demi. Mais je ne dis rien de tout cela.

«C'est un type bien. Divorcé. Avocat.»

William commanda encore du café. Alors qu'il me servait, je remarquai à nouveau à quel point ses mains étaient belles, ses doigts longs et fins.

«À peu près six mois après notre dernière rencontre, dit-il, je suis retourné rue de Saintonge. Je voulais vous voir, vous parler. Je ne savais pas comment vous joindre. Je n'avais pas de numéro de téléphone et je ne me souvenais pas de votre nom d'épouse, alors impossible de regarder dans l'annuaire. Je pensais que vous viviez encore là. Je n'imaginais pas que vous aviez pu déménager.»

Il s'arrêta et passa la main dans ses cheveux.

«J'ai beaucoup lu sur la rafle du Vél d'Hiv, je suis allé à Beaune-la-Rolande et à l'emplacement du vélodrome. Je suis allé chez Gaspard et Nicolas Dufaure. Ensemble, nous nous sommes rendus sur la tombe de mon oncle, au cimetière d'Orléans. Ce sont des hommes tellement charmants. Cependant, ce fut un moment difficile et j'aurais tant aimé vous avoir à mes côtés. C'était une erreur de faire ça tout seul et j'aurais dû accepter votre proposition à l'époque.

– Peut-être aurais-je dû insister, dis-je.

– J'aurais dû vous écouter. C'était vraiment trop dur à supporter tout seul. Ensuite, je suis revenu rue de Saintonge. Quand des inconnus m'ont ouvert la porte, j'ai eu la sensation que vous m'aviez laissé tomber.»

Il baissa les yeux. Je replaçai ma tasse sur sa soucoupe. J'étais envahie par un mauvais sentiment. Comment osait-il, après tout ce que j'avais fait pour lui, après le temps passé, les efforts, la souffrance, la solitude…

Il avait dû lire sur mon visage car il posa sa main sur mon bras.

«Excusez-moi, je n'aurais pas dû dire ça, murmura-t-il.

– Je ne vous ai jamais laissé tomber, William.»

Ma voix était dure.

«Je sais, Julia. Je suis désolé.»

La sienne était profonde, vibrante.

Je me détendis, parvins à sourire. Nous bûmes notre café sans dire un mot. Nos genoux se frôlaient par moments sous la table. Ce n'était pas gênant, presque naturel. Comme si cela nous arrivait depuis des années. Comme si ce n'était pas seulement la troisième fois que nous nous rencontrions.

«Votre mari était d'accord pour que vous viviez ici avec les enfants?»

Je haussai les épaules et jetai un coup d'œil vers ma fille qui s'était endormie dans sa poussette.

«Cela n'a pas été facile. Mais il est amoureux d'une autre femme. Depuis un moment. Ça a aidé. Il ne voit pas beaucoup les filles. Il vient ici de temps en temps et Zoë passe ses vacances en France.

– C'est la même chose avec mon ex-femme. Elle a eu un autre enfant, un garçon. Je vais à Lucca aussi souvent que possible pour voir mes filles. Parfois, elles viennent jusqu'ici, mais c'est rare. Elles sont grandes maintenant.

– Quel âge ont-elles?

– Stefania a vingt et un ans et Giustina dix-neuf.

– Eh bien, vous les avez eues jeune!

– Trop jeune, peut-être.

– Je ne sais pas, dis-je. Parfois, je trouve ça curieux de me voir avec un bébé. J'aurais aimé être plus jeune. Il y a beaucoup d'écart entre la petite et Zoë.

– C'est une gentille petite, dit-il en avalant un gros morceau de cheesecake.

– Oui, le trésor de sa gâteuse de mère.»

Il en rit avec moi.

«Vous auriez préféré avoir un garçon? demanda-t-il.

– Non. Et vous?

– Non. J'adore mes filles. Peut-être auront-elles des garçons. Elle s'appelle Lucy, c'est ça?»

Je jetai un coup d'œil à William puis baissai les yeux vers ma fille.

«Non, ça, c'est le nom de la girafe.»

Il y eut un silence.

«Elle s'appelle Sarah», dis-je doucement.

Il s'arrêta de mâcher et posa sa fourchette. Son regard changea. Il nous regarda toutes les deux sans rien dire.

Puis il plongea la tête entre ses mains et resta ainsi de longues minutes. Je ne savais pas comment réagir. Je posai la main sur son épaule.

Le silence dura une éternité.

De nouveau, je me sentais coupable, comme si j'avais fait quelque chose d'impardonnable. Mais j'avais su, dès le premier jour, que cette enfant se prénommerait Sarah. Dès la naissance, quand je sus qu'il s'agissait d'une fille, je fus sûre de son prénom.

Elle n'aurait pas pu porter un autre prénom. Elle était Sarah. Ma Sarah. En écho à l'autre Sarah, à la petite fille à l'étoile jaune qui avait changé ma vie.

Il finit par retirer ses mains. Son visage apparut, beau et déchiré. Habité par une tristesse aiguë et une émotion qui se lisait dans son regard. Il ne cherchait pas à s'en cacher. Il ne luttait pas contre les larmes. Comme s'il voulait que je sois témoin de tout, de la beauté aussi bien que de la douleur de sa vie. Il voulait que je voie sa gratitude et sa souffrance.

Je serrai fort sa main dans la mienne. Je n'arrivais plus à le regarder dans les yeux. Je fermai les miens et posai sa main contre ma joue. Puis je me mis à pleurer avec lui. Je sentais mes larmes couler le long de ses doigts, mais je gardai sa main sur mon visage.

Nous sommes restés assis dans le café une éternité. Jusqu'à ce que la foule s'évapore, jusqu'à ce que le soleil change de direction et la lumière d'intensité. Jusqu'à ce que nos yeux puissent à nouveau se rencontrer. Des yeux d'où les larmes avaient disparu.

Pour ceux qui veulent en savoir davantage, voici les livres qui m'ont le plus éclairée sur cette page sombre de l'histoire de France.

Roger Boussinot, *Les Guichets du Louvre*, Gaia, 1999.

Eric Conan, *Sans oublier les enfants. Les camps de Pithiviers et Beaune-la-Rolande*, Grasset, 1991.

Blanche Finger, William Karel, *Opération « Vent Printanier », la rafle du Vél d'Hiv*, La Découverte, 1992.

Daniel Goldenberg, Gabriel Wachman, *Évadé du Vél d'Hiv*, Calmann-Lévy, 2006.

Serge Klarsfeld, *Le Mémorial des enfants juifs déportés de France*, Fayard, 2001.

Claude Lévy, Paul Tillard, *La Grande Rafle du Vél d'Hiv*, Robert Laffont, 1992.

Jean-Claude Moscovici, *Voyage à Pitchipoi*, École des Loisirs, coll. «Médium», 1995.

Annette Muller, *La Petite Fille du Vél d'Hiv*, Denoël, 1991.

Maurice Rajfus, *La Rafle du Vél d'Hiv*, PUF, coll. «Que sais-je?», 2002.

Cécile Wajsbrot, *Beaune-la-Rolande*, Zulma, 2004.

Remerciements

Merci :
Nicolas, Louis et Charlotte, Hugh Thomas, Andrea Stuart, Peter Viertel.

Merci aussi :
Valérie Bertoni, Charla Carter-Halabi, Suzy Cohen, Valérie Colin-Simard, Holly Dando, Abha Dawesar, Violaine & Paul Gradvohl, Julia Harris-Voss, Sarah Hirsch, Jean de la Hosseraye, Tara Kaufmann, Laetitia Lachmann, Hélène Le Beau, Agnès Michaux, Jean-Claude Moscovici, Emma Parry, Laure du Pavillon, Jan Pfeiffer, Susanna Salk, Karine & Ariel Tuil-Toledano.

Merci surtout :
Héloïse d'Ormesson & Gilles Cohen-Solal.

*Achevé d'imprimer
sur Roto-Page
par l'Imprimerie Floch
à Mayenne, en avril 2007.
Dépôt légal : mars 2007.
Numéro d'imprimeur : 68097.*

Imprimé en France